大方
sight

[美] 安东尼·多尔 著 黄瑶 译

Anthony Doerr

记忆墙

Memory Wall

中信出版集团 · 北京

图书在版编目(CIP)数据

记忆墙/(美)安东尼·多尔著;黄瑶译.--北京:中信出版社,2018.10

书名原文:Memory Wall

ISBN 978-7-5086-9080-3

Ⅰ.①记… Ⅱ.①安… ②黄… Ⅲ.①短篇小说-小说集-美国-现代 Ⅳ.①I712.45

中国版本图书馆CIP数据核字(2018)第124622号

记忆墙

著　　者:[美]安东尼·多尔

译　　者:黄　瑶

出版发行:中信出版集团股份有限公司

(北京市朝阳区惠新东街甲4号富盛大厦2座　邮编　100029)

(CITIC Publishing Group)

承 印 者:浙江新华数码印务有限公司

开　　本:130mm×185mm　1/32　　印　　张:11.25　　字　　数:140千字

版　　次:2018年10月第1版　　印　　次:2018年10月第1次印刷

京权图字:01-2014-8129　　广告经营许可证:京朝工商广字第8087号

书　　号:ISBN 978-7-5086-9080-3

定　　价:48.00元

致肖娜

目录

《记忆墙》中文版序

亲爱的中国读者朋友们：

我十五岁那年，祖母患上了阿尔茨海默症。在接下来的两年时间里，我们眼看着她的思维逐渐衰退。她忘记我们是谁，忘记自己身在何处，忘记如何爬上楼梯，回到卧室，并最终忘记了如何进食。可她却还记得某些奇怪的事情：童年时的电话号码、自己婚礼的日期、心爱歌曲的歌词。她已经到了不知道我是谁的地步，却依旧能在金罗美纸牌游戏中把我打得一败涂地。

尽管《记忆墙》的故事被设定在了四座大陆上，故事主人公的年龄、性别和国籍也不尽相同，但在我心里，它们就是一连串的窗户，能够望见我年少时每日都在摸索的一个问题：记忆是什么？它是如何决定我们是谁的？

最重要的是，这本书讲述了每个小时都有不计其数的记忆正在世界各地消失，而与此同时，孩子们正四处探索，审视在他们看来全新的领域。他们将黑暗向后推去，在身后撒播记忆。通过这种方式，世界得以重塑。

我希望你们会喜欢这些故事。非常感谢你们的阅读。

敬上

“你不得不开始失去记忆——要是能零零碎碎地失去就好了——才能意识到记忆才是我们生活的组成部分。没有记忆的生活根本就不是生活，就像一个没有表达能力的情报员不是真正的情报员一样。我们的记忆就是我们的连贯性，我们的理由，我们的感觉，甚至是我们的行动。没有它，我们一无是处。”

——路易斯·布努埃尔，《我最后的叹息》

记忆墙

院子里的高个男人

弗雷得赫伊克是能够俯瞰开普敦的一片郊区：这里拥有温和的雨水、窗户宽大的顶楼公寓，还有不声不响却气势汹汹的汽车。七十四岁的阿尔玛·克纳切克就居住在这里。她家的花园背后，郁郁葱葱、层峦起伏的桌山赫然耸立；从厨房的露台向外望去，万家灯火在层层的雾气背后如同烛火般忽明忽灭。

十一月的一天晚上，凌晨三点，前门外的防强奸折叠门①一阵咯咯作响，吵醒了阿尔玛——有人钻进了她家。她的手臂抽搐了一下，把一杯水打翻在床头柜上。客厅的地板发出尖利的响声。她听到类似喘气的声音。水滴落在地板上。

阿尔玛勉强压低嗓门，问了一句："有人吗？"

一个影子从走廊上飘过。她听到了一只鞋在楼梯上刮擦的声音，随后又什么都听不到了。晚风吹进房间——闻上去

---

① 防强奸折叠门（rape gate）是一种房门，一般用于区分卧室与其他房间，防止夜间入室强奸案的发生。——译者注

像是赤素馨花和木炭的味道。阿尔玛把一只拳头按在了自己的心口上。

从露台的窗户向远处眺望，月光照耀下的云朵正在城市上空飘动。溢出的水缓缓地涌向卧室的房门。

“谁在那里？有人在吗？”

客厅里的落地大摆钟一秒又一秒连续摆动着。阿尔玛清楚地听到了自己的心跳声。她的卧室似乎正在徐徐转动。

“哈罗德？”阿尔玛想起哈罗德已经死了，却还是不由自主地问，“哈罗德？”

二楼又传来了脚步声。另一块地板也抗议起来。大约过了一分钟左右。她或许听到了某人走下楼梯的声音。又过了整整一分钟，她才鼓起勇气，拖着慢吞吞的脚步走进客厅。

她家的前门大敞着。街道尽头的黄色交通信号灯闪烁了三次。树叶静默无声，房间里一片漆黑。她拉上防强奸折叠门，砰的一声关好房门，挂上门闩，隔着窗棂向外窥视。看了不到二十秒的时间，她走到边桌旁，笨拙地摸出一支笔。

一个男人，她写道。*院子里的高个男人*。

记忆墙

赤着一双脚，连假发也没戴，阿尔玛举着一只手电筒站在楼上的卧室里。楼下客厅里的钟嘀嗒作响，宣告着夜晚的结束。片刻之前，阿尔玛还确信自己正在做一件非常重要的事情。一件生死攸关的事情。可此刻的她却不记得那是什么了。

一扇窗户半敞着。客房的床铺得整整齐齐，床罩光滑平坦。床头柜上立着一台微波炉大小的机器，上面印有“开普敦记忆研究中心财产”的标志。三根导线缠绕着机器，连接到一个看似自行车头盔的东西上。

阿尔玛面前的墙壁上满是零散的纸。图表、地图，还有布满潦草字迹的锯齿状纸片。夹杂在纸片间闪闪发光的是上百张塑料盒式磁盘，每个都有火柴盒大小，上面刻着四位数字，被人用大头针依次按在墙壁上。

手电筒的光束停在了一张彩色照片上。照片中的男子正从大海里走出来。她用手指摸了摸照片的边缘。只见那个男人把裤腿卷到了膝盖上，表情有点像是在做鬼脸，又好像是在咧着嘴笑。冰冷的水。照片上写着“*哈罗德*”的字样——她知道那是她的笔迹。她认识这个男人。闭上眼睛，她还能回忆起他牙龈上粉红色的肉、脖子上的皱褶和那双长着巨大关节的手。他是她的丈夫。

照片四周，拥挤的纸片和塑料盒式磁盘层叠着向外扩张，用图钉、口香糖和钉子固定着。她看到了任务清单、简短的笔记，以及某种也许是史前怪兽或野兽的图案。她读了读：“*你可以信任菲克*”，“*拿走波莉的可乐*”。一张传单上写着：“*波特房地产*”。还有一些奇怪的短语：“*恐首龙*”、“*二叠纪末*”、“*大型脊椎动物墓地*”。有些纸是空白的；另外一些则带有划除和涂擦过的痕迹。在从一本小册子上撕下来的半页纸上，有人颤抖着在一句话下面反复画了几条横线：“*记忆不存在于细胞体内，而是存在于细胞外间隙。*”

一些盒式磁盘上也留有她自己的笔迹，就在数字的下面。*博物馆。葬礼。哈蒂家的聚会。*

阿尔玛眨了眨眼。她不记得自己曾经在小塑料磁盘上写过字，或是曾把撕下来的书页钉在墙上。

身穿睡衣，她坐在地板上，伸开两条腿。一阵狂风从窗口匆匆吹过，吹得那些纸片纷纷活了起来，手舞足蹈地拉扯着身上的钉子。没有被固定住的纸片旋转着飞向了地毯的另一边。盒式磁盘发出了咔嗒咔嗒的轻响声。

在墙壁正中附近，手电筒的光束再次找到了那个男人从海里走出来的照片。有点像是在做鬼脸，又好像是在咧着嘴笑。那是哈罗德，她想起来了。他是我的丈夫。他已经死了。那是许多年以前的事情了。毋庸置疑。

窗外，在棕榈树的树冠背后，在城市的灯光背后，月光在大海上流淌，此外则是一片阴影。月光，阴影。一架直升机掠过。棕榈树纷纷躁动起来。

阿尔玛垂下目光。她的手上握着一张纸条。一个*男人*，上面写道。*院子里的高个男人*。

阿姆尼斯蒂医生

菲克驾驶着梅赛德斯轿车。公寓的塔楼反射着清晨的朝阳。轿车在红灯前咕噜作响。阿尔玛斜眼望向窗外一闪而过的路牌，开口问了六次他们这是要去哪儿。

“我们要开车去看医生，阿尔玛太太。”

医生？阿尔玛揉了揉眼睛，不太确定。她试着往肺里吸上满满一口气，还玩弄起了自己的假发。梅赛德斯轿车爬上一座停车库的斜坡。车胎发出了尖利的叫声。

阿姆尼斯蒂医生的楼梯是不锈钢的，两边种着蕨类植物。这里立着一扇防弹门，转角处还印着街道的名字。对阿尔玛来说，这儿就像自己童年时住过的房子那样熟悉，倒是她的身体在此期间好像大了两倍。

他们按响蜂鸣器，走进了候诊室。菲克在膝盖上敲着指尖。距离他们四张椅子的地方，两个衣着考究的女人正坐在一只鱼缸旁边，其中一个比另外一个年轻几十岁。两人的耳垂上都戴着饱满的珍珠耳钉。阿尔玛心想：菲克是这座大楼里唯一的黑人。一瞬间，她记不得自己来这里要做什么了。可这张椅子上的皮革，还有那座咸水水族箱里的蓝色砂砾提醒她，这里是记忆诊所。这还用问吗。阿姆尼斯蒂医生？在绿点①。

几分钟之后，阿尔玛被人护送到了一张铺着皱纹纸的椅

① 绿点（Green Point），开普敦地名。——译者注

子上，椅面上还加了坐垫。此时此刻，一切都熟悉起来：橡胶手套纸盒，供她装耳环的塑料盘，她衬衫下的两个电极。他们掀开她的假发，将一种冰冷的胶体涂在她的头皮上。电视面板上显示的是沙丘，然后是蒲公英，之后是竹子。

阿姆尼斯蒂。一个可笑的姓氏。它意味着什么？原谅？缓刑？不过，要比缓刑更长久，不是吗？缓刑针对的是不道德的行为，还有某些做了错事的人。等到他们回到家，她会让菲克去查一查。或许她会记得亲自去查一查。

护士开口说话了。

“远程刺激器还好用吗？你有没有感觉到任何起色？”

“起色？”她想，是这样的。事情似乎的确正在好转，“切更分明了。”阿尔玛答道。她相信自己应该这么说。新的路径正在搭建。她正在记起如何去回忆。这就是他们想听的。

护士低语起来。沙沙作响的脚步在地板上扫过。看不见的机器在哼鸣。阿尔玛能够迟钝地感觉到，有人正将橡皮帽从她头盖骨上的接口中拧出来，还有四只螺丝钉正被同时插入。她的一只手中握着一张字条：*菲克在候诊室里。阿尔玛看完病，菲克会开车载她回家。*当然啦。

开着小圆窗的一扇门打开了。一个肤色苍白、身穿绿色大褂的男人从门口飞快地走过，身上散发着口香糖的气味。阿尔玛心想：这地方还有其他的坐垫座椅，还有别的和这里一样的房间，以及其他正在撬动别人混乱大脑的机器。它们在大脑中搜寻记忆，把记忆刻进小小的方形盒式磁盘中。企图击败遗忘。

她的头被锁定了。铝制百叶窗噼啪作响地敲击着窗户。喘息间，她能够听到车流正呼啸而过。

头盔落了下来。

大约三年前

“记忆不会被储存为脑内细胞分子的改变。”三年前，阿尔玛第一次如约赴诊时，阿姆尼斯蒂医生就曾告诉过她。她已经在他的候补名单中等待了十个月。阿姆尼斯蒂医生留着一头麦秆色的头发，肤色近乎透明，眉毛难以辨认，说起英语来仿佛每个词都是他不得不小心从齿缝间递出来的一颗小鸡蛋。

“人们一直以来都是这么想的。不过，他们错了。事实上，陈年记忆的基质所在的位置不在细胞内部，而在细胞外的间隙。在这间诊所里，我们以那些间隙为目标，为它们染色，把它们刻成电子模型，以期教会受损神经元进行适当的更新。建造新的路径。重塑记忆。”

“你明白吗？”

阿尔玛不明白。算不上明白。几个月过去了，自哈罗德去世起到现在，她一直忘东忘西的：忘了付钱给菲克，忘了吃早饭，忘了支票簿上的数字是什么意思。她应该带着修枝剪刀去花园，却一转眼就忘了。她会在厨房的橱柜里找到自己的吹风机，在茶罐里发现汽车的钥匙。她还会绞尽脑汁搜索一个名词，却什么也想不起来：砂锅菜？地毯？羊绒？

已有两名医生诊断出她患上了痴呆症。阿尔玛倒宁愿这是健忘症：一种速度更快又没那么残忍的记忆擦除。这个病是一种腐蚀，一种缓慢的漏气。七十年的故事，五十年的婚姻，为波特房产公司工作四十年的经历，多到数不过来的房子、买家和卖家——抹刀与沙拉餐叉，小说与收据，噩梦与白日梦，你好与再见。这些真的全都能被抹除吗？

“我们无法提供一剂解药。”阿姆尼斯蒂医生说，“不过我们也许可以减缓发病的速度，说不定还能为你找回某些记忆。”

他用双手食指的指尖抵住自己的鼻子，搭出了一座尖塔。阿尔玛觉察到，他这是要发表什么声明了。

“没有这些疗程，病情容易很快恶化。”他说，“每过一天，你在这个世界上的生活都会变得更加艰难。”

花瓶里的水啃噬着玫瑰茎干。锈迹吞噬着锁头的转向齿轮。糖腐蚀着牙齿的象牙质。河流侵蚀着它的河岸。阿尔玛能想到上千种比喻，但没有一个是恰当的。

她是个寡妇。没有子女，没有宠物。她还有自己的梅赛德斯汽车，一百五十万兰特[①]的存款，哈罗德的退休金，以及弗雷得赫伊克的一座房子。阿姆尼斯蒂医生的疗程提供了某种程度的希望。于是她便签字报名了。

手术的过程就是一团迷雾。醒来时，她的头很痛，头发都被剃光了。她用手指摸了摸被固定在头盖骨上的四个橡皮帽。

一个星期之后，菲克开车载着她回到了诊所。阿姆尼斯蒂医生的护士护送她坐上了一张看起来有点儿类似牙医诊所

① 兰特（Rand），南非的货币单位。——译者注

座椅的皮椅。头盔只不过是她头皮顶部的震动。他们说，它们能够唤回记忆，却不能预测这些记忆是好是坏。整个过程毫无痛苦。阿尔玛感觉就像是蜘蛛正在自己的脑袋里织网。

两个小时之后，第一疗程结束了。阿姆尼斯蒂医生准许她回家，还给了她一个远程记忆刺激器和装有九张盒式磁盘的一个纸盒。每张磁盘都是用同样的米黄色聚合物冲压出来的，顶部刻着四位数字。盯着那个遥控播放器看了两天，她才在一个刮着风的正午趁菲克外出买菜时把它拿到了楼上的卧室里。

接上插头，她随便插入了一张磁盘。一阵低沉的颤动从她脖子的脊椎处升起。很快，房间一层层剥离开来。墙壁溶解了。透过天花板的裂缝，天空如同一面旗帜，起伏飘动起来。紧接着，阿玛尔眼前一黑，仿佛她的房子被人猛地拽下了一条下水道，之前的某个世界再次出现了。

她正身处博物馆中：高高的天花板、昏暗的照明，一股旧杂志的味道。南非博物馆。哈罗德就在她的身旁，弯着身子盯着一件正面装有玻璃的展品。他一脸兴奋，双眼都在闪光——看看他的样子！是多么的年轻！他的卡其裤太短了，鞋子上露出了黑色的袜子。她认识他多久了？约莫六个月了吗？

她脚上穿的鞋子不太对劲：紧巴巴的，太硬了。那天的天气非常好。阿尔玛宁愿和这个高个子的新男友坐在公司花园①的树下，但博物馆是哈罗德想去的地方，而她想要陪着他。很快，他们进入了化石馆。只见平台上摆放着几十副骨架，有些大如犀牛，有些长着几码长的尖牙。巨型的头盖骨上全都没有眼睛。

“比恐龙还要古老一亿八千万年，嗯？”哈罗德低语道。

附近的几个女学生正嚼着口香糖。阿尔玛看到其中个子最高的那个缓缓地朝瓷质自动饮水器里吐了口痰，然后又把痰吸回了自己的嘴里。饮水器上贴着一张标签，上面用精致的笔迹写着“仅供白人使用”。阿尔玛感觉自己的双脚仿佛被虎头钳砸碎了。

“再等一分钟。”哈罗德说。

七十一岁的阿尔玛透过二十四岁的自己注视着这一切。她*曾经是*二十四岁的阿尔玛！她的手掌湿漉漉的，双脚隐隐作痛，正在与一个生龙活虎的哈罗德约会！一个年轻、苗条

---

① 公司花园是开普敦城内的一座街心花园，全称为荷属东印度公司花园。——译者注

的哈罗德！他热情洋溢地谈论着这些骨架，说它们看上去就像是动物之间的混合体。爬行动物的头被安在了狗的身体上。鹰的头被安在了河马的身体上。“这种东西我百看不厌。”年轻的哈罗德告诉年轻的阿尔玛，脸上洋溢着男孩子气的光彩。他说，二亿五千万年前，这些生物死在泥浆之中，被缓缓压成了石头，如今却被某个人挖了出来，重组后重见光明。

“这些也是我们的祖先。”哈罗德低语道。阿尔玛几乎不忍心望向它们：没有眼睛，没有血肉，穷凶极恶；它们被创造出来似乎就是为了要将彼此撕成碎片。她想要带着这个高个子男孩到外面的花园里去，屁股挨着屁股地坐在长凳上，脱下自己的鞋子。可哈罗德却一路拽着她。“这是丽齿兽亚日动物，一只丽齿兽，和老虎一样大，有两三百公斤，来自二叠纪。它是人们找到过的仅有的两副完整骨架中的一副。距离我长大的地方不远，你知道的。”他捏了捏阿尔玛的手。

阿尔玛感到头晕眼花。这种野兽长着短小却有力的腿，拳头大小的眼眶，满嘴都是獠牙。“据说它们会成群出来捕猎。”哈罗德低语道，“想象一下在灌木丛中遇到六只这样的家伙会怎样？”记忆中，二十四岁的阿尔玛哆嗦起来。

“我们觉得自己的存在是理所当然的。”他继续说道，“但这统统只不过是偶然的运气，不是吗?”他朝她转过身来，打算解释一番。就在这时，阴影如墨水般从边缘处涌了进来，溢满了整个场景，遮住了穹形的天花板和对着饮水器吐痰的女学生，最后还有身穿过窄卡其裤的年轻哈罗德本人。远程装置嘎嘎作响；盒式磁盘被退了出来；记忆自行崩溃了。

阿尔玛眨了眨眼睛，发现自己正紧紧攥着客房床铺的床尾板，上气不接下气。她距离刚才记忆中的那个地方有三英里远，而时间又回到了五十年之后。她拧开头盔。窗外，一只画眉鸟叽叽喳喳地唱起歌来。疼痛猛地从阿尔玛的牙根里涌了上来。“我的上帝啊。”她说。

会计

那是三年前的事情了。如今，开普敦有六名医生能从有钱人那里获取记忆，将它们印制在盒式磁盘上。偶尔，这些盒式磁盘还会被人拿到街上进行交易。据报道，养老院里的老人们用起记忆机器来就像是在用药，而被塞进遥控装置中的破烂盒式磁盘内容都是一样的：婚礼之夜、春日午后、骑车环游海角。小小的塑料方块因为那些苍老手指的坚持而变得光滑闪亮。

菲克载着阿尔玛从诊所回到家中，还用一个纸板箱带回了十五张新的磁盘。她不想小睡，不想吃菲克放在椅旁托盘上的三角形吐司。她只想坐在楼上的卧室里，默默弓着背、沉入扶手椅中，将远程装置的头盔拧进脑袋上的接口里，嘴角偶尔流出几串口水。和生活在这个世界里相比，她更愿意住在有关过去的某种合成彩色电影中，让被遗忘的瞬间通过线缆被传送到她的脑海里。

每隔半个小时左右，菲克都会擦一擦她的下巴，将一盒新的磁盘塞进机器里，输入代码，然后看着她翻起白眼。她面前的墙壁上钉着近千张磁盘；还有几百张被成堆地摆在地毯的另一头。

四点钟前后，会计的宝马汽车在房前停了下来。他没有敲门便走进来，朝着楼梯上喊了一句“菲克”。当菲克走下楼时，他已经在厨房的桌子上打开了自己的公文包，正在一个文件夹上写着什么。他光脚穿着乐福鞋，上身套了件看上去十分柔软的孔雀蓝毛衣，手中的钢笔是银色的。头也不抬，他张嘴说了句你好。

菲克和他打了声招呼，热上咖啡壶，背着手，远离桌面站着，努力不让自己勾起脖子、表现出一副谄媚的样子。会计的钢笔飒飒作响地在纸上划过。窗外，淡紫色的云朵正在大西洋上空聚拢。

咖啡煮好了。菲克倒了一杯，把它放在那个男人的公文包旁，继续站着。会计又奋笔疾书了片刻。他呼出的气钻出鼻子，发出了哨子般的声响。终于，他抬起头问道："她在楼上吗？"

菲克点了点头。

"好的。是这样的，菲克。我今天接到了……医生的电话。"他痛苦地望了菲克一眼，用自己的钢笔敲打着桌子。哒。哒。哒。"三年了。进展不大。医生说，我们只不过是发现得太晚了，还说虽然我们也许预先阻止了一部分衰退，但现在已经没戏了。这块卵石太大，如今已经刹不住车了，他说。"

楼上的阿尔玛十分安静。菲克凝视着自己的鞋尖。他心里能够看到卵石正冲撞着树木，看到自己五岁的儿子坦巴在十英里外的阿曼达小姐学校里上学。坦巴此刻在做什么？大概是在吃饭吧。还是踢足球。戴着他的眼镜。

“克纳切克太太需要全天候的监护。”会计说道，“早该这样了。你必须看到这一趋势，菲克。”

菲克清了清嗓子。“我会照顾她的。我一周七天都能工作，从日出到日落。大部分日子里我还能待到很晚。我会做饭、清洁、购物。照顾她费不了我什么事。”

会计挑起了眉毛。“她够麻烦的了，菲克，这你是知道的。你做得很好。非常好。不过我们的时间已经到了。你看到她上个月在派出所里是什么样子了。医生说，她会忘了如何吃饭，如何微笑，如何说话，如何上厕所。最终，她还有可能忘了如何吞咽。依我说，这样的命运真他妈可怕。谁值得过这样的日子呢?”

花园里，风拂过棕榈树，发出了下雨般的声响。楼上传来了嘎吱一声。菲克挣扎着不让背在身后的手动来动去。他心想：要是克纳切克先生还在就好了。他会穿着满是灰尘的帆布衬衫从书房里走进来，把防护眼镜推到额头上，脸就像是被沸水煮过似的。他会拿起咖啡壶就喝，还会把一条巨大的手臂挂在菲克的肩膀上说：“你不能开除菲克！菲克和我们在一起已经十五年了！他现在还有个小儿子！别这样，嗯?”他会对着屋里的两人使眼色，也许还会拍一拍会计的后背。

然而书房里一片漆黑。哈罗德·克纳切克去世已经四年多了。阿尔玛太太在楼上，接着机器。会计把钢笔塞进口袋里，扣上了公文包上的搭扣。

“我可以留在这座房子里，和我的儿子一起。”菲克尽力说道，“我们可以睡在这里。”这样的恳求即便在他自己听来都是卑微且无望的。

会计站起身，掸了掸毛衣袖子上某种看不见的东西。“房子明天就要上市出售了。”他答道，“下个星期，我会把克纳切克太太送去萨福克疗养院。不用在她还住在这里时打包行李；这样只会吓到她。你可以待到下个星期一。”

他很快便带上公文包离开了。菲克听着他的车悄然驶去。阿尔玛开始在楼上叫喊起来。会计的咖啡杯还在蒸腾着热气，没有被碰过。

金银岛

日落时分，菲克用水煮了一块鸡胸肉，在旁边摆了一堆的青豆。窗外，一小片雨云正在大西洋上聚拢。阿尔玛凝视着自己的盘子，仿佛正在看着某道难以理解的谜题。菲克说：“医生今天早上找到什么好东西了吗，阿尔玛太太？”

“好东西？”她眨了眨眼睛。客厅里的落地大摆钟在滴答作响。充足的银色光线在房间里闪烁。菲克在她的眼中就是一对眼球，一股闻起来如同肥皂的味道。

“都是些老掉牙的内容。”阿尔玛答道。

他帮她穿上睡衣，在牙刷上挤了一条牙膏。然后是她的药片，两片白色的，两片金色的。阿尔玛爬上床，嘴里喃喃自语着什么问题。

大风夹杂着雨水，开始温和地拍打窗户。“好了，阿尔玛太太。”菲克边说边把被子拉上来，盖住她的喉咙，“我得回家了。”他把一只手放在灯上，手机在口袋里震动。

“哈罗德。”阿尔玛说，“读点儿什么给我听。”

“我是菲克，阿尔玛太太。”

阿尔玛摇了摇头。“见鬼。”

“你已经把自己的书全都撕碎了，阿尔玛太太。”

“我？我才不会呢。是别人干的。”

一次喘息。一阵叹息。化妆台上，三顶光亮的假发被套在了没有五官的陶瓷人头上。“十分钟。”菲克答道。秃顶的阿尔玛呆滞无神地躺了回去，像个憔悴的孩子。菲克在床边的椅子上坐下来，从床头柜上取下一本《金银岛》。书页在被他翻开时掉了出来。

他凭着记忆念出了刚开始的几段。“我回想起他仿佛就在昨天，当他迈着沉重的步伐来到旅店门口，身后的一辆手推车上装着航海的储物箱；一个高大、强壮、阴沉、栗色肤色的男人……”

又读了一页，阿尔玛睡着了。

B478A

菲克赶上了九点二十分开往卡雅利沙镇的金箭公司公共汽车。他是个矮小的男人，穿着黑色的裤子和红色的扭绳花纹毛衣。坐在公共汽车座位上，他的鞋子几乎碰不到地面。大门紧闭的院子、长满三角梅的墙壁和点着彩灯的小酒馆从车旁匆匆掠过。在汉尼大街上，公共汽车停在了维珍活力健身房的门外。三座室内游泳池泛着海蓝宝石颜色的光芒。还有最后几个游泳者正在泳道里费力地划动。角落里巨大的水滑梯吐着水。

公共汽车上坐满了小镇姑娘：办公室清洁工、女服务员、洗衣女工。这些在开普敦被称为西尔维娅或爱丽丝的管家回到另一座城镇里就要变成名叫马莉莉或蒙托洛的母亲了。

毛毛细雨在车窗上留下了一道道痕迹。人们用科萨语、梭托语和茨瓦纳语低声说着话。街灯的间隙越来越长；很快，菲克就只能在黑暗中偶尔看到倒置的锥形广告牌聚光灯了。喝奥帕饮料。揭发电缆窃贼。佩戴安全套。

卡雅利沙镇面积三十平方英里，是一个用铝材、煤渣砌块、粗麻布和车门搭起来的棚屋群。世纪之交时，这里曾是五十万人的家园——如今又扩大了四倍。战争难民、水资源难民和艾滋病难民。失业率可能高达六成。一千座杂乱无章的灯塔如同少了树枝的树干，监视着棚屋。女人带着孩子、塑料袋、蔬菜或十加仑的水壶沿着路边行走。男人们则摇摇摆摆地骑着自行车经过。狗在四处漫步。

菲克在C区下了车，冒雨沿着一排棚屋快步行走。风铃发出了清脆的响声。一只山羊在水坑间谨慎地迈着步子。百无聊赖的男人们坐在破烂的出租车挡泥板或倒置的水果板条箱上，抑或是待在破旧的防水布下。几条小巷以外，有人点燃了一支烟花。它在房顶上绽放开来，又逐渐消失。

B478A 是一间地上全都是沙子的浅绿色棚屋，门是浅蓝色的。固定房顶的是三只没有花纹的轮胎。栅栏封住了两扇窗户。坦巴在屋里，仍旧醒着，生龙活虎的。他低语了几句，差一点儿就原地上下跳动起来。他的身上穿着一件大了好几个号码的 T 恤，眼镜在鼻子上弹跳着。

“爸爸。”他说，“爸爸，你晚了二十一分钟！爸爸，班吉克西今天抓了三只猫，你能相信吗？爸爸，你能用塑料袋做出石蜡来吗？”

菲克坐在床上，等待视线适应屋内的昏暗。墙壁上糊着褪色的超市传单。洗碗剂一点九九兰特。果汁买一赠一。昨天洗的衣服还挂在天花板上。一只锈红色的炉子立在拐角处的砖块上。两把金属和塑料制成的折叠椅就是屋里全部的家具。

门外，雨水穿过蒸汽灯飘落下来，咔哒作响，间歇地缓缓敲打着房顶。昆虫钻了进来，寻找避难所；有小昆虫、千足虫和闪闪发光的巨型苍蝇。两路蚂蚁如水流般穿过地板，在炉子下编织出了几条河道。蛾子在纱窗边鼓动着翅膀。菲克的耳边传来了会计的声音：*你必须看到这一趋势*。他看到他银色的钢笔在阿尔玛家厨房的光线中闪着光。

“你吃饭了吗，坦巴?”

“我不记得了。”

“你不记得了?”

“不对，我吃了！我吃了！阿曼达小姐那里有玉米粥和豆子。”

“你今天戴眼镜了吗?”

“我戴了。”

“坦巴。”

“我戴了，爸爸。看到了吗?”他用两只手指指了指自己的脸。

菲克匆忙脱掉鞋子，伸出了两只拳头。“好吧，小羊羔。我相信你。现在选一只手吧。”坦巴光着脚站在那里，身上穿着过于肥大的运动衫，眼镜后面的棕色双眼眨了眨。

最终，他选择了左边那一只。菲克摇了摇头，笑着露出了一只空空如也的手。

“什么也没有。”

“下一次吧。”菲克说。坦巴咳嗽起来，擦了擦自己的鼻子，似乎咽下了一种熟悉的失望之情。

“现在摘掉你的眼镜，给我来一个藤壶[1]攻击。”菲克说。坦巴把自己的眼镜放在炉子上，跳到了父亲的身上，还把两条腿盘在菲克的肋骨上。他们翻滚过床铺。坦巴紧紧地勒住父亲的脖子和后背。

菲克用后面那条腿站立起来，夸张地在小棚屋里迈着大步，而男孩则紧紧抱着他不放。“爸爸。”坦巴朝着父亲的胸膛问道，“另一只手里是什么？你这一次带了什么？”

“不能告诉你。”菲克答道。他假装努力摆脱男孩紧握的手，“你下次得猜对才行。”

菲克跺着脚在房子里四处走动起来。男孩赖在他的身上不走，抵在菲克胸骨上的前额如同石头一般。他的头发闻起来像是尘土、铅笔屑和烟雾的味道。雨水沙沙作响地敲打着房顶。

院子里的高个男人

星期一晚上，罗杰·托尼带着寡言少语的小个子记忆窃

---

① 藤壶是灰白色、有石灰质外壳的节肢动物，通常附着在船底和岩石上，以很难摆脱而著称。——译者注

听者卢沃来到弗雷得赫伊克奢华的郊区，第十二次闯进了阿尔玛·克纳切克的家。罗杰长着一头白发，留着白色的络腮胡，鼻子像只巨大的棕色葫芦。他的牙齿是橘黄色的，身上散发着廉价烟草的味道，草帽的帽圈周围印着三组“Ma 马”的字样。每一次罗杰撬开防强奸折叠门，阿尔玛都会醒来。他觉得这也许和警报器有关，却从未在房子里看到过任何警报器。反正罗杰已经放弃试图躲藏了。今晚，他都懒得保持安静，而是在门口等待，数到十五便带着男孩进了屋。

有些时候，她会扬言要报警。有些时候，她会叫他哈罗德。有些时候更糟：男佣。或是异教徒、黑鬼。比如说，去干活，男佣。或者是，该死，男佣。有些时候，她空洞的眼神会径直穿过他，仿佛他是烟雾做的。如果他吓到了她，只要走开、去花园里抽支烟，再从厨房门闯进来就好了。

今晚，罗杰和卢沃在客厅里站了一会儿，两人都被雨淋得湿漉漉的。透过露台门的玻璃向外眺望，城市里上万盏琥珀色的灯光中闪烁着几束红光。他们擦了擦鞋子，听到阿尔玛在走廊尽头的卧室里喃喃自语。雨中，滨海区背后的大海是一片令人难以分辨的黑暗。

“像只猫头鹰，这位太太。”罗杰耳语道。

名叫卢沃的男孩摘下自己的毛线帽，在脑袋上的四个接口之间挠了挠，爬上了楼梯。罗杰迈进厨房，从冰箱里取出三颗鸡蛋，放在一只深锅里煮起来。没过多久，阿尔玛步履蹒跚地从卧室里走了出来，光着脚，秃着头，体型还没有一个小姑娘大。

罗杰的双手飒飒作响着在衬衫的胸口部位摸索，找到了一支没有点过的香烟。他把它塞进帽圈里，然后把手插回了口袋。他已经知道了，自己的双手尤其会让她感到害怕。纤长的双手。棕色的双手。

“你是——”阿尔玛用尖利的嘘声问道。

“罗杰。你有时候会叫我哈罗德。”

她缓慢而吃力地用一只手腕抹了抹自己的鼻子。“我有枪。”

“你没有。反正你也没法开枪打我。来吧，坐下。”阿尔玛看着他，一脸不知所措。不过片刻之后，她坐了下来。炉灶口喷发出来的一圈蓝色火焰洒下了屋里唯一的一道光。山脚下的城市里，星星点点的汽车车灯在经过窗玻璃上滑落的雨滴时被放大、液化了。

今晚，伴随落地大摆钟嘀嗒作响的声音，摆放着一尘不染的沙发和书房巨型展示柜的这座房子令罗杰感觉格外局促。他迫不及待地想要点燃自己的香烟。

“你今天又从医生那里拿了几张新的磁盘，对不对，阿尔玛？我看见你的小男仆载着你到绿点那里去了。”

阿尔玛默不作声。深锅中的鸡蛋在咯咯作响。时间似乎已在她的脑海中定格：如同绳子上的纹路或小鸟一样，面无表情。一根横跨在她右耳上方的蓝色动脉跳动着。四只橡胶帽紧紧地贴着她的头皮。

她微微皱起了眉头。“你是谁？”

罗杰没有回答。他关上炉子，用一只篦式漏勺将三颗鸡蛋捞了起来。

“我是阿尔玛。”阿尔玛说道。

“我知道。”罗杰回答。

“我知道你在做什么。”

“是吗？”他把鸡蛋放在了她面前的干擦碗布上。在过去的一个月里，他们就这样半夜坐在她的厨房餐桌旁——到目前为止已经有十几次了——罗杰和阿尔玛，高大的黑人男子和年迈的白人女子，脚下洒满从特拉法加公园、火车站调车场和滨海区投射过来的光线。这是一幅不大属于这个世界的画面。罗杰心不在焉，感到有些疑惑。他人生中无数的失败汇集在一起，将他置于这种境遇之中——这话是什么意思？

“好了，把它们吃光。”他说。

阿尔玛半信半疑地看了他一眼。可片刻之后，她还是拿起了一颗鸡蛋，把它在桌面上压碎，剥起皮来。

万事的次序

万事是不会按顺序运行的。没有从 A 到 B，再从 C 到 D。所有的盒式磁盘都是同一尺寸的，都是千篇一律的米黄色。然而其中有些内容发生在几十年前，其他的则是去年发生的。在内容的激烈程度方面，它们也各不相同：有些能将卢沃拉进去、吸引他十五或者二十秒钟的注意力；其他的则会将他猛地拽进阿尔玛的过去中，将他困在那里半个小时。瞬间能够延展开来；几个月的时间在弹指一挥间便能消失得无影无踪。他气喘吁吁地站起来，仿佛一直都浸在水下，感觉猛然回到了自己的意识中。

有些时候，当卢沃缓过神时，罗杰就站在他的身旁，上唇上夹着一支没有点燃的香烟，眼睛凝视着阿尔玛那面用纸张、明信片和磁盘组成的神秘墙壁，仿佛是在等待某种完美的解释从墙上浮现出来。

其他时候，房子里是悄无声息的，只有风呼啸着穿过敞开的窗户时发出的声响，以及墙上的纸张鼓动起来时，上百个问题贯穿卢沃脑袋的声音。

卢沃觉得自己大约有十五岁上下。在与自己有关的记忆方面，他知之甚少，丝毫不记得他的父母，且对谁有可能在他的头盖骨上安了四个接口、任他在开普敦的上万名孤儿中随波逐流也毫无概念。他不记得这一切是怎么回事，或是为什么。他能说英语和科萨语；他知道开普敦的夏季炎热而多风，冬季则是凉爽而阴郁。可他说不出来自己是怎么知道这些事情的。

他最近正在经历某种疼痛：头痛、悲痛、骨头痛。阵痛深深刺激着他的脖子内部；偏头痛会如风暴般突然袭来。他头皮上的洞很痒，还会渗透出一种透明的液体。

罗杰说，他是在公司花园里找到卢沃的，尽管卢沃对此没有丝毫记忆。近来，他就睡在罗杰的公寓里。这个老家伙会半夜把他踢醒，催促他坐上一辆出租车，到现在为止已经有十几次了。两人会从海边爬进弗雷得赫伊克，待罗杰撬开两道锁之后，钻进山上一座优雅的白色房子里。

截至目前，在楼上的卧室里，按照从左向右、从楼梯这边到窗户那边的顺序，卢沃在十几天夜里已经偷听了阿尔玛大约五百段的记忆，还有上百张盒式磁盘没有听过。它们有些像塔楼一样立在地毯上，更多地则被钉在了墙壁上。磁盘一端镌刻的数字并没有让卢沃发现什么年月次序。

不过，他觉得自己仿佛正笨手笨脚地慢慢迈向某些东西的中心。或者，如果不是靠近，就是远离，像是他正一点点远离一幅用上千个小点绘制成的图画。这幅画随时都会出现；阿尔玛人生中的某些基本真相随时都会变得清晰起来。

他知道得已经不少了。他知道阿尔玛还是个小姑娘时曾经沉迷于岛屿：叛徒、海难、部落的最后成员、遭遇海难的人双眼紧紧盯着空无一物的地平线。他知道她和哈罗德数十年来一直在同一家房产公司里上班，知道她拥有三辆银色的梅赛德斯轿车，每一辆都有十二年之久。他知道这座房子是阿尔玛和一位来自约翰内斯堡的建筑师一起设计的。他们会从目录中挑选油漆的颜色、门把和水龙头，用水平仪和卷尺来悬挂照片。他还知道她和哈罗德会去听音乐会，在花园中心买衣服，去一座名叫威尼斯的城市旅行。他知道哈罗德在自己退休后的那一天买了一辆二手的陆地巡洋舰汽车和一把九毫米的十字军手枪，开始驱车到开普敦东边一片被称为大卡鲁①的广阔不毛之地搜寻化石。

他还知道阿尔玛对自己的男仆菲克不是特别的友善，知道菲克有个小儿子名叫坦巴。阿尔玛的丈夫曾在男孩出生时为他支付过眼部手术的钱。阿尔玛发现后一度火冒三丈。

在5015号磁盘中，七岁的阿尔玛要求保姆把一瓶刚刚打开的可乐递给她。看到保姆迟疑着露出一脸苦相，阿尔玛扬言要开除她。保姆把瓶子递了过去。过了一会儿，阿尔玛的母亲出现了，怒不可遏地把她拽进一间卧室的角落里。“永远不要喝仆人喝过的任何东西！”阿尔玛的母亲喊道。她的脸扭曲了；娇小的牙齿闪着光。卢沃感觉自己的胃里一阵绞痛。

在9136号磁盘中，七十岁的阿尔玛参加了丈夫的葬礼。几十个白人站在枝形吊灯下，狼吞虎咽地吃着烤杏肉。阿尔玛一丝不苟的矮小男仆菲克穿着白衬衫、戴着黑领带在人群中小心翼翼地穿梭，身旁还领了一个戴着眼镜、路都走不稳的小孩；那孩子像根葡萄藤一样把自己缠绕在他的左腿上。

① 卡鲁指的是南非的干旱台地高原。——译者注

菲克送了阿尔玛一罐蜂蜜，盖子上还绑着一个蓝色的蝴蝶结。

“我很抱歉。”他说道，眼睛看着蜂蜜。阿尔玛把蜂蜜举了起来，将枝形吊灯的灯光暂时困在了罐子里。“你不必过来。”她边说边把罐子放在桌子上。

卢沃能够闻到殡仪馆里令人作呕的浓重香水味，看到菲克眼中的焦虑，通过自己的双腿感受到阿尔玛的摇晃。紧接着，他仿佛被无形的绳索从画面中一把抓了出来，再次变成了他自己，微微颤抖着。他的下巴透着一种微弱的痛楚，身子正坐在阿尔玛客房的床沿上。

很快就要到黎明前的时分了。雨已经停了。罗杰正站在他的身旁，朝着敞开的卧室窗户吞云吐雾，凝视着脚下的后院花园。

“有什么发现吗？”

卢沃摇了摇头。他的大脑感觉十分沉重，像是要爆炸似的。卢沃听说，记忆窃听者的寿命是一两年。感染、痉挛、癫痫。某些日子里，他能够感受到血管正缠绕在被装进他大脑里的柱状物周围，感觉到神经元试图穿过障碍物时的撕咬。

罗杰看上去脸色苍白，几乎是一脸病态。他把一只颤抖的手伸向了衬衫的前袋。

“没有任何有关沙漠的内容吗？没有任何与她丈夫坐在陆地巡洋舰汽车里的内容？你确定？”

卢沃再一次摇了摇头，问道：“她睡了吗？”

“终于睡了。”

两人依次下了楼。记忆在卢沃的思绪中缓缓地曲折流淌：六岁的阿尔玛坐在一间餐厅里，面前是亚麻的桌布，身边是成年人的笑声，还有身穿白衬衫的仆人上菜时发出的轻柔嘘声。阿尔玛把一只蚯蚓的身体包裹在了鱼钩的尖端上。一座微微发光的教堂墓地，阿尔玛的母亲瘦骨嶙峋的手指缠绕在一只方向盘上。推土机和嘎嘎作响的大巴车，还有她长大的郊区周围安全护栏上的缺口。从年纪比她小一半的科萨小孩那里购买一种被称为家酿白酒的私酿威士忌。

走到客厅里时，卢沃已经快要晕倒了。两张扶手椅，台灯，露台玻璃门，以及布满蔓叶花样、有着黄铜钟摆和沉重桃花心木底座的巨大落地摆钟，一切似乎都在夜色中跳动。他的头痛愈演愈烈、无法遏制；如同一簇正舔舐着万物边缘的橘黄色火焰。他的心脏每跳动一次，大脑就会在头盖骨的内壁里反弹一次。随时随地，他的视野都会被点燃。

罗杰替男孩用力地把毛线帽套在了头上，把一只长长的手臂环绕在他的腋窝下，趁着第一缕日光冲破桌山上空时搀扶着卢沃走出了房门。

星期二早上

破晓刚过，菲克就赶到了散发着淡淡烟草味道的房子。冰箱里少了三颗鸡蛋。他站了一分钟，苦苦思索。似乎没有什么别的东西被打乱过。阿尔玛睡得正香。

今天早上，房地产经纪人会来。菲克用吸尘器吸了地，擦洗了阳台的窗户，抛光了台面，直到它们闪闪发光。透过窗户，被昨晚的雨漂洗过的纯净光线洒了进来。大海如同闪闪发光的青灰色薄片。

十点钟时，菲克在厨房里喝着咖啡。两条整洁的白色茶巾被叠放在烤箱的把手上。地板也被用力擦洗干净了；洗碗机里空荡荡；落地大摆钟上好了发条。一切都井然有序。

菲克突然想到自己可以偷点什么。他可以拿走厨房的电视、哈罗德的某些书和阿尔玛的音乐播放器。珠宝。大衣。车库里那对浅绿色自行车——阿尔玛的那辆她自己骑过几次？

一次？还有谁会知道那些自行车在这里？菲克现在就能叫上一辆出租车，往车里装上几只行李箱，把它们带去卡雅利沙镇。在夜幕降临之前，阿尔玛都不知道自己拥有过的上百样东西就这样变现了。

谁会知道呢？会计是不会知道的。阿尔玛也一样。只有菲克——只有上帝知道。

阿尔玛在十点三十分醒来，东倒西歪、昏昏沉沉。他替她穿好衣服，护送着她来到早餐桌旁。她在自己的椅子上坐下，茶都没有喝上一口，双手颤抖着。几缕假发被卡在了她的眼睫毛之间。“我之前常到这里来。”阿尔玛咕哝道，“之前。”

“你不想喝茶吗，阿尔玛太太？”

阿尔玛朝他露出了困惑的眼神。

楼上的记忆墙在风中发出了轻快的连续敲击声。十一点钟，房产中介的轿车悄无声息地驶上了车道，准时到达。

南非博物馆

下午，卢沃在罗杰位于开普平原的一居室公寓里醒来。

他的身旁摆着一张桌子和两把椅子。平底锅被收纳在碗柜里；一盏煤油炉；书架上摆着一排书。东西比一间牢房里的多不了多少。从罗杰家的那扇窗户向外望去，能够看到一块大约二十英尺外的广告牌底部的一角。广告牌上，一个白人女子穿着雪白的比基尼躺在沙滩上，手里举着一瓶皇冠牌啤酒。从自己躺着的地方望过去，卢沃能够看到她双腿的下半部分，还有她交叉的脚踝，以及沾着沙子的裸露双脚上苍白的脚底板。

笑声、婴儿的声响、争吵声、做爱声、发动机和风扇的隆隆声——开普平原的喧哗透过墙壁和天花板钻了进来。睡在这里的大约一个月时间里，卢沃记得自己曾经听到过六七次猛烈的枪响。女子们会在开放的过道里飘然穿过，手上涂着光滑的指甲油，还戴着紧贴脖子的短项链；每天晚上，某个经过门口的人都会压低了嗓门说道："安眠酮，安眠酮①"。

罗杰出门了。也许是去跟踪阿尔玛了。卢沃坐在桌旁，吃着撒盐饼干，读着罗杰的其中一本书。这是本关于北极圈探险的小说。探险者们吃光了自己的食物，于是去猎食海豹。

① 安眠酮在临床上适用于各类失眠症，久用可成瘾。——译者注

冰面很薄，似乎随时都会有某个人从开裂的冰面落入冰冷刺骨的水中。

大约一个小时过后，罗杰还是没有回来。卢沃从一只抽屉里取出了两枚硬币，就着水池用力擦洗着自己的脸和双手，还用一张打湿的纸巾擦拭了一下运动鞋的足尖部位。他把一顶水手冬帽套在脑袋的接口上，坐上一辆公共汽车，去了公司花园。

下午四点钟前后，他进入了南非博物馆，从两个一脸怀疑的守卫面前迈过，走进了古生物馆。上百块化石被锁在玻璃柜里，还有来自南非各地的标本：贝壳、蠕虫、鹦鹉螺、种子蕨类植物和三叶虫，也有晶体以及闪闪发光的成团石英；琥珀滴状物中的蚊子；白钨矿、钼铅矿。

在玻璃的反光中，卢沃仿佛能够看到阿尔玛家的墙壁，那些钉着的纸张和盒式磁盘正漂浮在化石上方的一片昏暗之中。骨头、牙齿、脚印、鱼、古老爬行动物扭曲的肋骨——在阿尔玛的记忆中，卢沃看到过从卡鲁返回的哈罗德怀着满腔热情，热衷于粗粒玄武岩、粉砂岩、骨床和小径。这个身材高大的男人会在车库里开凿岩石，向阿尔玛展示完整的两栖动物，被嵌在石灰岩里、一英尺长的蜻蜓，还有硬化的泥土中微小的蠕虫足迹。他满面红光、生机勃勃地钻到厨房里来，身上散发着灰尘、热气和岩石的味道。把防护眼镜推到额头上，他挥舞起了从某处捡来的一根乌木手杖。那根手杖几乎和他一样高大，把手上缠绕着红色的珠子，顶部还刻着一头大象。

这一切触怒了阿尔玛：科考队员的手杖、护目镜、哈罗德充满孩子气的迫切心情。阿尔玛宣称，结婚四十五年了，他现在倒是决定变成一个神经错乱的地质学家了？他们的朋友怎么办，一起去散步的事情呢，加入地中海游艇俱乐部的事情呢？阿尔玛会喊道，退休的人啊，就应该*靠近*而非远离安逸。

卢沃知道：罗杰磨损的、破烂不堪的钱包里，有一张四年前的报纸讣告。大标题上写着“*房产专家变身恐龙搜寻者*”。下面是哈罗德·克纳切克的一张模糊不清的黑白照片。

卢沃按照要求看了这张讣告许多次，以至于都能将里面的内容背下来了。六十八岁的开普敦退休者与妻子驾车行驶在大卡鲁的穷乡僻壤之间。在一处路堑停车寻找化石时，他突发致的命心脏病。据他的妻子说，就在他去世之前，他刚刚有了重大发现，一块罕见的二叠纪化石。在该区域展开的全面搜寻却没有任何发现。

头戴草帽、留着白色胡须、一口墓碑般牙齿的罗杰曾经告诉过卢沃，他曾带领另外几十个化石猎人，甚至是一个大学团去过沙漠。他还说，几位古生物学家曾经去过阿尔玛的家，询问她看到过什么。“她说她记不得了。还说卡鲁那么大，所有的山看上去都是一样的。”

人们的兴趣渐渐淡了，以为化石是找不回来了。没过多久，几年后，罗杰看到阿尔玛·克纳切克和自己的男仆正从绿点的记忆诊所离开。于是他开始在镇上四处跟踪他们。

“朗基弗朗斯丽齿兽。”一个月前，在罗杰第一次带着卢沃来到阿尔玛家的那个晚上，他告诉这个男孩。卢沃已经把这个名字刻在了自己的记忆中。

“它是二叠纪的一种凶恶的大型食肉动物。一副完整的骨架值四五千万兰特。去年的某场拍卖会上，一只三角恐龙头骨曾被某个中国人以四百万美元的价格买走。”

卢沃从展示柜上抬起头来。馆中回荡着脚步声。成群的游客在四处乱转。被博物馆摆放在巨型基座上的丽齿兽骨架和哈罗德五十年前向阿尔玛展示的一样。它的头部侧面是扁平的，下巴上长满了牙齿，爪子看上去孔武有力。

丽齿兽下方的饰板上写着“*大卡鲁高原，晚二叠纪，二点六亿年前*”。卢沃在骨架前站立了许久。他听到哈罗德耳语的声音正穿过阿尔玛记忆中漆黑的走廊传来：*这些也是我们的祖先*。

卢沃心想：我们全都是媒介。他心想：所以这就是罗杰要找寻的。一种古老得不可思议的东西。

星期三晚上，星期四晚上

卢沃醒来时，罗杰正站在他的身旁。时间已经过了午夜，他又回到了罗杰的公寓里。回归自我的震惊之情令他那颗被人篡改过的脑袋十分灼热。罗杰蹲坐下来，吸着一支香烟，一脸不悦地瞥了瞥自己的手表。

“你出去了？”

“我去了博物馆，后来睡着了。”

“我是不是必须动手把你锁起来了？”

“把我锁起来？”

罗杰在卢沃头顶上方的一张椅子上坐下，把帽子放在了桌子上，用不悦的神情注视着抽了一半的香烟。

“某人今天在她的房前放了一块房产标识。”

卢沃用指尖按压着自己的太阳穴。

“他们要把老太太的房子卖掉。”

“为什么?”

“为什么？因为她已经疯了。”

聚光灯打在皇冠啤酒女郎那双深褐色的腿上。在她身子下方的开普平原上，镉元素颜色的灯光在树叶下若隐若现。不时还有忽明忽暗的人影在树下穿梭。街区在骚动。罗杰的手中，香烟的尖端亮了起来，随后又缓缓熄灭。

“所以我们结束了吗？我们不过去了吗?”

罗杰看着他。“结束？不。还没呢。我们得加快动作了。”他再一次瞥了瞥自己的腕表。

一个小时之后，他们回到了阿尔玛·克纳切克的房子里。卢沃坐在阿尔玛楼上卧室的床上，仔细端详着面前的墙壁，努力集中注意力。墙壁的中央，一个年轻的男人正从大海里走出来，裤子被卷到了膝盖上。这个男人的周围环绕着一排排的书籍、明信片、照片、拼错的名字和用迟疑的铅笔加过下划线的购物清单。旅行。公司派对。《金银岛》。

阿尔玛墙壁上的每一张盒式磁盘都变得有些更古怪了，在黑暗中燃烧起来。卢沃在它们之间游荡，逐步探索着她个人经历的迷宫。他心想，也许从一开始，在阿尔玛病入膏肓之前，这面墙就针对发生在她身边的事为她提供了某种程度的支配力。也许她能够把一张盒式磁盘挂在钉子上，一两天后找到它，感觉自己的大脑再一次成功回忆起了同一段记忆——在暮光中铸造出一条新的路径。

这样的做法起作用时，肯定就像是下到漆黑的地窖里取一罐果酱，发现罐子就在那里等待，又冰又重。于是她带着它爬上落满尘土的弓形楼梯，来到厨房的光亮之中。反正，这对阿尔玛来说暂时是有效的，肯定曾帮她相信自己是能避开不可避免的记忆衰退的。

不过，这对罗杰和卢沃来说却起不到任何作用。卢沃不知该如何通过这面墙达到自己的目的；它只会向他展示阿尔玛心中向往的生活。运转中的盒式磁盘在他还没有完全达到目标时便掉头离开了；他摔倒在了自己无法控制的一段过去和一种思想之中。

在 6786 号磁盘中，哈罗德告诉阿尔玛，他正在开拓某种至关重要的东西。他终于可以试图去了解自己长大的地方，与他在这个时代中无限卑微的地位做斗争。他说他正在学着去看，那曾经是什么：风暴、怪物、二叠纪哺乳动物原型的存在的五千万年。他在这里，六十多岁，敏捷得仍旧足以在南极洲以外最肥沃的化石层中漫步，在石头中漫步，用自己的双眼和手指去寻找曾经生活在久远得不可思议的年代里的动物们留下的印记！他告诉阿尔玛，这就足以让他想要跪下。

“跪下？”阿尔玛火冒三丈，“跪下？为了谁？为了什么？”

“求你了。”哈罗德在 1204 号磁盘中央求阿尔玛，“我还是一直以来的同一个人。让我这样做吧。”

“你疯了。”阿尔玛告诉他。

一张又一张盒式磁盘之后，卢沃感觉自己被哈罗德吸引了：这个男人长着宽大的红色脸庞，双眼闪烁着柔和的好奇神情。就连那只愚蠢的乌木手杖和车库里巨大的岩石都是讨人喜欢的。在有哈罗德出现的磁盘中，卢沃能够感觉自己就在阿尔玛的脚下，就在她的身边。他想要在她意欲离开的地方徘徊，想要从哈罗德的身上学到些什么，看看这个男人能从陆地巡洋舰汽车的后面拽出什么东西、用书房里的牙医工具刮擦。他想要和他一起到卡鲁上去，在河床、隘口和路堑上搜寻——并为自己无法这样做而感到失望。

还有这个白人书房里的那些书！在卢沃的记忆中，他这一生见过的书也就不过如此。卢沃甚至学起了被哈罗德放在楼下展示柜中的化石的名称：海螺、角贝、鹦鹉螺化石。在和罗杰一起到达时，他想要把它们摊在书桌上，让自己的手指从它们的身上掠过。

在6567号磁盘中，阿尔玛哭了。哈罗德动身去了某个地方，也许是去搜寻化石了。这是一个漫长而又阴郁的晚上，房子里既没有音乐会，也没有请柬，没有人打来电话。对着厨房电视机里一部叽叽咕咕说着什么的侦探剧，阿尔玛独自在桌旁吃着烤土豆。屏幕上的脸孔既模糊又离群。露台窗外的城市灯光在卢沃看来就像是远处一艘游轮的舷窗，是金色的，温暖的，遥远的。阿尔玛想起了自己的少女时光，想起了自己过去是如何常常凝视着岛屿的照片，想起了比利·彭斯，想起了朗·约翰·西尔弗①，戈壁滩上的流浪者。

装置发出了呜呜的响声；磁盘被退了出来。卢沃闭上双眼。他的头盖骨在悸动；他能够感觉到头盔上的螺丝正在顶着他的大脑移动。

---

① 比利·彭斯和朗·约翰·西尔弗都是罗伯特·路易斯·史蒂文森的冒险小说《金银岛》中的水手。——译者注

楼下传来了罗杰压低了嗓门对阿尔玛说话的声音。

星期五早晨

一种传染病正在C区蔓延，伏击着一个又一个棚屋里的孩子们。这个小时，广播评论员说病毒是通过唾液传播的；下一个小时，他们又说它是通过空气传播的。不，携带病毒的是镇子里的狗；不，是饮用水；不，是西方制药公司的阴谋。这有可能是脑膜炎，另一种大规模流感，某种新型的幼儿瘟疫。似乎谁也没有任何头绪。有人在谈论开设面向公众的抗生素发药处。还有人在讨论实施检疫隔离。

星期五早晨，和往常一样，菲克四点半就醒来了。他带着搪瓷脸盆来到六个棚屋以外的水龙头处，把自己的刮胡刀、肥皂和面巾摆在一条毛巾上，蹲坐在脚后跟上，在缺少镜子的微凉夜色中独自刮起了胡子。钠光灯已经熄灭，几颗星星在云朵间四处闪现。两只冠鸦在邻居家的屋檐上静静地凝视着他。

刮完胡子，他擦洗了一下手臂和脸颊，把搪瓷脸盆里的水倒在了街上。五点钟，菲克抱着坦巴走到街道尽头的阿曼达小姐家，在进去之前轻轻敲了敲门。阿曼达用手肘把身子从床上撑了起来，朝他露出了一个无力的微笑。他把仍在酣睡的坦巴安置在她的沙发上，将男孩的眼镜放在了他身旁的桌子上。

在步行前往 C 区车站的路上，菲克看到一队身着海军蓝和白色制服的女学生正排队爬上一辆白色的大巴车。每个女孩的口鼻处都戴着一副纸面具。他爬上斜坡，等待着。他们脚下草木茂盛的田野中，四处横卧着被人遗忘的混凝土涵洞，如同某个已经逝去的文明倒塌的立柱，上面被人用涂料喷绘上了一些标语：*顺序连赢*①、*他妈的*、*百叶窗 43*。*有钱人更加富有*。*贾玛科塔正在死去请帮忙*。

火车来回穿梭，如同轻快敏捷的野兽。菲克心想，还有三天。

4510 号磁盘

阿尔玛似乎比以往更加疲惫了。十一点三十分，菲克扶

---

① 指赛马或跑狗过程中博彩者需把第一、第二名的马或狗的确切顺序排列好才能赢得奖金。——译者注

着她从床上爬了下来。她的左眼中渗出了一些清晰的液体，眼神凝视着一片空白。

这天早上，她允许菲克为自己穿好衣服，却不愿吃饭。中介两次带人来看房，于是菲克不得不把阿尔玛送到院子里去，和她坐在沙发椅上，牵着她的手，好让那对年轻夫妇能在房间里四处闲逛、欣赏景致，在地毯上留下一道道的足迹。

两点钟前后，菲克叹息着放弃了。他让阿尔玛坐在楼上的床上，拧好远程设备，让她观看 4510 号磁盘。这张磁盘被他存放在了洗碗机旁的抽屉里，以便随需随取。在她需要的时候。

阿尔玛的脖子松弛了；双膝松开了。菲克下楼吃了一片面包。风开始持续拍打花园中的棕榈树。“东南风要来了。”厨房的电视里说道。紧接着，广告闪过。一个高大的白人女子奔跑着穿过机场。一只一码长的三明治从屏幕上卷过。菲克闭上双眼，想象着风吹抵卡雅利沙，箱子翻着筋斗从小卖部门口滚过，塑料袋在马路上滑行，一下子撞上了围栏。车站里的人纷纷把衣领拉起来抵御灰尘。

又过了几分钟，他听到阿尔玛在大叫。他走上楼，让她先坐下，把同一张磁盘再一次推了进去。

木匠老大

星期五，在城市的另一边，罗杰带着卢沃走上了不同于阿尔玛·克纳切克家的另一座房子门前的人行道。房子周围环绕着一道十二英尺的灰泥墙，墙头还嵌着破碎的瓶子。露出墙头的九棵或是十棵桉树正在起伏摇动。

罗杰的一只手中提着装有某种重物的塑料袋。在大门处，他抬头看了看染色玻璃球里装着的监控摄像机，举起了袋子。大约十分钟之后，一个女人一言不发地把他们领了进去。两只喷了香水的柯利牧羊犬跟在她的身后慢跑着。

这间房子不大，四壁都是玻璃。那个女人让他们坐在一间装有大壁炉的开放式客厅里。壁炉上摆着一块化石，看上去像是一只被砸碎的、长着翅膀的鳄鱼正从平滑的石板上盘旋着爬出来。卢沃意识到，房间四处还摆放着几十块化石，有的被悬挂在立柱上，有的被摆放在基座上，有的被陈列在打着背光灯的箱子里。它们中有些体型巨大。他能够看到和井盖一般大小的螺纹贝壳，以及嵌在一扇门上的木化石横截面，还有被固定在金色支架上、看似象牙的东西。

片刻之后，一个男人走了进来，弯下身子挠了挠柯利牧羊犬的耳后。罗杰和卢沃站起身来。这个男人赤着脚，穿着卷到脚踝的宽松长裤和一件没有系上扣子、看上去十分柔软的衬衫。他的头盖骨背后堆积着一大块隆起的脂肪，右手腕上套着一只金色的手镯，指甲像是被打磨过，闪着微光。他从狗的身上抬起头，在一张皮质扶手椅上坐下来，打了几个大大的哈欠。

“你们好。”他边说边朝两人点了点头。

“这位是木匠老大。”罗杰说道，仿佛卢沃不清楚这话是不是在对他说似的。谁也没有和彼此握手。罗杰和卢沃坐了下来。

“你儿子?”

罗杰摇了摇头。那个女人拿着一只黑色的马克杯再次出现了。老大接过杯子，却没有为卢沃或罗杰提供任何饮料。老大分三口喝着马克杯里的东西，然后把杯子放下，露出了痛苦的表情。他伸展了一下背后的某几块骨头，转了转脖子，终于开口问道：“你带了什么东西来吗?”

令卢沃感到吃惊的是，罗杰竟然从塑料袋里取出了一块他认得的化石。那是罗杰从哈罗德的柜子里拿来的，里面包含着一颗种子蕨的印迹，三个叶片几乎是被平行地按在化石里的。以颜色更深的石头为底色，叶子的印迹近乎白色。看着它被罗杰托在手中，卢沃想要用自己的手去抚摸那些叶痕。

木匠老大盯着它看了大约四五秒钟，却并没有从自己的扶手椅上站起来，或是伸出手接过它。

“我可以给你五百兰特。”

罗杰发出了不自然的、虚假的笑声。

“得了吧。”老大说，“这种东西我的日光室里现在就有一百块。它们能卖出什么价钱？你还有别的什么吗？”

“眼下没有了。”

“但你一直在忙活的那个大件东西在哪儿呢？”

“就快到手了。”

老大把手放下来，拿起自己的马克杯，向里面瞥了瞥，又把它放回地板上。“你欠钱了，对吗？有人来找你要债了，对吗？”他用柔和的眼神草草扫了一眼卢沃，然后又望了回去，“要想把债还清，你还有很长的路要走，对吗？”

罗杰答道，“我正在忙活那个大件呢。”

“五百兰特。”老大答道。

罗杰一脸挫败地点了点头。“好了。”老大说着站起身来，又大又亮的脸庞熠熠生辉，仿佛一朵云正在飘离太阳，“我要不要向这个男孩展示一下那些收藏品？”

楼上

卢沃认识到，阿尔玛家的墙壁上有几片空白，被省略掉的部分和缺口。就算他能她的整个课题重新组织起来，按照时间线排列她的人生，从第一段到最后一段记忆——米黄色小磁盘中播放的那些阿尔玛在楼下和客厅里度过的日子——他从中又能知道些什么呢？时间上的断裂、他理解上的失败依旧存在，况且他还有几个月的内容无法看完。谁能说包含哈罗德死前片刻的盒式磁盘还存在呢？

星期五的晚上，他决定放弃循规蹈矩的方式。无论这些磁盘的排列曾经遵循的是什么顺序，自此都要被打乱。这是一个疯女人整理出来的博物馆。面对固定在墙面上的混乱局面，出于某些无以名状的原因，他开始仔细端详一切在他看来十分显眼的磁盘。在一张磁盘中，九岁或是十岁的阿尔玛仰面躺在一张摆满了枕头的床上，听父亲为自己读着《金银岛》中的一章；在另一张磁盘中，医生告诉年纪稍微大一些的阿尔玛，她可能怀不上孩子了。在第三张磁盘中，阿尔玛写下了“*哈罗德和菲克*”的几个字。卢沃把这一段在遥控装置中放了两遍。在这段记忆中，阿尔玛要求菲克把几箱书搬进哈罗德的书房里，按照字母顺序将它们排列在他的书架上。“依据作者的名字。”她说。

菲克很年轻，肯定是刚刚才被雇来的，看上去似乎比现在的卢沃大不了几岁。他穿着一件熨烫过的白色衬衫，双眼在全神贯注地聆听指示时似乎充满了恐惧。

“是的，夫人。”他说了好几遍。阿尔玛消失了。大约一个小时之后，当她和哈罗德一起返回时，哈罗德书房书架里的每一本书几乎都被菲克放反了。阿尔玛走近书架，将几本书朝着自己这边倾斜过来，然后又把它们放了回去。“好吧，它们的排列没有遵循任何的顺序。”她说。

菲克的脸上露出了困惑的表情。哈罗德笑了起来。

阿尔玛转过头去望着书架。“这个小伙子不识字。”她说。

卢沃无法让阿尔玛回身望向菲克；菲克就是一个幽灵，是她视线之外的一抹污迹。但是他能够听到哈罗德就在她的身后，声音中仍旧带着笑意。他说：“别担心，菲克。没有什么是学不会的。你在这里会做得很好的。”

记忆暗淡了；卢沃拧下头盔，把小小的米黄色磁盘挂回当初把它摘下来的那颗钉子上。花园里的棕榈树在风中哗啦作响。卢沃心想，过不了多久，房子就会被卖掉，而这些磁盘就会被送回医生办公室，或是和阿尔玛一起被送往她被托付的地方。琳琅满目的文件会被折起来、丢进垃圾袋里。还有那些书籍、电气用品和家具，统统都会被变卖。菲克也会被送回家，回到自己的儿子身边。

卢沃颤抖起来。他想起哈罗德放在楼下的化石还在橱柜中等待，还能听到木匠老大在向他展示那几颗光滑大牙时说话的声音。他说，这些牙齿是从荷兰的一处白垩矿场里挖出来的，属于一只沧龙。“科学。”老大曾说，“总是与背景有关。但是美呢？爱呢？为我们在时代中的位置深感谦恭呢？为它们留出的空间在哪里？”

“找到你要找的东西。”老大在他们离开之前这样说，“你知道该把它带来什么地方。”

希望，信仰。失败或成功。一踏出老大家的大门，罗杰就点了支烟，颤抖着贪婪地长时间吸起来。

半夜，卢沃站在阿尔玛楼上的卧室里，听到哈罗德·克纳切克仿佛正在坟墓里低语：*我们都在纷乱中落入淤泥。我们都会归于尘土。直到我们在光的缎带中死而复生。*

卢沃意识到，在他和阿尔玛能够记得的每年十一月，正在阿尔玛的花园中四处横冲直撞的风都会来到开普敦。明年、后年也一样，循环往复，持续几个世纪，直到他们认识的每一个人以及每一个认识他们的人都撒手人寰。

楼下

三颗鸡蛋在阿尔玛面前的毛巾上冒着热气。她剥开了一颗。窗外的天空和大海都漆黑一片。那个长着一双大手的高个男人正在她的厨房里四处挥动着自己的手指。“快要没有时间了。”他说，“你和我都一样，老太太。”

他开始在厨房里昂首阔步，走来走去。露台的围栏在风中发出了呻吟般的凄切声响，要不然就是风在哀号，或是风和围栏一起——她的耳朵无法将二者区分开来。高个男人举起一只手，取下帽带里夹着的香烟，把它叼在唇间，却没有点燃它。“你可能以为自己是个英雄。”他说，“在上面挥舞自己的宝剑，抵挡着一支庞大的军队。”

罗杰挥舞起想象中的剑，在空中猛砍了一通。阿尔玛试着不去理会他，努力把注意力集中在指尖温热的鸡蛋上。她希望手里能有些盐巴，却遍寻不到调味瓶。

“不过你输了，输得很惨。你输了，将来终将和其他有钱的老废物一样——记忆全失、浑然无觉、日渐凋零，不断地给自己灌输那些记忆。直到你什么也不剩。不是吗？你现在只不过是一根管子，嘿，阿尔玛？只不过是一支流血的管子。把某样东西放在管子顶上，它就会直接从底下掉出来。”

阿尔玛的一只手里还握着她显然刚刚剥好的一颗鸡蛋。她慢慢地吃着它。面对眼前的这个男人，某些被压抑的东西呈现了出来，一种怒火，一种终生的耻辱。不用转头，她就能感受到自己厨房窗外的黑暗中有什么可怕的东西正在向她靠近。

“那个男仆怎么样？”高个男人问道。她希望他能够闭嘴。“从一方面来看，一切看上去就像是一种牺牲。哦，一个好孩子，身体健康，会说英语，没有疾病，自己带着个黑人小孩，坐着单程十英里的大巴车从镇上到郊区来泡茶、给花园浇水、梳理她的假发。填满冰箱。为她剪指甲。帮她叠好老太太内衣裤。种族隔离结束了，而他做的是女人的活。一个圣人。一个仆人。我说得对吗？”

阿尔玛的面前还有两颗鸡蛋。她的心在她的胸膛里极其迅速地开合。高个黑人在室内还戴着自己的帽子。她想起了《金银岛》里的一句话，不知道是从哪儿冒出来的：“他们的双眼在脑袋里燃烧；双脚越来越敏捷、越来越轻巧；整个灵魂都聚焦在那份财宝上。一生的荣华富贵与寻欢作乐，正在那里等待着他们每一个人。”

罗杰正用一只手指弹着自己的太阳穴。他的双眼是她不能去看的旋涡。我不在这里，阿尔玛心想。

“可从另一个方面来看，事情又是什么样子的呢？”那个男人问道，“男仆让自己进了大门，进了房门，看着你四处蹒跚，在记忆的边缘外移动。当然了，他是在排队等待自己的那一份遗产。手指已经探进放钱的抽屉里了。他也吃香肠，不是吗？也许还有账单要付。他知道你在那个医生身上花的那份钱。”

“别说了。”阿尔玛答道。她心想，我不在这里。我不在任何地方。

“我对这个男孩就是这么做的。”他说，“我可以告诉你，你甚至不知道我在说什么。我是在公司花园里找到他的，他是谁？只不过是一个孤儿。我付了手术的钱。我喂饱他，照顾他。我把他带了回来，帮他维持健康，不是吗？我还让他四处走动。”

过往车辆的车头灯从院子里扫过，在树木间慢慢流逝。阿尔玛的恐惧涌上了喉咙。车头灯逐渐消失了。风在房子上方呼啸而过。

“好了，别说了。”她说。

“你现在快吃。”罗杰答道，“你吃，我就不说话。楼上的男孩会找到我要找的东西，然后你就可以在平静中死去了。”

她眨了眨眼睛。一瞬间，她厨房里的这个男人转化成了一个恶魔：飞扬跋扈、穷凶极恶；他用石灰岩般的眉毛下那双眼睛低头凝视着，挥舞着可怕的双手。

“我们心里都有令人不快的事情。”魔鬼说道，还指了指自己的胸脯。

“我知道你是谁。”她轻声却十分专注地答道，“我看出你是什么样的人了。”

“我猜你看出来了。”罗杰说。

噩梦

在一场噩梦中，阿尔玛发现她正身处自己五十年前与哈罗德共同观看的一场化石展览中。整个展馆头顶上的照明灯都被关掉了。唯一的亮光来自穿透房间的一道势不可挡的浅灰蓝色光束。光束依次照亮了每一副骨架，然后重新把展馆弃置于黑暗之中，仿佛有座奇妙的灯塔正在高窗外的草坪上旋转。

让哈罗德如此兴奋的丽齿兽骨架已经不在那里了。支撑骨架的铁臂还留着，一道灰尘的轮廓标记出了它原来矗立的位置。但丽齿兽却不见了。

阿尔玛的心跳加快，无法呼吸。她的双手垂在体侧，但在梦中，她能够感觉到她正在抓着自己的喉咙。

一道蓝光摆动着穿过博物馆窗户的拱廊，照亮了蜘蛛网，照亮了形态各异的骨骼怪物，照亮了空荡荡的基座，照亮了阿尔玛。阴影赫然竖起，又被吸回黑暗之中。她上方的房顶发出了宛若来自大海的呻吟声。她这一趟要来寻找的目标调转方向从她的身边跑了过去，就在那里，然后消失了。

紧接着她看到了。窗户上若隐若现的魔鬼身影。鼻孔，下巴，一张皮肤干燥、脸色煞白的脸颊，两颗狗牙一般的黄色门齿，每一颗都和她的前臂一样长，从多鳞的粉色牙床上支出来。它用爬虫似的湿润鼻子吐着气，在玻璃上映出了两团椭圆形的云雾，下颚上还悬挂着摇摆不定的唾液泡。灯光一扫而过；野兽蹲得更低了。它起褶的喉咙抽搐着，用一只眼睛凝视着她，眼中布满了血丝。微小的河道网将血液运送到了它黄色的眼球里更深、更深的地方，那个不可知的、可怕的、湿乎乎的地方——这是从记忆中某个黑色的角落里被挖掘出来的怪兽；即便身处走廊另一边，她也能看到它那只一动不动的硕大眼睛中的腺管，还能闻到它的味道。这只生物闻起来就像是一片沼泽，一只居住在水滨的动物，散发着烂软泥巴的味道。一个念头、一块碎片，一本书中的一句话，从她记忆里的某块脓肿中冒了出来。醒来时，她的双唇念叨着一句话：*他们来了。他们来了，他们心怀不轨。*

星期六

东南风为桌山蒙上了一层厚厚的雾气。在弗雷得赫伊克，一切看上去都是朦胧而模糊的。汽车在一片白色中隐隐出现，又再度消失。阿尔玛一直睡到了正午。醒来时，她为自己整齐地戴好假发、迈着踉跄的步子走了出来，双眼炯炯有神。“早上好。”她说。

菲克吓了一跳。“早上好，阿尔玛夫人。”

他为她端来了燕麦粥、葡萄干和茶。“菲克。”她清晰地念出了他的名字，仿佛是在品味它，“你是菲克。”她又说了几次他的名字。

“你今天想要坐在室内吗，阿尔玛太太？外面潮湿得厉害。”

“是的，我就留在室内好了。谢谢你。”

他们坐在厨房里。阿尔玛往嘴里胡乱塞着一大勺又一大勺的燕麦粥。电视里嘟嘟囔囔地播着新闻，讲述的是关系紧张、农场遭到攻击、卫生所外出现暴乱。

“喏，我的丈夫。”阿尔玛突然说道，不完全是在对菲克说话，而是在面对整个厨房，“他一直都很喜欢岩石。岩石和里面那些死了的东西。正如他所说的那样，他总是要出发去盗墓。我的爱好就不那么显而易见了。我的确很在意房子。在房产中介行业出现众多女性之前，我就当上中介了。”

菲克把一只手放在了自己的脑袋顶上。除了声音微微有些颤抖之外，阿尔玛听起来和十年前一样。电视机发出了嗡嗡的声响。露台的窗户上贴着雾气。

“我有过快乐的时候，也有过不快乐的时候。”阿尔玛继续说，“和所有人一样。说任何人快乐或者不快乐都是荒谬的。我们每个小时都会是上千种不同的人。”说到这里，她看着菲克，尽管不是径直望向他，仿佛有个客人正飘浮在他的身后，又飘到了他的左边。雾气渗透进花园。树消失了。沙发椅消失了。“你不这么认为吗?”

菲克闭上双眼，又睁开。

“你快乐吗?”

“我，阿尔玛太太?”

“你应该成家了。”

“我的确成家了。还记得吗？我有个儿子。他如今已经五岁了。”

“五岁了。”阿尔玛附和道。

“他的名字叫作坦巴。”

“我懂了。”她把勺子插进剩下的燕麦粥里，松开手，看着勺把缓缓落下，触碰到碗边，“跟我来。”

菲克跟着她爬上楼，来到了客房。整整一分钟，她就站在他的身旁，两人面对着满墙的纸张和磁盘。她蹲下身子，沿着墙壁四处走动起来，嘴唇无声地移动着。菲克面前的墙壁上有张某座小岛的明信片，岛的周围环绕着蓝绿色的大海。两年前，阿尔玛每天都在这面墙上忙活，张贴东西，全神贯注。曾有多少次，菲克都得把饭食替她端到这间屋子里来？

她把手伸向了哈罗德的照片，用手指拨弄了一会儿照片的一角。“有些时候。”她说，“我记东西会有麻烦。”

在她身后的窗外，雾气在循环往复。天空令人难以分辨。邻居家的房顶消失了。花园消失了。一切都是白茫茫的一片。“我知道，阿尔玛太太。”菲克答道。

蒸汽灯

晚上九点半，呼啸的风冲撞着 C 区上万间杂乱无章的房子。刚一进门，菲克就从阿曼达小姐用牙咬着嘴唇的样子中看出坦巴病了。隔着一英尺的距离，他就能感觉到热量正从男孩的身体里散发出来。“小羊羔。”菲克低语道。

二十四小时诊所门口已然大排长龙，比菲克曾经见过的还要长。母亲们带着自己的孩子坐在翻过来的洋葱箱子上，或是睡在毯子上。在他们的身后，一幅和大巴车一样长度的壁画中描绘的是耶稣在墙面上伸开不可思议的长长手臂。干枯的树叶和塑料袋在马路上疾驰。

在接下来的几个小时中，菲克不得不两次离开队伍，因为坦巴把自己的衣服弄脏了。他为儿子擦干净身子，用一条毛巾把他包裹起来，回到诊所门外等待。C 区上方塔楼上的蒸汽灯像某种遥远卫星的聚合体一般来回摇晃。纸屑和扬尘在塔楼下的空中飞舞。

到了凌晨两点钟，菲克和坦巴距离队伍的前端还很遥远。每过一个小时左右，睡眼惺忪的护士都会在队伍中前后走动，用科萨语表示自己对所有人的耐心有多感激。她说，诊所正在等待抗生素。

菲克能够感觉到坦巴的汗水正渗透过包裹着他的毛巾。男孩双颊的颜色如同洗碗水一般。“坦巴。”菲克耳语道。一次，男孩虚弱地抬起头来，菲克能够看到灯塔映在他水汪汪的眼睛里时颤动的小点。

与此同时

星期日一早，罗杰和卢沃就走进了阿尔玛·克纳切克的家。阿尔玛还没有睡醒。从她卧室里传来的呼吸声十分平稳。罗杰不知道男仆是否喂她服用了镇静剂。

卢沃在楼上跺着脚。罗杰打开冰箱，又关上。他打算去外面的花园里抽支烟。今晚，他分外强烈地感受到，自己的时间已经所剩无几了。露台脚下，在雾气背后的某个地方，开普敦正在沉睡。

无缘无故地，心不在焉的罗杰打开了洗碗机旁边的抽屉。他在这间厨房里已经站了十七个夜晚，以前却从未打开过这个抽屉。在抽屉里，罗杰看到了丁烷打火机、硬币和一盒订书钉。还有一张米黄色的聚合物磁盘，和楼上的那上百张磁盘一模一样。

罗杰拿起磁盘，把它举到窗前。编号 4510。

“小子。”罗杰朝着天花板扬声喊道，“小子。”卢沃没有回答。罗杰走上楼等待着。那孩子已经接上了机器，躯干似乎在微微摇摆。又过了一分钟，机器呼呼作响起来。男孩放松身体，用手掌磨蹭着自己的眼窝。罗杰把新磁盘举了起来。

“看看这个。”罗杰的声音里夹杂着一丝颤音，让两个人都吃了一惊。

卢沃把手伸出来，接过磁盘。“我以前是不是看过这盘？”

4510 号磁盘

阿尔玛和哈罗德正身处一间电影院中。两人三十岁左右。电影讲述的是潜水员的故事。银幕上，尾巴分叉的白色小鸟在某座海滩上翱翔。日光触动着碎浪的尖端。阿尔玛和哈罗德并肩坐着。阿尔玛穿着浅绿色的连衣裙，脚蹬一双绿色的鞋子，戴着绿色的塑料耳环。哈罗德则穿着昂贵的棕色衬衫，膝盖一侧顶着阿尔玛的膝盖一侧。卢沃能够感觉到两人之间有一股微弱的电流正在流转。

此刻，相机滑入了水下。如同彩虹般五颜六色的鱼群从银幕上掠过。珊瑚滚过。阿尔玛的心平稳地跳动着。

记忆猛地向前推进；阿尔玛和哈罗德坐上了一辆出租车。

阿尔玛的相机包被放在两人座位之间的长椅上。在卢沃看来，他们正在一个很像坎普斯湾的地方穿行。窗外的一切都是模糊的，仿佛对阿尔玛来说，这些根本就没什么好看的。只有感觉，只有希望，只有她身边年轻的丈夫。

另一次喘息间，他们爬上了一座奶油色的豪华饭店的台阶，背后是月光照耀下的悬崖。到处都是翱翔的鸥。一个小巧的金色字母招牌上写着“*十二门徒酒店*”。酒店的大厅里，一个身着白衬衫、白裤子、戴着金色皮带扣的苗条女子给了他们一把装着铜链的钥匙；两人迈着轻快的步伐走进了一连串的走廊。

在酒店的房间里，阿尔玛发自内心地发出了一连串的笑声，还大口喝着酒。一切都是干干净净的；两扇毫无污点的窗户，一张宽大的白色床铺，满是皱褶的灯罩。哈罗德打开一台音乐播放器，脱掉鞋子，穿着袜子笨拙地跳起舞来。窗外，被聚光灯打亮的一排又一排海浪叠在某座沙滩上。

大约过了几分钟，哈罗德从露台的扶手上一跃而过，脱掉了自己的衬衫和袜子。“跟我来。”他喊道。于是，阿尔玛抓起相机包，跟随他来到海滩上。在哈罗德冲进碎浪中时，阿尔玛笑了。他涉水走了几步，露出牙齿捧腹大笑起来。“冻死了!”他大喊。在他从水里走出来时，阿尔玛举起相机，拍下了一张照片。

即使他们还对彼此说了些什么，也没有人记得了。磁盘中没有记录。记忆中，哈罗德和阿尔玛做了两次爱。卢沃感觉他应该离开，应该拉出磁盘，把自己送回阿尔玛在弗雷德赫伊克的家，可房间是那么的干净，而阿尔玛后背下的床单又是那么的凉爽。一切都是柔软的；一切似乎都在随着可能性而颤动。阿尔玛尝到了哈罗德皮肤上沾染的海的味道，还能感觉到他长着大大骨节的双手正紧紧抓住她的肋骨，指尖触摸着她脊柱上的突起。

临近这段记忆的末尾，阿尔玛闭上双眼，似乎滑入了水下、回到了电影院里的影片之中，注视着一颗巨大的海胆挥舞着自己的刺。她注意到了海水是如何喧嚣却充满了温和的咔哒声。很快，珊瑚浅淡而柔和的色彩从她的视线中滚了过去，腭针鱼的小刺躲避着她的手指，而哈罗德的身体似乎根本就不在她的上方，而是漂浮在她的体侧；他们正一起游着泳，缓缓漂离珊瑚，朝着一处海床倾斜、海底远得令人难以看到的地方游去。深邃的海水中，无穷无尽的海水中，只有光能够渗透进来。阿尔玛的血液似乎正从她皮肤的边缘喷涌而出。

星期日，凌晨四点

阿尔玛在床上坐起身来。从天花板上传来的无疑是脚步的声响。她的床头柜上摆着一杯水，杯底沾着少量微小的气泡。水杯的旁边是一本硬皮书。尽管它的书皮已经不见了，一半的装订也已脱落，书名在她的脑海中却似乎是闪光的、完整的。《金银岛》。这还用问吗。

天花板上又传来了吱嘎一声响。某个人正在我的家里，阿尔玛心想。她的大脑中，某段仍旧能起作用的交界处出现了一个男人的画面。他的牙齿是橘黄色的，鼻子看起来如同一只棕色的小葫芦。他的裤子是卡其色的，被染了色，衬衫左肩上的洞露出了下面的深色皮肤。他的手腕下侧缠着一只褪色的美洲虎。

阿尔玛猛地站了起来。一个魔鬼，她心想，一个盗贼，院子里的高个男人。

她快步穿过厨房，走进书房，打开了哈罗德的化石柜底部那只装有两个把手的沉重抽屉。她已经很多年都没有打开过这只抽屉了。靠近抽屉底部的地方，在一叠古生物学杂志的下面，有一只装饰着浅橙色亚麻布垫子的雪茄盒。即便还没有找到它，她也能确定它就在那里。没错，她的思绪似乎格外清晰，如同抹了润滑油。你可以这么做。你是阿尔玛，她心想。我是阿尔玛。

她重新找到了那只盒子，把它放在曾经属于哈罗德的书桌上，将它打开。盒子里面摆着一只九毫米口径的手枪。

拿起手枪之前，她盯着它看了一会儿。眼神生硬、面色苍白，看上去很不习惯。哈罗德过去常把它放在自己的手套箱里带着。她不知道如何分辨枪是否已经上好了膛。

阿尔玛用左手握住手枪，穿过厨房，来到客厅，坐在能够看到楼梯的银色扶手椅上。她没有打开任何一盏灯，心像只蛾子一样在胸膛里鼓动着翅膀。

楼上盘旋着一缕稀薄的烟气。落地钟的钟摆来回摆动着。窗外只有一片模糊不清的苍白：是雾。一切似乎都散发着一种她此刻才意识到的意味。我的房子，她心想，我爱我的房子。

要是阿尔玛保持直视前方，不左顾右盼，可能会相信哈罗德就要在她身旁那张配套的椅子上坐下来，两人之间隔着一盏灯和一张桌子。她能够感觉到他的身体在那里挪动，闻到他身上某种类似岩粉的东西，感知到极少能被觉察到的、一个人对另一个人身体的引力拖曳。她有太多的话要对他说。

她坐着。等待着。努力回忆着。

离队

凌晨四点半。菲克和坦巴距离诊所门口还有二十几个人。此刻的坦巴已经安稳地睡了，双臂和双腿瘫软着，宽大的眼皮将世界封锁在了外面。风停了。成团的小昆虫突然出现在小棚屋的上方。菲克靠着墙蹲了下来，把儿子放在自己的大腿上。男孩看上去已经被掏空，双颊凹陷，喉咙上的肌腱都露了出来。

在他们的头顶上，画中的耶稣伸展着长得令人难以置信的双臂。灯塔灭了，云朵下面反射出一片黯淡的橙色光晕。

我工作的最后一天，菲克心想。今天，会计会付钱给我。紧接着，第二个念头冒了出来：阿尔玛太太有抗生素。他为自己怎么没有早点儿想到这一点而感到惊讶。她有成堆的抗生素。多少次，菲克曾为那一小批立在她浴室橱柜里的橙色药瓶重新添过药片？

蝙蝠悄无声息地在棚屋的房顶上绕着圈。他们身旁的一个小姑娘发出了一连串的咳嗽声。菲克能够感觉到自己脸上的灰尘，尝到槽牙上的泥土味道。又过了一分钟，他抱起熟睡的儿子，放弃了队伍中的位置。抱起男孩，他穿过寂静的街道，走向了公共汽车站。

哈罗德

"也许这是男仆不想让她看到的什么内容？"罗杰嘟囔起来，"某些会让她心烦意乱的内容？"

卢沃等待着记忆消退。黑暗中，他仔细端详着阿尔玛的墙壁。《金银岛》。*朗基弗朗斯丽齿兽。波特房产公司*。"不是的。"他答道。他们面前的墙壁上漂浮着阿尔玛·克纳切克数不尽的迭代；七岁时盘着腿坐在地板上的她；三十岁时成为房产中介的活泼的她；秃顶的老太太。一个享有头衔的女人，一个爱人，一位妻子。

在墙壁的中央，哈罗德不断地从大海里走出来。他的名字被人用歪歪扭扭的字体写在了下面。照片正是哈罗德和阿尔玛万事都达到顶峰的那一晚拍摄的。卢沃能够肯定，在她没完没了的重新整理抹掉了她的课题最初的逻辑之前，这张照片就被她故意放在了中间，是她不会移动的一样东西。

照片已然褪色，边缘微微卷曲。卢沃心想，它肯定有四十多年了。他把手伸出来，将照片从墙上摘了下来。

在他还没有觉察到什么东西之前，他就知道，它就在那里。照片比它应有的重量还要微微重一些，背面粘着两条胶条；有什么东西被粘在了下面。

“那是什么?”罗杰问道。

卢沃小心翼翼地把胶条揭了下来，以免撕坏照片。下面是一张磁盘。它看上去和其他的磁盘没什么两样，除了上面画着一个黑色的叉。

他和罗杰盯着这张磁盘看了一会儿。很快，卢沃把它塞进了机器里。房子伴随着缓慢而短暂的波浪脱落了。

阿尔玛正坐在一辆满是灰尘的卡车里，身旁就是哈罗德：那正是哈罗德的陆地巡洋舰汽车。哈罗德用左手握住方向盘，脸被晒成了红色，右手搭在敞开的车窗外。路面上没有铺设沥青，坑洼不平。两侧的草原全都倒伏向满是碎石的山坡。

哈罗德在说些什么。他的话在阿尔玛的注意力中时进时出。“世界上唯一永恒的东西是什么?”他此刻在说，“是变化！是持续不断、不曾间断的变化。这些山坡、这些碎石堆——看到那里的大斜坡了吗？——它们全都是自然灾害的记录。我们的人生就像万物中的一个响指。”出于发自内心的惊叹，哈罗德摇了摇头，在窗外的空中来回摆动着自己的手。

在阿尔玛的记忆中，一个想法冒了出来，清晰得仿佛卢沃能在面前的挡风玻璃上看到这句话被印在了空中。她心想：我们的婚姻就要结束了，而你满脑子琢磨的只有石头。

红顶白墙的临时农舍从车旁一闪而过；被人遗弃的风力泵；被太阳晒塌的羊圈；发动机罩上的标志背后，以越来越巍峨的山峰为背景，一切都变得渺小起来。天空是云朵和日光形成的旋涡。

时间被压缩了；卢沃感觉自己向前打了个趔趄。一瞬间，前方的悬崖壁垒变成了粉笔般的白色，仿佛是由火焰组成一般微微闪着光。不一会儿，阿尔玛和哈罗德来到了岩石之中，坐着陆地巡洋舰汽车沿着蜿蜒起伏的路径爬升。这条路由锈色的碎石组成，路边偶尔耸立着高低不平的石墙。悬崖峭壁在左手边敞开，一会儿又在右边。一个路牌上写着，斯瓦特伯格山口。

在阿尔玛的心里，卢沃能够感觉到某个重大的想法正在成熟。它浮现出来，在她的体内吐着泡沫。热气在她的衬衫下刺痛了她；哈罗德在车子穿过一系列几乎不可能穿过的发卡弯时调低了档速。脚下，谷底和仿佛被绗缝在里面的农田似乎能够绵延上千英里。

某一刻，哈罗德曾在一处被落石包围的岔路上停下了车。他从铝制的制冷装置中取出了两个三明治，吃得狼吞虎咽，而阿尔玛的三明治却一口没动地被她放在了仪表板上。“我准备去四处闲逛一圈。”哈罗德说，却并没有等待一句回复。他从陆地巡洋舰汽车的后面拿出一罐水，还有他那只把手上镶着大象的手杖，爬上由干石拦起来的围墙，消失了。

阿尔玛坐着，压抑着心头的怒火。风在道路两旁的草地上嬉戏。云朵缓慢而吃力地飘过山尖。没有车辆经过。

她试过了。不是吗？她努力为化石感到兴奋，花了三天的时间和哈罗德住在西博福特郊外的一座狩猎旅店中：被岩石和风包围的窄窄一排房间里，她的裤脚上沾着扁虱，茶汤里有只蚂蚁在缓慢地画着圈。闪电风暴洗刷着地平线。蝎子在小厨房里巡逻。哈罗德会在凌晨离开，留下阿尔玛坐在房间门外的折叠椅上，大腿上摊着一本悬疑小说，卡鲁的荒芜景象则在四面八方闪烁着微光。

灵光一闪，一阵狂怒。开普敦人称这里为大废墟，她现在明白是为什么了。

她和哈罗德一直没有说话，没有睡在一张床上。眼下，他们正驾车穿过这座山口，朝着海岸进发，准备在一间真正的酒店里度过一夜——一个拥有空调、银桶里插着白葡萄酒的地方。她会告诉他自己作何感受。她会告诉他，她已经来到了某个门槛。这样的预期令她感觉既无力又振奋。

太阳翻越山脊，落了下去。影子摆到了道路的另一边。时间滑动着，荡漾着。卢沃开始感觉想吐，仿佛他和阿尔玛还有那辆陆地巡洋舰汽车正在悬崖的边缘上摇摆，仿佛整条路都要从山上滑落，坠入一片空白之中。阿尔玛对自己低语，说起了蛇、狮子。她低语道："快点儿，该死的，哈罗德。"

但他没有回来。又一个小时过去了。没有一辆车从任何一个方向驶过这座山口。阿尔玛的三明治消失了。她在陆地巡洋舰汽车的旁边小了个便。哈罗德从围墙上爬回来的时候，时间已经迫近黄昏。他的表情有些不对劲，前额是深红色的。他的话说得很快，成串地盘旋着，仿佛他正在把它们从嘴里咳出来。

“阿尔玛，阿尔玛，阿尔玛。”他说。唾沫从他的双唇间飞溅出来。他说，他在某座悬崖下的半山腰壁架上找到了朗基弗朗斯丽齿兽的遗骸。它满嘴獠牙，弯着身子，体型和狮子一样大，又长又卷的爪子仍旧完好，整个头盖骨都在，骨架清晰可见。他相信这是有史以来发现的体型最大的丽齿兽。是一个正模标本①。

他的呼吸似乎反倒加快了。“你还好吗?”阿尔玛问道。哈罗德回答:“不。”片刻之后，“我只不过需要坐一会儿。”

紧接着，他用双臂包裹住自己的胸口，靠在陆地巡洋舰汽车的一侧，滑进了尘土之中。

“哈罗德?”阿尔玛尖叫起来。一串满是泡沫、掺杂着零星血渍的口水顺着她丈夫的喉咙一侧流了下来。尘土已经开始黏在他湿润的眼球表面了。

金黄色的光线很低，很无情。在脚下远处的大草原上，遥远农舍的锌制房顶反射着垂死的日光。每一颗卵石的每一个影子似乎都可怖得令人难以置信。阿尔玛的肋骨下发动了

① 正模标本是一个生物种被第一次描述到时候所使用的单一物种个体。——译者注

一场微型的岩石滑坡。她把哈罗德翻了过来，打开后门，一遍遍地尖叫着丈夫的名字。

当记忆刺激器终于把磁盘吐出来时，卢沃感觉自己仿佛已经离开了数日。斑驳的锈色日光掠过他的视线。他的体内仍旧能够感觉到陆地巡洋舰汽车在单调地来回移动。他仍旧能够听到风声，看到余光中山脊线的轮廓，感觉到重力的高度。罗杰看着他，通过敞开的窗口把烟弹到了花园里。一缕雾气穿过了后院的树木。

“怎么样?”他问道。

卢沃试着抬起头，却感觉自己的头盖骨仿佛就要裂开了。

“就是它了。”他说，“你一直在找的那一张。”

院子里的高个男人

阿尔玛很渴。她想要找人为自己倒点橙汁，于是用舌头舔了舔牙齿的背面。哈罗德就在这里。他是不是就在她身旁的椅子上？难道她没有听到他在灯的另一侧喘息的声音吗?

楼梯上传来了脚步声。阿尔玛抬起目光。她简直就要因为恐惧而晕眩了，左手握着的枪散发着淡淡的油味。

此时此刻，一群鸟正从房子上方飞过，有一大群，如同幽灵一般急匆匆地划过天空。她能够听到它们鼓动翅膀的声音。

落地钟的钟摆向左摆去，又向右摆去。街道高处的交通信号灯连续发出的亮光透过窗户照了进来。

雾气散开了。城市的灯光在花园中的棕榈树间闪烁。远处的大海是一面辽阔而又弯曲的盾。它似乎正朝着她发出隆隆巨响，如同扩音器一般，一个能够反射星光的巨大扩音器。

首先是那个男人的右脚：没有鞋带，大拇指和鞋底之间有一个窄窄的洞。紧接着是左脚。深色的袜子。没有扦好边的裤腿。

阿尔玛试着尖叫，嘴里却只能发出一种动物似的微弱声响。一个不是哈罗德的男人正从楼梯上走下来。他的鞋子脏兮兮的，双手伸开，嘴里说着她永远也不需要去学的其中一种语言。

他的双手又大又可怕，胡子是白色的，牙齿是秋叶的颜色。

他的帽子上写着“Ma 马”，“Ma 马”，“Ma 马”。

维珍活力健身房

公交车缓缓地在克莱尔蒙特停了下来。坦巴坐起身，睡眼惺忪地向外望去，默默盯着还没有开门营业的维珍活力健身房。透过眼镜，他的目光追寻着仍旧亮着灯却空无一人的游泳池。水下的灯光透过绿色的池水发散出来。

公共汽车再一次突然向前倾斜。透过车窗向上看，男孩注视着黑暗从天空中一点点地消失。第一缕阳光冲破地平线，流过桌山朝东的峡谷。一团团浓雾从山顶上滑落下来。

走道旁的一个女人挺直后背站着，低头读着一本平装书。

“爸爸？”坦巴说，“我的身体感觉没劲儿。”

他的父亲用一只手臂环绕住他的双肩。“没劲儿？”

男孩紧闭着双眼。“没劲儿。”他嘟囔着。

“我们这就给你弄点药来。”菲克答道，“你就休息吧。坚持住，小羊羔。”

黎明

卢沃在和远程设备断开时听到罗杰在楼梯上说了一句。“好了，等一下。”紧接着，脚下有什么东西炸开了。楼上卧室里的每一个分子都仿佛被震醒了。窗户咔哒作响。墙上的卡带颤抖起来。在之后令人战栗的震动中，卢沃听到罗杰从楼梯上摔了下去，只发出了一声哀号，仿佛一下子就呼出了剩下的所有气。

卢沃浑身瘫软地坐在床沿上。落地大摆钟恢复了有节奏的摆动。楼下的某个人悄悄说了句卢沃听不到的话。在他面前的上百张纸中，他的目光捕捉到了一幅毫不起眼、令人费解的空中船只的水彩画。画中，一艘船在云间穿行划过。他以前曾看过这张画不下一百次，却从未真正注视过它。风帆被拉紧了，云朵快乐地飘过。

渐渐地，卢沃身边的空气分子似乎回到了之前的状态。除了客厅里的落地大摆钟在不断砰砰作响的声音，他再也听不到楼下传来的任何动静。罗杰中枪了，他心想。有人开枪击中了罗杰。而罗杰的衬衫口袋里还装着那张画着叉的磁盘。

一阵微风透过敞开的窗子飘了进来。阿尔玛家墙壁上的纸张在他的面前如同花朵一般呈扇形绽放开来，好像某个人的思想被翻了过来。

卢沃听着钟声，数到了一百。他仍旧可以看到哈罗德在陆地巡洋舰汽车旁的碎石上的模样，他的脸如同一张面具，眼睛上沾着灰尘，唾液在他的下巴和喉咙上闪着亮光。

终于，卢沃爬过地板，朝着楼梯下面瞥了瞥。只见罗杰高大的身体正萎靡地瘫倒在楼梯底部，几乎被对折了起来。他的帽子还在头上，双臂蜷缩在身子下方。他的一部分脸不见了。一圈鲜血淤积在他脑袋周围的瓷砖上。

卢沃仰面躺在地毯上，眼前出现了阿尔玛在十二门徒酒店里那间完美无瑕的房间，看到了满是灰尘的卡车挡风玻璃前匆匆闪过的山脉，看到了哈罗德的双腿在他身下的碎石中抽搐。

在卢沃的人生中，什么才是有意义的呢？卡鲁的黄昏变成了开普敦的黎明。四年前发生的事情在二十分钟之前得以被人重新体验。一个老妇人的人生成为了一个年轻男子的人生。记忆的观众遇到了记忆的守护者。

卢沃站了起来。他把磁盘从墙壁上扯下来，粘在自己的口袋里。四十张，五十张。刚把口袋装满，他就挪到了楼梯处，却停下脚步回头望了望。那个狭小的房间，一尘不染的地毯，擦洗过的窗户。床罩上印着上千朵一模一样、彼此纠缠的玫瑰。他取下哈罗德从海里走出来的那张照片，把它塞进了自己的衬衫里面，还把4510号磁盘摆在了床罩中央某个可能会被人找到的地方。紧接着，他站在楼梯顶端，让自己镇定下来。从客厅里——从罗杰所在的地方——浮上来一股鲜血和火药的味道。那种臭气比卢沃预料中的还要令人毛骨悚然、作呕不已。

卢沃正打算走下楼梯，防强奸折叠门发出了咔哒咔哒的响声。他听到一把钥匙被人塞进了前门的门闩里。

钟

在这个世界上，最令菲克没有做好准备看到的也许就是一个男人面朝下地躺在阿尔玛家不锈钢楼梯底部的一滩鲜血之中。

坦巴又睡着了，在他父亲的后背上如同一只滚烫的砝码。菲克因为抱着男孩上山而喘不上气来，全身大汗淋漓。他先是看到死人，然后又看到了血迹，花了好几秒钟才理解眼前的一切。平行四边形的晨光透过露台的门洒了下来。

走廊尽头的厨房里，阿尔玛正坐在餐桌旁，安稳地翻着杂志的书页，还光着脚。

问题来得太快，让人无法想个清楚。这个男人是怎么进来的？他是不是被一把枪打死的？杀人的是阿尔玛太太吗？枪呢？菲克感觉到儿子身体里的热量正在他的后背上发散。突然间，他希望一切都可以消失。整个世界都可以消失。

我应该逃跑，他心想。我不应该在这里。相反，他背着儿子跨过尸体，迈过血泊，从厨房里的阿尔玛身旁走了过去。他继续走出厨房的后门，来到花园里，把男孩放在一把沙发椅上，然后回到屋里，从阿尔玛的床脚上取来一条绳绒线毯，把男孩包裹了起来。很快，他再一次回到屋里，去拿阿尔玛的药瓶。在努力阅读药瓶上的标签时，他的双手颤抖了起来。最终，他选择了两瓶满满的抗生素，把药片碾碎后混进了一勺蜂蜜中。阿尔玛在翻动杂志时并没有抬起头来。一页，然后是下一页，紧接着是再下一页。她的目光是迷惑的，令人捉摸不透，如同爬虫一般。

“渴。”她说。

“马上就来，阿尔玛太太。”菲克答道。来到花园里，他把勺子塞进坦巴的嘴里，确保男孩把勺子里的东西吞了下去。回到厨房，他把抗生素塞进口袋，听着阿尔玛飞快地翻了一会儿书页，把咖啡壶放到了炉灶上。当他确定自己能够清楚地说话时，他从兜里掏出电话，报了警。

从天而降的男孩

那个男孩从天而降时，坦巴正望着阿尔玛后院里的树叶不断变换、令人难以言喻的形状。他撞上了几段树篱，爬到草坪中央，把脑袋放在了朝阳的正中央。他低头望着坦巴，脑袋的四周散发着光晕。

“坦巴?”那个剪影问道。他的声音是沙哑而颤抖的，耳朵被阳光穿透的地方泛着粉红色。他说的是英语。“你是坦巴吗?”

“我的眼镜。”花园是一片黑白的海洋。他面前的这张脸动了起来。突然涌上前来的光线刺痛了坦巴的双眼。他的五脏六腑中有什么东西在沸腾，舌头尝到了又甜又黏的味道。那是他的父亲用勺子塞进他嘴里的药。

此时此刻，一双手正为坦巴戴上他的眼镜。坦巴眯起眼睛，眨了眨。

“我的爸爸在这里工作。”

“我知道。”那个男孩低语道。恐惧贯穿了他的声音。

坦巴也努力压低了嗓门。“我不应该在这里。”

“我也是。”

坦巴的视线清晰起来。巨大的棕榈树、玫瑰树丛和巨朱蕉在花园的墙壁前若隐若现。他试着分辨那个逆光站在他上方的男孩长什么模样。他有着光滑的棕色皮肤，长着绒毛般短发的脑袋上戴着一顶毛线帽。他向下伸出手来，用力向上拽了拽毯子，好让它能够包裹住坦巴的双肩。

“我的身子病了。”坦巴说。

“嘘。”男孩低语着。他摘下帽子，用三只手指顶住自己的太阳穴，仿佛是要止住头痛。坦巴在男孩的头皮上瞥见了奇怪的轮廓，不过男孩很快就把帽子戴了回去，吸了吸鼻子，紧张地朝房子那里望去。

“我叫坦巴。我住在卡雅利沙镇 C 区 B478A。”

"好的，坦巴。你现在该休息了。"

坦巴望向了房子。它优美的轮廓隐约出现在树篱上，被银色的窗框和铬合金的露台栏杆切割开来。

"我现在就休息。"他答道。

"很好。"长着光滑皮肤和闪光耳朵的男孩低语道。很快，他敏捷地迈了五步，穿过后院，在两棵棕榈树的树干之间一跃而起，爬上花园的墙壁，消失了。

第二天

哈罗德垂死的面容、罗杰扭曲的轮廓和坦巴朦胧的双眼全都在卢沃的思绪中循环，如同一场骇人的图片展。死亡接着死亡，不间断地串联。

星期日剩下的时间里，他都躲在公司花园迷宫般的小径里，蜷伏在树叶之中。松鼠四处跑动；市政工人将圣诞节的彩灯挂在了一条种满橡树的巷子里。有人在寻找他吗？警察会来寻找他吗？

星期一，卢沃蹲在一家小餐馆门外的巷子里，透过一扇敞开的窗户看着吧台上的电视。过了几个小时，他才看到那条新闻：弗雷德赫伊克的一位老妇人开枪击中了一名入侵者。记者正站在阿尔玛家所在的街道上，距离她家还有几座房子的距离，对着麦克风说着话。背景中，一连串红黄相间的警方封条拦在道路上。记者并没有提及阿尔玛的痴呆症，也没有提及菲克或是坦巴，亦或是同伙的事情。整则报道大约持续了二十五秒钟的时间。

他没有回到罗杰的公寓里去。没有人来找他。没有罗杰会在夜里把他叫醒，催促他坐上出租车。没有菲克来质问答案。没有哈罗德或是阿尔玛的鬼魂。星期二一早，卢沃坐上一辆公共汽车，来到德瑞街，然后步行爬上了桌山的山坡，穿过弗雷德赫伊克优美而寂静的住宅区。阿尔玛家的门口停着一辆蓝色的厢式货车，车库门是敞开的。车库里空无一物。没有梅赛德斯轿车，没有房屋出售标志。没有灯光。警方的封条还在。他在排水沟旁站了一会儿，看着一个深色皮肤的女人推着吸尘器在窗户后面经过。

当天下午，他把阿尔玛的记忆磁盘卖给了一个名叫卡比奇的商人。卡比奇从树丛中叫来一个红眼睛的少年，为他们运行一台拼凑起来的记忆机器。这笔交易花了超过两个小时的时间。“它们是真的。”那个少年终于确认。卡比奇先是上下打量了卢沃一番，然后出价三千三百兰特买走了整套磁盘。

卢沃仔细查看了一下自己背包底部的磁盘。六十一张。那是一段人生中的琐事。他询问商人，自己能否买下那台看上去脏兮兮、头盔都已经扭曲了的远程设备，可卡比奇只是露出牙齿、笑着摇了摇头。“你这辈子拥有的钱都买不来这个玩意。”他边说边猛地拉上了自己的包。

后来，卢沃步行返回公司花园，来到南非博物馆，站在化石馆里，口袋里揣着钱。他凝视着每一个展示柜。腕足动物，纸贻贝，沼泽蛤蜊。木贼，地钱，种子蕨。

外面下起了小雨。一个看守迈着从容的步伐穿过，不知道是在对谁宣布闭馆的时间已经到了。两个游客穿过馆门，环顾四周，离开了。很快，房间里便空无一人了。卢沃在丽齿兽面前站了很长一段时间。这是一副拥有细长头骨的骨架，迈开长腿的样子仿佛是在追踪什么东西，还咧着如同犬科动物般巨大的切牙。

在绿市广场的街市中，卢沃买了以下几样东西：一只黄绿色的旅行袋，九条白面包，一把漆铲，一把锤子，一袋橘子，四瓶两升的水，一个聚酯睡袋和一件背后写着“*堪萨斯城酋*

长队”字样的蓬松红色派克大衣。采购结束，他的口袋里还剩下九百兰特。这就是他在这个世上剩下的全部钱财了。

B478A

菲克在自己狭小的房子里凝视着眼前的黑暗，聆听雨水在屋顶上滴答作响。在他的身旁，坦巴眨着大眼睛，等待睡意离开。男孩的烧已经退了；他慢慢恢复了精神。

菲克想到自己的表亲曾说过，说不定能替他找份为粉状水泥装袋，以备运输的工作，还想到了窗格上那层死了的昆虫、沿着地板行进的一行行蚂蚁，想到了阿尔玛。

警察审问了菲克六个小时。他不知道坦巴被带去了哪里；就连自己身在何处也几乎弄不明白。后来，他们释放了他，还允许他留下抗生素，甚至替他付了火车票的钱。那天早上跟随警方离开自家的厨房之后，阿尔玛还在翻着那本五年前的厚时尚杂志。他再也见不到阿尔玛了。

小屋子里四处都是多年来哈罗德和阿尔玛送给他的东西、被人遗弃的废品以及别人用过的旧物：一只满是凹痕的汤锅、一把塑料梳子、一只写着“*波特房产夏季野餐会*”字样的搪瓷杯。一块洗碗布，一把塑料漏勺，一支体温计。在过去的二十年中，菲克和阿尔玛度过了多少个小时？她已经被镌刻在了他的脑海里，她就是他的一部分。

“我看到了一个男孩。”坦巴说，“他看起来就像是教堂里的天使。”

“在你的梦里吗？”

“也许吧。”坦巴答道，“也许是一个梦。”

斯瓦特伯格山口

在向东开往开普敦的早班公共汽车上，笔直得不可思议的N1公路贯穿沙漠，一路朝着地平线驶去。被公共汽车巨大的有色挡风玻璃吞没的道路如同一条无穷无尽的黑色缎带。在N1公路的两旁，干枯的草原逃离公路边缘，融入了成堆的棕色山脉之中。到处都是阳光、石头和令人难以想象的距离。

卢沃感到既害怕又敬畏。就他的回忆而言，他从未离开过开普敦，尽管和他一起坐上这辆车的还有阿尔玛的记忆——天蓝色的莫桑比克洞穴，威尼斯的雨，穿着套装站在约翰内斯堡火车站头等舱队伍里的一排游客。

他从背包里掏出了哈罗德的照片。脸上一半带着笑意、一半在做鬼脸的哈罗德正从大海里走出来。他想到了罗杰，倒毙在阿尔玛家客厅的地板上。他听到木匠老大在说："你欠了钱，对吗?"

卢沃在普林斯·阿尔伯特路的十字路口处爬下车时已经是下午了。一座加油站和几辆铝合金拖车在黄铜色的烈日下挤作一团。道路前方半英里的地方。黑鹰在缓慢地循着椭圆形的轨迹飞翔。三个慈眉善目的女人坐在一把树脂伞下，卖着奶酪、橘子果酱和黏面包卷。"天气这么暖和。"她们取笑他，"把你的帽子摘下来吧。"卢沃摇了摇头。他咀嚼着一根面包卷，和自己的旅行袋一起等待着。日近黄昏，才有一个班图族的销售代表开着租来的本田汽车为他放慢了车速。

"你要去哪儿?"

"斯瓦特伯格。"

"你的意思是翻越斯瓦特伯格?"

"是的，先生。"

司机把手伸过来，推开了车门。卢沃爬了上去。他们转头向东南方驶去。在橘色光芒的洗刷下，太阳落了下去，月光铺洒在卡鲁上。

铺设好的道路走到了尽头。最后一个小时里，那个男人一言不发地在这片不毛之地上驾着车。不时有长着蝙蝠状耳朵的狐狸被远光灯照亮。头顶上还有大片的星星与他们并驾齐驱，后轮身后是帷幕般飞扬的沙尘。

他们脚下的车子也在震动。没过多久，两个方向就都没有车流了。雄伟的石墙巍然耸立，比天空的颜色还要深。他们来到一个转弯处。只见长方形的棕色路标上写着“*斯瓦特伯格山口*”的字样，路标的上半部分已经被猎枪打出了麻点。卢沃心想：哈罗德和阿尔玛见到过同一块路标。在哈罗德死去之前，他们也曾驾车驶过这个地点。

十五分钟之后，就在本田汽车攀爬在沿途无数个 Z 形道路中的一条上时，卢沃开了口。“请把车子停在这里。”

那个男人减慢了车速。“停车?”

“是的，先生。”

“你晕车了?”

“没有，先生。”

小车在怠速状态下颤抖着。卢沃解开了自己的安全带。

那个男人在黑暗中朝他眨了眨眼睛。“你要在这里下车？”

“是的，先生。就在山顶下面。”

“你在开玩笑。”

“没有，先生。”

“呃，山上很冷的。这里还会下雪。你从没有见过雪吗？”

“没有，先生。”

“下雪的时候冷得要命。”那个男人用力拉了拉自己的衣领，似乎就要因为卢沃的诡异要求而窒息了。

“是的，先生。”

“我不能让你在这里下车。”

卢沃保持着沉默。

“我有没有机会说服你放弃？”

“没有，先生。”

卢沃从后座上取出大旅行袋和四瓶水，步入了黑暗之中。开车的男人看了他足足半分钟，便把车开走了。月光下很暖和，可卢沃还是站在那里颤抖了片刻。他提着自己的东西，很快走到路边，隔着挡土墙朝脚下的阴暗处瞥了瞥，找到了一条穿过山坡的狭窄小径。朝着道路的北方，他徒步走了大约二百米，不时停下脚步，注视着销售员的本田汽车红色的尾灯在他上方的之字形道路上朝着山口的顶端缓缓爬升。

卢沃找到了一片由干草和岩石组成的、凹凸不平的水平面，尺寸和阿尔玛·克纳切克家楼上的卧室差不多大。他展开自己的睡袋，尿了个尿，眺望着下面那片被星光照耀的岩堆。岩堆向下绵延数英里，一直延伸到他脚下远处的卡鲁上。

他喝了一口水，爬进睡袋，试着把恐惧吞回自己的肚子里去。地面上的岩石因为被阳光照射过而依旧温暖。星星很亮，多得令人难以置信。他越是长久地盯着一片天空，就会有越多的星星浮现出来。一排又一排的恒星正在他视力所及范围以外燃烧殆尽。

路上没有一辆汽车出现。天空中也没有飞机划过。风是耳边唯一的声响。这里会有什么？千足虫。秃鹰。蛇。疣猪，鸵鸟，羚羊。更远的地方，在北边的台地上还有豺狼、野狗、猎豹。以及最后的几头犀牛。

第一天

黎明时分，光着脑袋的卢沃暖暖和和地躺在睡袋里。一阵微风涌进了他头皮上的接头里。远处，一辆车身上写着“快乐薯片”的卡车撵着石子在之字形道路上向上爬升。

他坐起身来。他的睡袋周围都是岩石，身下的这一小片水平草地以外还有更多的岩石。他脚下和头顶上的山坡上散落着各种大小的岩块，如同墓碑般一半被压进了土壤里。在它们的另一边，悬崖崩裂成了房子大小的石板。实际上，似乎到处都是砂岩、石灰岩块，无穷无尽的岩石。

快乐薯片卡车拐过另一处发卡弯，消失了。没有人影，只有几棵纺锤形的树——只有大卵石和远方。在博物馆的基座上，丽齿兽似乎体型巨大，和恐龙不相上下，可在这里，一切事物的比例让人感觉都是新的。恐龙和这些悬崖相比是什么样子的？不用转头，卢沃就能看到上万块可能隐藏着丽齿兽的岩石。

他为什么会觉得自己能在这里找到一块化石呢？一个只读过冒险小说、拥有一个老太太记忆的十五岁男孩？一个此生从未找到过一块化石的人？

卢沃吃了两片面包，缓慢地绕着自己的睡袋转起了圈，用大脚趾翻着石头。某些石头上长着斑驳的地衣，有浅橘色的、灰色的，还带着彩色的颗粒、黑色的条纹、银色的斑点。

它们都很可爱，却没有包含任何看起来形似博物馆展品、哈罗德的橱柜藏品以及阿尔玛记忆中的化石那样的东西。

第一天，以小小营的地为中心，卢沃整日都在画着越来越大的圈，身上背着一瓶水，注视着自己的影子越过山坡。地平线上的云朵从山脉的上方飘过，影子被拖曳到远处脚下的农场上。卢沃记得哈罗德曾对阿尔玛说起过时间。年代较近的化石“处在更高处的岩石上”。古老的东西则在深处。但这地方的更高和更低是什么呢？这里就是一片岩石的原野，而被卢沃翻过来的每一块石头都平淡无奇，没有掺杂任何骨头的痕迹。

大约每过两个小时，就会有一辆车从这里经过。入夜后，三只鹰在他的头顶上翱翔，呼唤着彼此，在飘过山脊时一次都不曾扇动自己的翅膀。

大卡鲁

在梦里，卢沃就是阿尔玛：一个白皮肤的房产中介，没有痛苦，胖乎乎的。他迈着大步跨过花园中心；职员冲过来帮他。四面八方的圆形衣架上都挂着闪闪发光的服饰。空调、香水、自动扶梯。职员们纷纷为他展开欢快、干净的面容。

他的头痛似乎愈演愈烈。他有种感觉，自己的头盖骨正被缓慢地压碎，那股渗透进他嘴里的金属味道正是被挤压出来的什么东西。

攀登斯瓦特伯格山口的第二天，蚂蚁在他的其中一个面包袋里咬出了一个洞。阳光炙烤着他的手臂和脖子。躺在夜色中，卢沃仿佛感觉丽齿兽正在一只车轮的轮毂上，伴随无数辐条轮转。卢沃在一个轮毂上，罗杰在另一个轮毂上，坦巴在下一个轮毂上，菲克、哈罗德和阿尔玛在那之后。一切事物都在夜色中飞快地经过，几乎不可估量，如同头顶上那条银河的车轮。只有中央还留在黑暗中，只有丽齿兽。

卢沃试着从自己的记忆中唤起博物馆里的丽齿兽影像，努力想象这种动物在这里、在岩石之间看上去大概是副什么模样。然而思绪还是会不断地回到阿尔玛·克纳切克的房子里。

罗杰死了。哈罗德死了。阿尔玛要么被关进了监狱，要么被塞进了某个为富人和白种人开办的养老院里。如果还剩下些什么能够说明她是谁，那就是一块碎屑，一块碎片，几张被清洁工或菲克内疚地从她的墙上摘下来、丢进垃圾桶里的手写字条。而卢沃还能富裕多久呢，在他头盖骨里的这些接口还在悸动的情况下？再过几个月吗？

令人吃惊的是，卢沃喜欢观察岩石这件抚慰人心的奇妙工作。他能够感觉到某种平和，紧紧依附在斯瓦特伯格山口一侧：云朵如同庞大的银色战船，黄昏则像金色的液体——卡鲁就是一个充满了天然光线、浩瀚天空和无情沉默的地方。但在沉默之下，他认识到，在令人难以忍受的风脚下，存在的总是喧嚣：悬崖边的草发出的嘶嘶声，在裂缝中求生长的白干树发出的哗啦声。第三天晚上，躺在睡袋里，他能够听到一种几乎令人难以察觉的窸窣声响：那是夜花正在月光下展露自己的花瓣。静谧之极时，在思绪已然静止，正沉思、旋转和吮吸他内心的恐惧时，他能够想象自己听得到山下深处的流水声响，还有植物的根系在朝着地下水俯冲下去时的动静——听上去像是一群男人在温柔地对彼此吟唱。除此之外——要是他能再靠近一点聆听该多好啊！——还有那么多的声音可以去聆听：蝙蝠的超音速尖叫声，以及最遥远的台地上，大象在狩猎保护区里的亚音速对话。它们低沉得能在相隔几英里的动物之间流转，冲进几座孤立的自然保护区，如同遥远的岛屿上那些被流放的人。他们的呼声穿过大山，然后再穿梭回来。

那天晚上，他被六只巨大的羚羊令人颤抖的脚步声吵醒了。那脚步声胆怯而紧张，蹄子上的角质噼里啪啦地敲击着岩石。羚羊列队从他的睡袋旁不到五十英尺的地方经过时，嘴里呼出来的蒸汽在月光下被照亮了。

第四天早上，卢沃在山口下距离道路大约半英里的地方游荡时，将一块和他的手差不多大小的岩石翻了过来，发现岩石的下面嵌着清晰的白色轮廓，看上去像是蛤壳。蛤壳比周围的石头要轻一些，边缘呈扇贝状。这块化石的名字从他大脑中的某个角落里浮现了出来：腕足动物。他坐在阳光下，用指尖草草翻动着石头堆里的数十个沟槽。一只很久以前曾经活过又死去了的动物。当这座山坡还是一片海床，当一大群蛤在朝着太阳拍动自己的外壳时。

卢沃听到了哈罗德·克纳切克洪亮而热情的声音：*二亿五千万年前，这里郁郁葱葱，长满了蕨类植物，到处都是河流和泥巴*。肉体被冲走，矿物渗透进骨头，千年的重量累积，身体成了石头。

如今，这个小生物随着土地被风雨侵蚀浮现在地面上，在某种程度上就像长期被冻结的尸体在暗无天日的深处被雪藏了数个世纪之后，偶尔会从冰川的表面蹦出来那样。

什么经得起考验?

他的梦境越来越远地偏离了现实，仿佛它们不是从他被遗忘的童年里浮现出来的，而是来自经由血液被传递到他体内的那些人生。他会梦到祖先，梦到很久以前的男人们拖着疼痛的头颅穿过这片不毛之地，梦到几个世纪以来，部落赶着畜群穿过沙漠，一个又一个家族在一片阴霾中经过，脸上满是赭土，拳头握着枪矛。破破烂烂的巨大帐篷被折起来、捆在他们的背上；长杆在他们行进时来回晃动；小狗在他们的脚边伸着舌头一路小跑。身材厚重的畜群，大量的动物和掌印，一道道从天而降的雨点，插入犀牛角。男人们长着羚羊的头。鱼长着男人的脸。女人融入了红色的薄雾之中。

身处斯瓦特伯格山口的第五个早晨，卢沃已经筋疲力尽，两眼凹陷，痛得无法从睡袋中爬起来。他从旅行袋里掏出哈罗德那张卷曲的照片，仔细端详，用手指抚摸着那个男人的五官。星星点点的天空从照片四角上的小洞里露了出来。

卢沃努力忍住头痛，试着哄骗记忆向哈罗德死前的那段时间倒退。哈罗德正在谈论地质学，谈论死亡。“世界上唯一永恒的东西是什么？是变化！”风力泵，羊圈，一个写着“斯瓦特伯格山口”的标牌。

卢沃想起了阿尔玛放在仪表板上的三明治。还有路边草地上刮过的风，以及哈罗德返程时最终爬过的道路加阔部分。他一边步履蹒跚地走来，一边嘟囔着阿尔玛的名字。粉红色的泡沫从他的嘴里冒了出来。阿尔玛徒劳地用力猛击着电话按键。哈罗德的半边脸颊压在碎石上，眼球上蒙着灰尘。

卢沃凝视着哈罗德的照片。他开始感觉阿尔玛家那一墙的纸张和磁盘仿佛正在山坡上重现，被放大了一百倍。众多的石块如同一模一样的米黄色磁盘，每一块都是用同一种材质压出来的。在这里，他注定要一遍又一遍地重复同一个课题，在一片复杂的地形上搜寻某个之前来过的东西的遗骸。

阿姆尼斯蒂医生的磁盘，南非博物馆，哈罗德的化石，木匠老大的收藏，阿尔玛的记忆墙——它们不都是试图对抗记忆消失的方法吗？总之，记忆是什么？它怎么会是一种如此容易消亡的、脆弱的东西呢？

阴影调转方向，变短了；太阳翻过了一座山脊。卢沃第一次记起了阿姆尼斯蒂医生在其中一张磁盘中告诉阿尔玛的某件事情。“记忆是不依靠任何公平或客观的逻辑来进行自身建造的：这里一点，那里一点，中间有许多暗区。我们所知的事物永远都在进化，永远都在细分。足够频繁地记住一段记忆，你就能创造出一段新的记忆，能够让人记住的回忆。”

足够频繁地记住一段回忆，卢沃心想。也许它会取而代之。也许记忆会再一次成为新的。

在卢沃自己的记忆中，枪响了。罗杰跌下楼梯，吐出了最后一口气。一个五岁的男孩裹着毯子坐在沙发椅上，朝着天空眨着眼睛。阿尔玛从《金银岛》中撕下一页，把它钉在了墙上。这一切一遍、一遍又一遍地上演。

哈罗德曾经告诉过阿尔玛，身体消失的速度快得足以令人说不出话来。他说，在他还是个孩子时，他的父亲会把一只死了的母羊放在路边。不出三天的工夫，豺狼就会把它吃得只剩下骨头和羊毛。一个星期之后，就连骨头也不见了。

“没有什么是持久的。”哈罗德说，“因此，化石的产生就是一个奇迹。五千万分之一的机率。我们中剩下的那些人呢？我们会消失在草地里、昆虫的嘴巴里，变成蠕虫。变成光带。”

卢沃认为，最稀有的东西才会得到保留，才会不被抹除、瓦解和转化。

卢沃把手中的照片翻了过来。一个新的想法冒了出来：哈罗德靠在陆地巡洋舰汽车旁、紧紧抓着胸口、呼吸愈发急促时，他的心脏在胸口里停止了跳动。他没有握着自己的手杖。那根顶部粘着一只大象的乌木手杖。那根过去常把阿尔玛逼疯的手杖。在哈罗德离开陆地巡洋舰汽车时，手杖曾被他从车子后面取下来过。几个小时之后，在他回来时，却没有再把它带回来。

或许他在返回车旁时，把它丢在了路上。或许他把它留在了丽齿兽所在的地方，作为标记。四年过去了，手杖可能已经被人捡走，或是在暴风雨中被冲下了悬崖，或者是卢沃记错了。但他意识到它曾经出现在这里，在斯瓦特伯格山口的北面，在道路脚下的某个地方。在卢沃露营地的附近。而它有可能还在这里。

卢沃想要找到丽齿兽。他需要找到它，为了他自己，为了阿尔玛，为了菲克，为了罗杰，为了哈罗德。他认为，如果手杖还在这里，要找到它不是太难。这里没有那么大的树能够长出几乎和手杖一样长的树枝。也没有哪块木头能像乌木那么黑。

也许，这是一件微不足道的东西，却足以让卢沃站起来，再一次展开搜查。

丽齿兽

一整天，以及接下来的那一天，卢沃一直在石头的海洋中行走。他只剩下一瓶两升的水了，因此要谨慎地进行配给。他沿着圆形、长方形和三角形搜寻。翻开一条条、一列列、一片片的石块。他现在要找的是某个深色的东西，也许已经被太阳晒褪了色，把手上还拴着几颗红色的珠子，顶部刻着木头大象。他曾在机场沿线的道路边、游客商店和绿市广场上看到过小孩出售这样的东西。

第六天晚上，天下起了雨。卢沃把睡袋披挂在一片灌木丛上，爬到下面，睡了无梦的一觉，身旁是蜘蛛在树枝间织网。醒来时，天空是苍白的。

他站起身，抖掉了睡袋上的水。他的脑袋轻得出奇，几乎毫无痛苦。现在已经是早上了，卢沃心想。我一觉睡到暴风雨都结束了。他大约爬了五十英尺，登上一块平坦而光滑的岩石，坐在那里嚼着一片面包。紧接着，他看到了它。

哈罗德的手杖正立在两块相距二百米的大卵石之间。即便是从卢沃所坐的地方望去，也能够看到那里接近顶部的地方有一个洞，在大象的腿和躯干之间，被切开的一片狭小空间。

这两百米的路程走起来的每一秒钟都像是跃入冰冷彻骨的水中。在身体刚进入休克状态的那一瞬间，你的一切，被你称之为人生的一切，都在片刻间瓦解，而你身边所拥有的就只是水和寒冷。你的心正努力地将一块冰打成碎片。

手杖已经被太阳晒褪了色，把手上的珠子也已经不在了，却仍旧笔直地立在那里。它好像是被哈罗德留在那里，就为了让卢沃找到它似的。凝视了它一阵子，他害怕去触碰它。晨光既美妙又清澈。山坡在他的身边默默地流淌着昨夜的雨。

就在手杖的旁边，有人小心翼翼地堆起了一叠石头。即便卢沃已经用手把它们中的大部分扒开，也还是用了几分钟的时间才意识到自己正在低头注视着一块化石。以颜色更灰的石灰岩为背景，丽齿兽是那样的白皙，其间的动物轮廓中某些地方似乎被打断了。不过，他终究还是能从它的一条前腿到尾巴尖的轮廓分辨出它的形状：它和鳄鱼一般大小，向一侧倾斜，仿佛陷入了一个巨大的水泥浴缸。它弯曲的巨爪仍旧完好无损，头盖骨所在的位置和剩下的石头是彻底分开的，仿佛是被退却的洪水带到那里去的。它很大，他心想，比博物馆里的化石还要大。

卢沃又扒开了几块岩石，掸开碎石，用手拂去上面的灰尘。骨架清晰可见，绕着圈钻进了石头里，大约有二十英尺长。他的心跳加快了。

运用手中的锤子，卢沃只花了两个小时左右，便把头盖骨挖了出来。颜色更深的岩石小碎片在他敲击头盖骨的时候飞了出来。他希望他没有伤害到自己到这里来寻找的东西。这颗头盖骨和古老的盒式电视机一般大小，完全是用石头支撑的。即便让它脱离了周围的基质，他似乎也无法将它提起，因为就连它的眼窝和鼻孔里都充满了岩石。岩石的颜色比头盖骨周围的更浅一些。卢沃心想：我一个人是无法移动它的。

然而他做到了。他拉开睡袋的拉链，用它罩住头盖骨，把骨头的四面都垫起来，用手杖作为杠杆，开始让它滚动起来，一次几英尺地朝着道路走去。把头盖骨弄到挡土墙的底部时，天都黑了，卢沃也已经没有水了。紧接着，他又回到剩下的骨架那里，用岩石和碎石再一次把它盖了起来，用手杖来标记，把他的营地搬到了马路上。

他的两条腿很痛，手指被割伤了。星光的光环在山脊线上扩散开来。他身旁草丛里的昆虫欢欣鼓舞地合唱着夜里的歌谣。卢沃在旅行袋上坐了下来，大腿上摆着自己剩下的最后几颗橙子，而那颗头盖骨则在他脚下六英尺的地方被裹在睡袋里等待着。他穿上鲜红色的派克大衣，等待着。

月光缓缓地翻上了郁郁葱葱、充满了陨石坑的大山。

归途

午夜过后，三个会说英语的芬兰女子为卢沃停下了车。其中有两个人都名叫保拉。她们似乎有些微醺，一脸震惊地问起卢沃怎么会看起来如此衣衫褴褛，或是他在非洲最偏远的其中一条道路旁边坐了多长时间。他依旧戴着帽子，告诉她们自己一直都在寻找化石，还请求她们帮他搬运那颗头盖骨。“好的。”她们答道。几个人携手合作，不时停下脚步，轮流喝着一瓶红葡萄酒。不出十五分钟的工夫，他们就把头盖骨从墙上拉了过来，还在厢式货车的后面为它腾出了空间。

这几个女子正在穿越南非。她们中的一个人最近刚满四十岁，而其他人是到这里来为她庆生的。她们的野营车地板上堆着齐膝高的食物包装纸、地图和塑料瓶。大家轮流递送着半块厚厚的奶酪；其中一个保拉把它切成了楔形，放在饼干上。卢沃慢慢地咀嚼，眼睛紧盯着自己破损的指甲，很想知道他的身上散发着什么味道。然而，仪表盘一直大声播放着雷鬼音乐，女子们的笑声又有些夸张。“多么奇妙的一场探险啊!”她们说。他想起了自己旅行袋底部压着的平装书。她们在山口的顶端停下，你争我抢地爬下车，要求卢沃在写着“顶峰”的破旧棕色路牌边给她们拍张照。这时，卢沃感觉她们仿佛就是被送到他的身边来的天使。

黎明时分，一行人来到一座名为马杰斯方丹的高速公路小镇，在皇后酒店里一间摇摇欲坠、空无一人的餐厅中吃着炒蛋和炒番茄。卢沃喝着一罐冰凉的芬达饮料，看着这些女子吃饭。她们的旅途就要结束了，在相机屏幕上向他展示着其他的照片。鸵鸟，酿酒厂，夜店。

喝完第一罐芬达，卢沃又喝了一罐。头顶上的电扇缓慢地旋转着。三个女子不时朝他转过头来，露出和善而疲惫的笑容，仿佛在她们的世界里，黑人和白人都是同一种人，是一模一样的，仿佛人与人之间的差别再也不那么重要了。没过多久，大家起身爬进厢式货车，踏上了返回开普敦的旅程。

其中一个保拉开车；其余两个女子睡了。以浅抛物线形状吊在电线杆之间的通信电线，在车窗外一闪而过。道路是不间断的直线。开车的保拉不时回过头看看后座上的卢沃。

“头疼？”

卢沃点点头。

“它是哪种化石？”

“也许是某种被称为丽齿兽的东西。”

“丽齿兽？类似美杜莎？头发是蛇，之类的？”

“我不确定。”

“哦，那些是美杜莎没错。美杜莎和她的姐妹们。如果你回头望向她们的眼睛，她们就会把你变成石头。”

“真的吗？”

“真的。”四十岁的芬兰女人保拉答道。

“这只丽齿兽已经很老了。”卢沃说，“从这一整片沙漠还是沼泽时起。沼泽里还会有大江大河穿过。”

“我懂了。”保拉答道。她开了一会儿，随着音乐用大拇指敲击着方向盘，“你喜欢那么做吗，卢沃？外出挖掘古老的东西？”

卢沃望向窗外。在那里，在栅栏线外，在星光和平顶的山脉下，在大草原和矮小的灌木下，在永无休止地拂过卡鲁的风中，还藏着什么别的东西呢？

“是的。”他说，“我喜欢。”

十二门徒酒店

保拉把厢式货车停在了木匠老大家的灰泥墙外。四个人下了车。卢沃朝着监控摄像机挥了挥手，可似乎什么事情也没有发生。于是，他们在路沿上坐下来等待。不到十分钟之后，身穿睡袍、遛着两只柯利牧羊犬的老大出现在了街道上。他注视着卢沃，然后又看了看那几个头发蓬乱、衬衫上满是皱纹的女子。当她们打开厢式货车的后门、掀起卢沃破烂不堪的睡袋残存的部分时，他盯着化石足足看了一分钟的时间，一句话也没有说。他的眼神貌似既多疑又恍惚，仿佛他无法百分之百确定眼前发生的事情是真的。嘴唇颤抖、眼神温和，他望向卢沃，好像就要哭出来了。

二十分钟之后，他们站在了老大一尘不染的车库里，喝着咖啡，而头盖骨就裸露着摆在刷了油漆的地板上。这颗巨大的头颅是从过去找回来的，被剥夺了背景。老大打了个电话，叫来一名印度男子，然后一只手托着下巴，观察着头盖骨，又打了几个电话。他的兴奋之情显而易见。不出一个小时的工夫，又来了三个男人紧盯着头盖骨，还有三个哈欠连天的芬兰女子和一个戴着毛线帽的奇怪男孩。

终于，老大消失在了宅子里，再次出现时穿上了一套整洁的蓝色套装。他说自己可以出价一百四十万兰特。三个芬兰女子的下巴同时掉了下来，用拳头狠狠垂着卢沃的后背，还在车库里尖叫着跳来跳去。卢沃问起他现在能给他些什么。老大问道："现在？就是今天？"

"他就是这个意思。"其中一个保拉回答。又等了半个小时，老大给了卢沃三万兰特的现金，足够被放进一个纸质购物袋里。卢沃要求把剩下的钱全部寄给卡雅利沙镇 C 区 B478A 的菲克·加勒特。

"全部？"老大问道。卢沃说："全部。"

“我们怎么知道你会这么做?”保拉提问道。木匠老大抬起头望向她们三个，第一次把目光从头盖骨上移开，好像不确定是谁在说话似的。他眨了一下眼睛。“你们现在可以走了。”他说。

三个街区以外，卢沃和几个芬兰女子道了别。她们轮流拥抱了他，在小白卡片上给他留下了自己的电子邮件地址。其中一个保拉还在一行人看着卢沃爬出她们租来的野营车时自顾自地小声哭了起来。

公司花园入口附近有一间小小的英语书店。卢沃抱着装满现金的纸质购物袋走了进去。他找到一本平装版的《金银岛》，拿出一张一千兰特的纸币付了账。

后来，他拦下一辆海滨出租车，告诉司机载他去十二门徒酒店。司机向他露出了某种神情。酒店前台边的那个女人也朝他露出了同样的神情。不过卢沃身上揣着现金。刚付完钱，她就带着他走上了一条百米长的奶油色长条地毯，来到一扇标有数字7的黑色房门前。

房间和阿尔玛记忆中的一样干净、雪白。露台脚下，翡翠色的海浪拍打着一片金色的海滩。浴室中，小巧的白色瓷砖按照钻石的形状排列在地板上。洁白的毛巾挂在镀镍的杆子上。浴室中还摆着一只巨大的、一尘不染的白色马桶。地板上铺着雪白蓬松的浴室足垫。马桶的水箱上，长方形的花瓶里插着白色的兰花。

卢沃冲了四十五分钟的澡。他差不多已经年满十五岁了，可能还有六个月的生命。冲完澡，他躺在洁白的床单上，看着窗外液态般的午后天空。一大群鸥在海滩上飞翔。他想起了阿尔玛的记忆，既有在他脑海里留存的那些，也有正身处这座城市里某个地方的那些——到目前为止，卡比奇应该已经把它们卖掉了。他想起了阿尔玛对这个地方的记忆，想起了有关鱼的那部电影，滑进浩瀚的蓝色之中。他睡着了。

几个小时之后，他醒来时对着窗外深蓝色的方形天空注视了一会儿，然后打开灯，翻开了《金银岛》。

“现在回想起这个人来，简直像是昨天发生的事情。”他读道，“我记得他步履维艰地来到客店门口，他的一只水手衣物箱让人用小车推着跟在后面。他身材高大，结实而笨重，皮肤晒成栗壳色……①”

① 这段《金银岛》译文摘自上海译文出版社 2012 年 4 月 1 日的第 1 版，译者荣如德。——译者注

丽齿兽

六个男人花了六个星期的时间才把骨架挖掘出来。他们只在白天工作，把车子停在距离最方便的路线两个转弯处的地方。不得不引入起重机时，他们会在夜里行动。这些人是用一台不引人注意的卡车把骨架运回开普敦的。从木匠老大手中把它买走的商人将它带去了伦敦的一家黑市拍卖行。在伦敦，人们将它清洗干净，配上装备，涂上清漆，装在了钛金属支架上。经过一场秘密的匿名拍卖会，它卖出了四百五十万美元的价格，在化石拍卖史上排名第四。这副骨架通过集装箱货船从伦敦途径地中海和苏伊士运河、越过印度洋，被人运去了上海。一个星期之后，经由训练有素的标本制作人员之手，它被安装在了基座上，摆在一家四十八层楼酒店的大堂里。

没有假的植被，没有颜色，只有被人喷在它关节处的聚醋酸乙烯酯和被降下来、罩在骨架上的树脂玻璃框。有人在骨架的两边各摆了一盆巨大的棕榈树盆栽，但两天以后，盆栽就应酒店所有者的要求被搬走了。

菲克

二月末，菲克来到小卖部身后的邮局。他的信箱里只有一个写着他名字的信封。信封里是一张价值将近一百四十万兰特的支票。菲克抬起头来。刹那间，他几乎可以听到血液正在自己的脑袋里滚动的声响。他脚下的地面旋转起来。站在柜台后的葛谢罗夫人朝他望过来，目光又转回自己正在填写的表格上。一辆没有窗户的公共汽车驶过。扬尘弥漫在小小的邮局里。

没有人在注视他。地板是平稳的。菲克再一次偷偷瞥了一眼信封，读了读上面的金额。他抬起头，又低下头看了看。

支票的科目栏上写着，*化石出售*。菲克锁上邮局的信箱，把钥匙挂在脖子上，站在那里闭了会儿眼睛。到家时，他向坦巴伸出了两只拳头。坦巴隔着小眼镜望着他，然后又看向了拳头。他等待着，努力思考着，然后敲了敲右边的拳头。菲克笑了。

“试试另一只。”

“另一只?”

菲克点了点头。

“你从没有说过试试另一只。”

“这一次我说了，试试另一只。”

“这不是什么花招吧?”

“不是花招。”坦巴敲了敲左手。菲克打开手掌。“你的公交卡?”坦巴问道。菲克点了点头。

“你的公交卡?”坦巴重复道。

他们在前往车站的途中在市场稍作停顿，买了两条游泳短裤。菲克的是红色的，坦巴的是淡蓝色的。很快，他们坐上金箭公司的公共汽车，朝着城里驶去。菲克用右手提着装有游泳短裤的塑料购物袋，却不让坦巴看到里面是什么。这是三月里温暖的一天。天空下的桌山边缘鲜明得令人感觉不可思议。

菲克和坦巴在克莱尔蒙特站下了车，牵着手步行两个街区，走进了距离维珍活力健身房两个门脸的南非标准银行某支行。菲克开设了一个账户，并出示了自己的证件。柜员花了十分钟的时间在电脑上录入各种各样的信息，然后向他索要开户存款。菲克把支票塞了进去。

三十秒钟之后，一名经理出现了。他看了看支票，把它拿到了后面的一间玻璃墙壁办公室里，对着电话讲了大约十分钟。

“我们在做什么？”坦巴耳语道。

“我们在期待。”菲克压低了嗓门回答。

大约过了一个小时，经理回来了，微笑着告诉菲克，银行已经兑现了支票。

十分钟之后，坦巴和菲克站在了维珍活力健身房的玻璃墙前，沐浴在耀眼夺目的晴朗阳光中。头顶上，他们能够看到人们正在跑步机上吃力地奔跑。正前方，透过玻璃墙，透过自己的倒影，父子俩能够看到三座室内游泳池。游泳者费力地在泳道中划着水，救生员坐在椅子上，孩子们则在曲折盘绕的绿色水滑梯管道里横冲直撞。

在入口处，菲克给了服务员一张一千兰特的纸币。她抱怨了一阵找零的事情，却还是递回来一些零钱。菲克在写字夹板上填好一张表格，然后父子俩便走进了排列着红木柜门锁柜的宽敞更衣室。到处都是正在刮脸、系着网球鞋鞋带或是正在打领结的男人。菲克走了进去，坦巴则一路小跑地跟在后面，扶着自己的小眼镜，快乐得难以置信。坦巴选择了五十五号锁柜，于是父子俩穿上了全新的泳裤——菲克的是红色的，坦巴的是浅蓝色的。紧接着，他们穿过一条铺设着瓷砖的走廊。两旁排列着还在滴水的淋浴器。走下十二级台阶，迈过一扇玻璃门，他们走进了室内泳池充满氯气味道的喧闹氛围之中。

坦巴对自己低语了几句菲克没有听到的话。穿着红色马球衫的救生员坐在椅子上。滑梯喷着水花；孩子们的喊叫声在天花板上回荡。

菲克领着坦巴爬上长长的水滑梯台阶，牵着他的小手。脚下的泳池变得越来越小。他们眼前的那些孩子们粉红色的后背已经被水滴打湿了。靠近台阶顶端时，他们等了一小会儿。前面的每一个人都要爬到一个位置上，然后松手，疾速滑下滑梯，掠过转弯。不出一分钟的工夫，菲克和坦巴就登上了最后几级台阶，两人一起站在了水滑梯的顶端。

菲克在滑梯上坐定，把儿子举起来，放在自己的两条腿之间。温暖的水流冲刷着他们的短裤，急匆匆地顺着滑梯流下去，消失在第一个转弯背后。菲克摘下儿子的眼镜，把它握在自己的手里。

坦巴回过头来望着他，眼睛前面什么也没有。“看起来好快，爸爸。”

“那是当然的了。”

菲克低头看向陡峭的滑梯上第一个转弯处，然后又隔着滑梯围墙望了望脚下看上去十分遥远的游泳池。游泳的人如同小小的、懒洋洋的蜜蜂。纯净的日光透过窗户洒下来。车流无声地从窗前驶过。

他问了一句：“准备好了吗？”

“准备好了。”坦巴答道。

阿尔玛

阿尔玛坐在社区餐厅里一张黄色的扶手椅上。她的头发很短，是银色的，显得很呆板。她所穿的衣服不是她的；在这个地方，衣服似乎会被混在一起。窗外，她能够看到左手边有一面水泥墙、一根旗杆的上半部分以及一片多角形的天空。

空气里飘荡着煮熟了的卷心菜味道。天花板上的日光灯发出了轻柔的嗡嗡声。附近，两个女人正试着玩拉米纸牌的游戏，却一直弄掉手中的牌。楼里另外的某个地方，也许是地下室里，有个人正在嚎叫。这很难说，也许只不过是暖气里的空气正在发出哨音。

一丝记忆从阿尔玛的脑海中轻快地掠过：它就在那里，然后便消失了。房间前面的电视里出现了一个举着麦克风的男人，一个转盘和一群鼓掌的观众。

一个身穿白色马甲和白色牛仔裤的高大女子穿过门走了进来。在入口处的灯光照耀下，阿尔玛几乎看不到她深色的皮肤，以至于正朝着她走来的仿佛是一身活了起来的白色套装——白色的裤子，白色的上衣，白色的眼球全都浮在空中。她径直走向阿尔玛，开始在她身边的一张长桌上腾空几只箱子。

阿尔玛的身后，一个穿着印花工作服的护士拍了拍手。“各位，美术课的时间到了。”她说着，“想跟斯蒂格小姐上课的任何人都可以过来。”

几个人开始朝着桌子走来，其中一个还推着残疾轮椅。一袭白衣的女子摆好了水桶、颜料盘和颜料，还打开了一只巨大的特百惠桶。她的眼神望向了阿尔玛。

“嗨，甜心。”她打了个招呼。

阿尔玛把头转了过去，一直保持着沉默。几分钟之后，其他人笑了起来，还把沾满石膏的双手举了起来。白衣女子一边照看着住客们五花八门的自修作业，一边低声对自己哼唱着小曲，歌声停留在一片喧嚣声之下。

阿尔玛全身僵硬地坐在椅子上。她穿的是一件自己不认识的、印有驯鹿图案的红色毛衣，静止不动地放在大腿上的一双手是冰冷的，在她看来就像爪子一样，仿佛这双手也曾经属于别人。

那个女子是用科萨语哼唱的。曲子既甜美又舒缓。在镇子另一边的一间密室里，在绿点的一间记忆诊所中，上千张装有阿尔玛记忆的磁盘正被摆在那里积攒着灰尘。在她身旁的抽屉里，在耳塞、维他命和皱皱巴巴的纸巾之间，放着菲克来看望她时捎给她的4510号磁盘。阿尔玛已经再也记不得那是什么东西了，或是其中包含了什么，抑或是这张磁盘曾经属于她。

歌曲结束时，桌旁一个穿着蓝色毛衣的男人突然用沾满石膏的双手鼓起掌来。阿尔玛窗外的那片天空暖意融融，泛着紫色。一架喷气客机从天空中飞过，闪烁着金光。

阿尔玛回过头时，白衣女子正站在靠近她的地方。“来吧，甜心。”她也是用那种嗓音和她说话的。一种如同热油般的嗓音。“试一试。你会喜欢它的。”

女子把一个铝箔做成的圆盘放在阿尔玛的面前。阿尔玛看到，桌布上铺着报纸，几个塑料碗里四处散落着颜料和绢花，还有木头做的小桃心和雪人。嘴里哼唱着歌曲的女子从特百惠桶里舀了些白色的熟石膏，放进阿尔玛的圆盘里，用一根冰棒棍子把它擦干净。

熟石膏拥有一种美妙的奶油色质地。其中一位住客把它洒在了桌布上。另一个则把一些熟石膏黏在了自己的头发上。白衣女子哼起了第二首歌。或许是把第一首歌重头又唱了一遍，阿尔玛无法确定。“*Kuzo inzingo zalomhlaba.*①”她唱道，“*Amanda noxolo, uxolo kuwe.*②”

阿尔玛举起了自己的左手。石膏还是湿的，要等一会儿。“好的。”她耳语道，“好的。”

她心想：我曾经拥有某个人。可是他把我一个人丢在了这里。

“*Kuzo inzingo zalomhlaba. Amanda noxolo, uxolo kuwe*。”女子唱道。

阿尔玛让自己的手陷入了石膏之中。

---

① 南非科萨语，意为“这是这片土地的特性”。——译注
② 南非祖鲁语，意为“阿曼达和平安，给你和平”。——译注

繁衍，生育

伊莫金是个身材娇小的白人。棉花糖颜色的头发，苍白的额头，像白垩那样白的双臂。冰雪女王伊莫金。牛奶公主伊莫金。她的左臂二头肌文了一张黑色的蜘蛛网。在怀俄明州的拉勒米，她是库克罗普斯工程公司资源配置经理。

赫布是个身材中等的秃顶男人，没有什么特殊的胆量，微笑时会笨拙地露出马赛克般的牙齿。静脉的痕迹像根系似地一直蔓延到他的前臂上。他教的是本科的分子系统学。在距离镇子十五英里的一片五英亩的土地上，他和伊莫金生活在一座用砖石和西洋杉木搭成的单层建筑中。这里种植的大多都是鼠尾草和旱雀麦，不过他们也在一片干涸的河床上种了些棉白杨。这里还有赫布一直试图清理干净的废弃轮胎垃圾场，以及清晨时分偶尔会全速奔跑着穿过车道的一群鹌鹑。伊莫金装了二十二个喂鸟器，有些安置在杆子上，有些悬挂在屋檐下，既有平台形的，也有球形的，还有用咖啡罐制成的，以及看起来很像瑞士小木屋形状的。每天晚上下班回家时，她都会拽着四脚梯从一个喂鸟器挪到另一个喂鸟器，手里还提着满满一桶拌好的种子。

二〇〇二年九月，伊莫金吞下了自己的最后一颗避孕药。

她与赫布走上车道，准备用伐木锤的平边将空药罐压扁。这令赫布很兴奋：碎石里的塑料碎片，伊莫金绷紧的声带。他最近一直在琢磨孩子的事情，想象自己下课回家后能在家中四处看到自己的子女。

在接下来的三十个早晨中，赫布和伊莫金做爱多达二十次。每一次结束之后，伊莫金都会朝着天花板翘起自己的屁股，闭上眼睛，按照赫布所描述的那样努力想象：一大群精子正流经她的宫颈，穿过她的子宫，爬上她的输卵管。在她的想象中，他们的染色体会把自己和可以想象得到的最小的声音缝在一起：就像一条拉链上的两个齿那样卡在一起。

紧接着：太阳出现在了窗口。赫布做了吐司。一颗问号似的受精卵不知不觉地陷入了她的子宫。

什么事也没有发生。一个月，一次月经。两个月，两次月经。四个月之后的新年前夕，风卷着冰雹从车道用力地吹过。赫布抹了抹眼泪。

“我吃过的药片正从我的体内往外排呢。”伊莫金说，“这种事情是不可能一蹴而就的。”

很快就到了二〇〇三年。伊莫金开始注意到，到处都是孕妇。她们会在“面包与壶”便利店的门口从小型货车里爬出来；盘坐在沃尔玛超市的走道里，把婴儿尺寸的睡衣举到灯光下。修理办公室复印机的是个怀有身孕的女修理工；在会议室里倒果汁的是个身怀六甲的女客户。难道伊莫金有什么这些女人没有的缺陷吗？

她在网上读到，一对夫妻怀上孩子平均要花费一年的时间。所以。没问题。时间还很充裕。毕竟她只有三十三岁。三月份才三十四岁。

在赫布的提示下，伊莫金开始每天早上醒来时都在嘴里插上一根体温计，让他把自己的体温绘制在一张方格纸上。他告诉她，我们要的是排卵高峰那段时间。每一次两人做爱，他都会在方格纸上画一个小叉。

又过了三个月，三次月经。四个月，四次月经。赫布用成群的叉对伊莫金的温度峰值发起了进攻。她躺在床上，脚趾指向天花板，而赫布则在她的上面四处翻找，嘴里还嘟嘟囔囔的。精子就这样摇摇晃晃地前进。

还是什么事也没有发生。伊莫金的肚子绞痛起来。她发现自己出血了，于是对着电话低语道：“我就是一块该死的瑞士手表。”

大学放假了。蓝头黑鹂回来了。鹨雀回来了。伊莫金迈着沉重的步伐穿过后院，填满自己的喂鸟器。她心想，不久之后，我会因此在大庭广众之下被人用石头砸死的。赫布会和我离婚。我们的庄稼会被人夷为平地。萨满教的巫师会把蒜头插进我的生殖道里。

八月，生物系主任桑德拉·朱顿生了一个女儿。赫布和伊莫金带着康乃馨去了医院。婴儿看起来皱皱巴巴，眼神斜斜的，看上去十分不可思议。她戴着一顶棉帽，头盖骨不仅布满了皱纹，而且是椭圆形的。

赫布说：“我们为你感到非常兴奋，桑德拉。”

伊莫金能够看得出来，他很兴奋，踮着脚跳来跳去，笑得合不拢嘴，还问了桑德拉一系列有关脐带的问题。

伊莫金站在门口，扪心自问，她是否也慷慨得足以替桑德拉感到兴奋。护士蛮不讲理地走了过去。几滴干涸的血渍溅在了医院病床旁的油布上，看上去就像微小的棕色锯条。一个护士打开了婴儿的布包。只见她的膈膜在纤薄的肋骨下起伏着，娇小的身体在伊莫金看来就像是十几代人的精华——桑德拉的母亲的母亲的母亲，整个谱系剥落成一把火焰。储存下来的东西仍在皮肤下跳动的蓝色静脉支流中燃烧。

她心想：为什么不是我呢？

怀俄明州远离了太阳。再见，木鸭。再见，鹪鹩。再见，昨天落在窗前喂鸟器上，在继续启程之前朝伊莫金眨了眨眼睛的黄色小莺。废弃的轮胎被冻僵在地里。鸟儿开始了残酷的迁徙。

“你们俩呢？”赫布的弟弟问道。这是明尼苏达州的一个感恩节。赫布的母亲抬起头，突然来了兴趣。赫布的侄子们用手中的银质餐具噼啪作响地敲着桌子，像鼓手一样。“你们想过要孩子吗？”

赫布看着伊莫金。“当然了。世事难料。”

伊莫金嘴里咬着的那块南瓜派变成了水泥。赫布的弟妹说：“嗯，别等太久。你不会想坐着轮椅去参加笛子演奏会的。”

类似的瞬间还不止如此。赫布两岁的侄子不请自来地爬上伊莫金的大腿，递给她一本名叫《大鱼，小鱼》的书。“大——”他边说边翻动着书页，“大——鱼！”他顶着她的胸口蠕动起来，头皮闻上去像是夏日里又深又冷的湖水味道。

一天之后，赫布在机场拽了拽伊莫金的袖子，然后指了指：几台售报机旁边站着一对双胞胎，留着淡黄色的头发，穿着连身衣裤，可能有三岁了。他们踮着脚上蹿下跳，唱着小蜘蛛被冲出排水口的歌曲，唱完一边拍手一边咧着嘴笑，全速绕着他们的母亲转圈奔跑起来。

伊莫金二十一岁那年，她父母驾驶的别克马刀汽车在离家一英里的地方滑出了506号公路，翻进一处地沟，两人同时殒命。路面上没有冰，也没有对向车流，而她父亲的别克汽车也保养得很好。警察称此事是一场事故。两个星期，伊莫金和赫布站在各种各样过于炎热、装饰过度的客厅中，用小盘子端着饼干。不久，伊莫金大学毕业，立马搬去了摩洛哥。

在拉巴特一间没有冰箱、只开了一扇窗户的一居室公寓里，她住了三年。不能穿短裤或短裙，也不能湿着头发就出门。某些日子里，她整天都会待在自家的厨房中，阅读侦探小说。那时她寄来的信都有好几页长，而赫布会靠在货车的仪表板上一遍又一遍地阅读。

这里有两种鸽子。看上去很粗壮的那种叫原鸽，就是我们在国内看得到的那种。夜里，它们会在房顶上呻吟。不过还有另外一种脖子上长着白斑的鸽子。它们都是些大鸟，盘旋着聚集在一起，飘拂在房顶上方，深色的羽毛闪着光，出现时就像用金属制成的巨大活动雕塑。某些早晨，乌鸦会俯冲到它们之间，引得鸽子纷纷尖叫起来。躺在我的床上，那种声音听起来就像是在空中大声呼救的小孩。

她从没有提起过自己的父母。一次她写道：*这里所有人都不系安全带*。还有一次：*我希望你能在货车后面存几袋盐*。她所提到的就这么多了。最终，她加入了美国和平部队项目，开始与盲人女子共事。

那些年，赫布不止一次停在拉勒米市中心的“目的地”旅行社门外，注视着四英尺高的塑料地球在橱窗里旋转，却无法鼓起勇气买一张飞机票。在她的父母去世之前，他们只约会了四个月。而且她也没有邀请他。

他在回信中写到的都是些日常的事情：去湖边远足，他喜欢上的一种新谷物。*爱你的，赫布*。他会在结尾这么写，既坚决又愚蠢。他担心自己写得太多了，又担心自己写得还不够。

二〇〇四年，在无法受孕十六个月之后，伊莫金把这件事情告诉了自己的妇科医生。他表示可以安排一些检查，联系几位内分泌学家和泌尿科医生。他们还有许多的选择。

“现在还不是绝望的时候。”他说。

“不是绝望的时候。”伊莫金告诉赫布。

“我没有绝望。”他回答。

他们做了艾滋病测试，肝炎测试。两天之后，赫布对着一只八盎司的样品杯手淫，然后沿着I-80公路向东，驱车六十六英里去夏延看一位泌尿科医生。他把那只杯子装在本打算用来包装办公室礼物的小小圣诞袋里——因为他和伊莫金把棕色纸袋都用完了。这只袋子就放在他身旁的副驾驶高靠背座椅上，上面布满了咧着嘴微笑的圣诞老人，里面的样品将将能够覆盖杯底。他想知道：难道某些男人能够填满整个杯子吗？

同一天下午，伊莫金提早下班，好往体内灌入二氧化碳。经由宫颈，她的子宫里被注入了X射线无法穿透的染料，一直注射到了输卵管。没过多久，她就被人用轮椅推进了一间X光室。在那里，一个满嘴花生酱气味、戴着史努比耳坠的护士在伊莫金的胸前为她戴上了一个铅防护板，要求她完全保持静止。护士走开了；伊莫金听到机器活跃起来，电子高亢的哀鸣声正累积起来。她闭上双眼，试着不去动弹。光洒在了她的身上。

六天之后，电话响了。医生和他们讨论了一下两人病情。双重因素不孕症。伊莫金得到了三个词：多囊卵巢综合征。赫布得到的是两个词：严重缺陷——在能动性方面，在密度方面，在其他方面。他的精子中只有百分之三被认为是能够生育的。

赫布的脸似乎皱了起来。他把手中吃了一半的那角哈密瓜放在台面上，走进浴室，关上了房门。伊莫金发现自己正凝视着台面和冰箱之间的空隙。那里积攒着灰尘，还有一片麦片。浴室里传来了一阵呻吟声。然后是冲水的声音。伊莫金轻轻用手指摸了摸自己的腹部。

一整个早上，她坐在电脑旁，陷入了回忆之中。一辆大巴车爬升过层层冷空气，山峦泛着硬纸板的颜色，天空泛着磷光。院子里，一只瞪羚在翻捡垃圾。牧羊犬在村庄的屋顶上打盹。

“没有父母，没有丈夫，没有孩子。”一个盲女人曾经告诉她。她的目光就是一台真空吸尘器。伊莫金不知道望向哪里。“我孤身一人。”

她的电脑屏幕旋转起来。她把自己的额头放在了办公桌上。

“你生气了吗？你在生我的气吗，伊莫金？”赫布控制不住自己，来回来去的措辞几乎成了一连串有形的阴霾，如同电扇的扇叶正在他的面前旋转。

“我没有生气。”她说。她断定，他们的失败从一开始就是不可避免的。是预先被写好的。是遗传的。他们的不足，他们的怯懦，他们和其他所有人的区别。她一直是困惑的，住在远离城镇的地方，总是在看书，总是拒绝初中舞会的邀请。冰雪女王伊莫金。白日梦伊莫金。太娇小，太苍白，太美丽。太容易枯萎。

“一切都好。”晚饭时——在看《危险边缘》节目时——她告诉赫布。十年努力避孕，现在竟然永远也怀不上了。

赫布发展出了自己的理论：是院子里的那些轮胎闹得，是整座轮胎垃圾场闹得，是十七种金属材料、十六种碳氢化合物溶入了井水、洗澡水和意大利面里，害得毒素如今已经进入了他们的身体。

更多的测试。伊莫金做了一次腹腔镜检查，让医生用一根电外科针刺了她的卵巢十几次。赫布又对着另一只杯子手淫，并再次驱车一个半小时前往夏延，在另一个泌尿科医生面前脱掉了自己的裤子。

又等了六天。另一通电话响起。诊断结果得到了证实。伊莫金在浴室的镜子里仔细端详着自己。她一直在想自己可以辞掉工作，开始烹饪摩洛哥和突尼斯食物：胸前绑着一个婴儿，锅子在炉灶上冒着热气。也许她还能养上几只母鸡。相反，她开始进行养生疗法，得了一个星期的痢疾。

她告诉自己，这还不是真正的折磨。这只不过是在重新安排未来的路，是明白后代的香火并非连绵不绝而是变幻莫测的问题。在任何一个家族中，总有人将会成为最后一个：家族树中的最后一片树叶，家族坟墓中的最后一块石碑。难道她以前不明白这些吗？

放学后，赫布走进屋后广阔的牧场，在轮胎间忙活起来。它们深深扎根在原地，又积攒了那么多被风吹进去的土和雪，以至于他在将一个轮胎或者它的碎片清理出来时，会不可避免地在下面发现另一个轮胎。有些时候，他不知道这些轮胎会不会一路延伸到世界的中心。他会用斧头把它们切成碎片，用铲子把它们塞进自己的货车里。天气很冷，只有风从草地上刮过。棉白杨上结的冰轻柔地发出叮叮当当的响声。几个小时之后，他直起身，望向远处渺小的房子，仿佛那是天空下的一个火柴盒。伊莫金娇小的身影蹒跚着在鼠尾草中穿行，填满喂鸟器，一只手臂拽着五加仑的桶，另一只手拽着四脚梯，双腿消失在薄雾之中。

他们同意去拜访一家生育诊所。天气晴好的时候，到那里去需要八十分钟的时间。最靠近入口处的地方停着一辆梅赛德斯轿车，车牌号上写着“宝宝制造者”的英文缩写。

医生坐在一张玻璃桌面的办公桌背后，倒着绘制图画。他画了一个子宫、一根输卵管和两个卵巢，还画出了伸进去取卵的仪器。墙壁上挂着的裱框海报里描绘的是一个巨型的阴道及其内部运作。它旁边挂着的裱框照片里，三个胖乎乎的女儿正靠在一辆本田汽车上。

“好的。”赫布说，“没问题。”

伊莫金有没有任何问题？伊莫金没有问题。她有一千个问题。

“你倒着画出来的画儿真不错。”她边说边试着笑了笑。

医生强颜欢笑。

“练的。”他答道。

负责财务的女士十分和善，身上散发着香烟的味道。他们可以得到贷款。利率不低。她的女儿已经做了三个“周期”了。她指了指照片。

包括用药、胚胎实验室和麻醉医师在内，整个过程要花费一点三万美元。驾车回家的路上，首字母缩略词在他们的脑袋里绕来绕去：IUI，ICSI，HCG，IVF①。一群羚羊站在洲际公路边残留的积雪中，影子在身后的山坡上既清晰又明显，可它们的眼神却是呆滞而阴沉的。那些羊一闪而过：就在那

① IUI 指人工授精，ICSI 指卵胞浆内单精子注射，HCG 指人体绒毛促性腺激素，IVF 指试管授精。——译者注

里，紧接着就消失了。赫布把手伸向了伊莫金的手。湛蓝的天空深不可测。

他们报了名。一盒药来了。赫布打开盒子，把里面的药放进了浴室的橱柜里。伊莫金没有去看。赫布几乎也不去看。橱柜里有四种装有注射器的不同拉链袋，还有小玻璃瓶和药瓶、录影带、盛放用后针头的容器、四百片酒精棉和价值一千四百美元的合成荷尔蒙。

伊莫金的治疗方案首先开始于口服避孕药。小册子上说，这是为了调节她的经期。她倒了一杯牛奶，仔细端详起了那些粉色的小药片。

黄昏降临在了山脉的另一边。赫布在厨房的桌子上为考卷打着分。云越来越低沉，越来越黑暗。伊莫金带着步梯和种子桶走出来，步入院子，药片正在她的五脏六腑里溶解。四周寂静无声，天空暗了下来。几个喂鸟器之间似乎相隔数英里的距离，让人感觉死气沉沉的。

每一次听到注射器从包装袋里剥落的声音，伊莫金都感觉有些恶心。她需要注射被称为利普安的卵巢刺激药物十七天，之后还要打两个星期的黄体酮，以便让子宫为怀孕做好准备。然后还有阴道栓剂。要是她怀孕了，每日注射还要持续八个星期的时间。有些时候，一小滴鲜血会随着针头渗出来。赫布会用酒精棉把它盖好、按住，然后闭上眼睛。

打完针，他会把她的药片摆出来，五种。上班之前，她会把抹了苹果酱的吐司吃掉，然后在出门的路上吞下胶囊。

“告诉我你爱我，伊莫金。”厨房里的赫布喊道。坐在车库里，关上车窗，伊莫金可能听到了，又可能没有听到。卡罗拉汽车启动了。车库门卷起，又卷着落下。她的轮胎在煤渣路上嘶嘶作响。大草原在冰的覆盖下消失了。

春天。伊莫金的卵巢按计划膨胀起来。它们成了水气球、蒲公英花序、隆起的牡丹花。医生在超声波监视器上测量着她的卵泡大小：她的体内看起来就像是由像素组成的暴风雪。九毫米。十三毫米。医生想让它们长到十六至二十毫米。他们支持的是数字：三十颗卵，二十个胚胎，三个胚泡，一个胚胎。

四月中旬，库克罗普斯工程公司的区域经理艾德·柯林斯把伊莫金叫到自己的办公室里，斥责她下午请假请得太多。

“一个人能约多少次医生?”他用手指拨弄着马球衫上的扣子。

“我知道。很抱歉。”

“你病了吗?”

她看着自己的鞋子。“没有。我没有生病。”

涌入伊莫金体内的雌性激素越多，她就变得越漂亮。她的双唇几乎是深红色的，头发如同一顶散发着乳白色光芒的皇冠。赫布能够在她的双臂上看到蜘蛛网般的紫色静脉。

荷尔蒙在她的细胞里横冲直撞。她会出汗，会被冻僵。她穿着宽松的运动长裤一瘸一拐地行走，卵巢里塞满了卵泡，卵泡里塞满了卵细胞。“这就像是带着两只满满的膀胱。”她说。在遇到地上有坑洞时，她不得不让卡罗拉汽车减速，缓慢地行驶过去。

坐在她身旁的赫布感觉两腿之间的阴囊正在叛逆地悸动，有些过于温热。他的办公桌上还有八十三份蛋白质结构论文要打分。他十分确定自己将不得不用信用卡来偿还这个月的房款。他告诉自己：别人的情况更糟。别人——比如女子篮球队教练哈珀·乌斯比之类的人——会被切开肋骨，用动物心脏的零件来更换他们的心脏瓣膜。

云朵积聚在满是山肩的紫红色地平线上。

五一国际劳动节这天，赫布又朝着另一只杯子手淫，驾车载着伊莫金和他的样品来到了生育门诊。医生探进伊莫金的卵巢，用一个看上去类似不锈钢水螅的东西抽吸她的卵泡液：那东西的一端上连有十几条钢制的蛇状物，另一端则是一个真空吸尘器。赫布坐在候诊室里，等着听它嘶嘶作响，却只听到热记录器发出的呼呼声和咔哒声，还有接待员的收音机里传出的声响：那是罗德·斯图尔特的声音。

一个小时之后，他被叫了回去。伊莫金正躺在护士办公室里的一张椅子上瑟瑟发抖。她的嘴唇是灰色的，有些迟钝，还问了他好几次，自己是不是吐了。他说他不确定，但不这么觉得。

“我记得我吐了。”她边说边嘬着纸杯里的佳得乐。他把一个护垫放进她的内裤里，解开她的病号服，帮她穿上了运动长裤。

三天来，他们希望那几颗卵能够长大，一个细胞分裂成两个，两个分裂成四个。有丝分裂的精密：落在树枝上的冰晶，蛾子翅膀的一次拍打。

“我在非洲。”伊莫金说，“那里的天空中到处都是秃鹰。”

两天之后，一名护士打来电话，告诉他们只有六颗卵成功受精了，不过有两颗成为了可用的细胞胚胎。他们再次驱车赶往夏延。医生用注射器和一根类似半熟意大利面条的长管把两个胚胎都放进了伊莫金的体内。整个过程花了三十秒。

她躺在长条座椅上坐车返回了拉勒米。天空从挡风玻璃前飞快地闪过。遵照医嘱，她卧床休息了三天，吃酸奶，每过十二个小时就把屁股转向赫布接受注射，不知道是否有什么极其微小的事情正在她的体内发生——某个显微镜才能看到的东西正在闪光，熄灭，再闪光。没过多久，她就带着淤青回去工作了，肚子仍旧鼓鼓囊囊的，每个卵巢上都带着一道看不见的穿刺伤。她发现自己走起路来格外小心，还会心想：是双胞胎吗？一个星期之后，赫布开车载着她返回诊所验血。

结果是否定的。植入没有发生。没有妊娠。没有双胞胎。没有婴儿。什么都没有。

赫布和伊莫金之间的关系变得沉默。发票寄到了，一张又一张。为了赚点额外收入，赫布教起了普通生物学的暑假班。然而，上课上到一半时，他的思路却频频被打断。一天下午，在基础蛋白质合成课上，用粉笔绘画画到一半时，大约二十五秒的时间里，他满脑子都在想医生们正在伊莫金的两腿之间忙活，把高尔夫球大小的卵从她的卵巢中拽出来。

有人在窃笑。粉笔从他的手里掉了下去。坐在前排的高个子大二学生名叫米丝蒂·弗莱德，是个拿奖学金的游泳运动员。她穿着迷彩短裤和一件衬衫，胸口大约有上百条饰带，就像骑士会在自己的盔甲下佩戴的那种。她的小腿长得不可思议。

“罗斯教授?”

她咀嚼着衬衫上的饰带末端。赫布的视线倾斜了。地板似乎正在他的脚下缓慢地旋转。吊顶板降低了一英寸。他宣布下课。

伊莫金和赫布买菜，吃晚饭，看电视节目。一天晚上，她蜷伏在车道边，注视着一只螳螂在一堆野草上接连产卵。它似乎能够没完没了地排出一连串琥珀色的黏稠物，里面夹杂着木薯粉颜色的珍珠。三分钟之后，一群蚂蚁用它们微小的下巴把所有的螳螂卵都抬走了。她不知道，那两个胚胎发生了什么？它们是不是从她的体内滑了出去，消失在了床单里？它们是不是在她上班时掉了下来，跌跌撞撞地沿着她的裤腿滑落，在难看的米色地毯上被压碎了？

赫布六月份的时候试探了她一次，七月四日时又试探了一次：“你觉得我们是不是可以再试一个周期，伊莫金？”

针。电话。失败。“还不行。”她嘟囔着，“现在还不行。”

他们醒着躺在彼此身旁，沉默着，在灰泥吊顶中寻找图案。十年的婚姻，他们难道不曾想象过如今应该拥有自己的孩子了吗？胚胎蜷缩在羊水的海洋里；女儿站在后门，运动鞋上沾满了泥土，手掌上托着一只鸟宝宝？他们的身体里有数万亿个细胞，他们却无法让其中的两个结合。

还有一个问题：陈词滥调。关于这种事情存在太多的陈词滥调，简直有一大堆。伊莫金最不喜欢的正是其中最显而易见、通常从那些当了母亲的同事口中说出来的话：你年纪也不小了。或者是：我嫉妒你的自由——你可以随心所欲！

同样糟糕的是生物系夏日午餐会上的一个瞬间——植物学专业的新雇员宣布自己的妻子怀孕时。“我的儿子们会游泳。”他宣称，把鼻子上的眼镜推得更高了，还拍了拍赫布的肩膀。

当伊莫金告诉赫布自己没事、不需要谈论这些时（星期六的晚上，星期日的晚上），当赫布无意中听到一个学生在走廊里称他是一个“很有胆量的教授[①]”时，当伊莫金在午饭时经过两个前台接待员身旁，听到其中一个说“我甚至无法从杰夫身边*走过*却不怀孕”时，这些话都成了陈词滥调。

妊娠纹，奶粉，婴儿手推车品牌；如果你等着听到些什么，这就是你所能听到的一切。

“跟我说点什么，伊莫金。”赫布说，“但请别告诉我你没事。”

她让自己的注意力停留在天花板上。她的名字正悬在他们之间的那片空间里。她没有回答。

在赫布办公桌上的那本教科书中，有关人类繁殖的一章被称为《生命的奇迹》。伊莫金查了查“奇迹”的含义：“仿佛有悖于自然规律的事情。”

---

① 英语中的“胆量”一词“ball”在俚语中也指睾丸。——译者注

她又查了查“精细”的含义：“由微粒构成。”或者：“非常小、锋利或细密。”

赫布给自己在明尼苏达州的弟弟打了个电话。他的弟弟试着去理解，却也有自己的问题要解决——裁员和生病的孩子。他的弟弟去年寄来圣诞卡片的封面照片上是一个高尔夫球洞。球洞里写着：“与成功的距离是用你自身的动力来衡量的。节日快乐。”

“至少你在尝试的过程中肯定获得了不少的乐趣。”他的弟弟说，“对吗？”

赫布开了句玩笑，挂上了电话。隔着一个房间的距离，伊莫金把头靠在冰箱上。屋外，风从山上俯冲下来，街上一整晚都见不到一对车前灯。伊莫金只能听到洗碗机在呼呼作响，她的丈夫在低声啜泣，热风从鼠尾草间穿行。

拉勒米：灰尘仿佛为挡风玻璃蒙上了一层幕布，一场在几英亩的停车场中上演的、汽车来回掉头的芭蕾。布勒多恩木材、欧迪办公、一元店。阳光透过远处的烟尘，衣衫褴褛的人在公共汽车站的长凳上刮着乐透彩票。两个穿着长裙的活泼女士端着装沙拉的塑料盒。一架飞机呜呜作响地飞过。一切正常得令人麻木。她还能在这里生活多久?

他们会吵架。他说她冷漠,说她不善于处理悲伤。在她的眼中,树叶被风吹得来回摇晃。冷漠,伊莫金想起了自己曾经看过的一段延时录影:一只海星从一根码头立柱上剥离,用上千只微小的脚在海床上漫步。

她退回车库,用手摸索着一桶又一桶的种子。

他在院子里切割轮胎,直到眼睛后面都冒出了小小的星星。他心想,在一个平行世界里,我已经是九个孩子的父亲了。在一个平行世界里,我正在一把雨伞下等待我的孩子们从雨中钻出来。

暑期班就要结束了。前排的游泳特长生米丝蒂·弗莱德想要见面探讨一下她可以带回家做的书面考试。她的背心只有很小一件,肩膀上长满了雀斑,头发用金色的松紧带绑了起来。教室里空无一人。赫布在米丝蒂身旁的课桌上坐了下来。她倚靠过来,把身子探过课桌之间的缝隙,两人把头伸到她写的有关真核细胞的一个片段上。很快,楼里就彻底没人了。一台割草机在室外的某个地方嗡嗡作响。窗边的家蝇抵着窗户直叫。米丝蒂闻起来像是润肤露和游泳池氯水的味道。望着她完美而丰满的身体曲线，赫布在称她为甜心时——这完全是个意外——感觉自己就要掉进书页里去了。

她眨了两下眼睛，也许还舔了舔嘴唇。很难说。

他结结巴巴地说："所有的细胞都有什么，米丝蒂？细胞膜，细胞质，还有遗传物质，对吗？不管是在酵母、老鼠还是人身上，都无所谓……"

米丝蒂笑了，用笔尖敲击着书桌，低头凝视着走廊。

山峦变成了棕色。山火用烟雾为太阳镶上了一个圈。伊莫金发现自己提不起精神从公司开车回家，甚至没有力气从办公桌旁站起来。屏保里的鱼在电脑屏幕里游过。褪色的日光愈发昏暗，紧接着变成了黑色。伊莫金还是坐在塑料椅上，感觉整座大厦的重量都沉淀在了她的身旁。

一个人可以起身离开她的生活。世界那么大。你可以带着四千美元的遗产，走进一座机场。在头痛袭来之前，你就能身处沙漠之城的中央，聆听狗的吠叫声，而三千英里之内都没有人会知道你的名字。

虚无是种永恒的东西。虚无是规则。人生是例外。

当她在漆黑的道路上开车回家时，时间已经接近午夜。

驶入车库，她在走进家门之前靠在了方向盘上，为将自己的躯干拽起来而感到羞耻，把头埋进腋窝里啜泣起来。

这应该是直截了当的，她心想。我要不就可以怀孕，要不就不可以。然后我就可以继续前进。可没有什么是直截了当的。

八月，赫布收到了 Misty45@ hotmail. com 发来的一封邮件，主题是《神经元》。

“所以说，如果事情真像你那天在课上所说的那样，神经元是能让我们感知万物的东西，且每个神经末梢的工作原理都是相同的，来回抽动着那些离了，那为什么有些东西会让人感到疼痛，某些则是稍稍有些刺痛，而某些则会让人感觉心寒呢??什么能让我们对某些事情感觉良好，罗斯教授？为什么神经纤维才是能让我们去感知的东西？没有神经末梢所受到的刺激，我还能有那么多的感觉吗，罗斯教授？没有我身上的任何一部位，我还能被感动吗?”

赫布重读了一遍。然后又读了一遍。那是一个星期三的早上，他咬了一半的那片抹着厚厚草莓果酱的吐司面包还留在他的嘴里。他想象自己这样回复道：“这很复杂，米丝蒂，或者说，你看，这世上有感光器、机械性刺激感受器和化学感受器，不如我们进一步聊一聊，或者说，星期五下午四点钟，在我车里，别担心，因为我是无法让你怀孕的。”可紧接着，他又想象自己是有可能让她怀孕的。他必须做的就是想要去这么做，这里几个词，那里一个微笑，反正她二十岁的卵巢实际上充斥着健康成熟的卵，卵细胞的年纪几乎是伊莫金的一半，从根本上来说具备不可抗拒的诱惑。即便是他那百分之三垂死的精子，也能成功。他想起了米丝蒂的脚踝，米丝蒂的锁骨，那个眼皮上闪闪发光、名字像天气预报一样的二十岁女孩①。

厨房里传来了伊莫金的椅子被推回去的声音。赫布删掉信息，红着脸坐在屏幕前。

伊莫金从摩洛哥回来六个月之后，他们便结婚了。他驱车载着她去蒙大拿州度蜜月，领她沿着一条滑雪电缆车升降机塔下面的小径向上爬。毛毛雨落在她裸露的双臂上，干草在她的膝盖旁沙沙作响。静静站在雨中，升降机塔在他们的

---

① 米丝蒂这个名字是英语单词“Misty”的音译，意思是有雾的。——译者注

脚下行进。他带了一瓶红酒，还带了鸡肉沙拉。

“你知道的。”他告诉她，“我觉得我们永远都不会离婚。”

现在是二〇〇四年，他们结婚已经快十一年了。他把暑假班的最终成绩交给了教务主任，在科尔酒吧里找了一张角落里的凳子坐下，喝起了大罐的甜黑啤酒。

没过多久，他开车去了科比特泳池。一幅四十英尺高的牛仔壁画下，几个穿着短袖的家伙正坐在露天看台上。米丝蒂·弗莱德很容易就能被人发现：她比其他的女子都要高一些，身穿装饰着白边的海军蓝色连体泳装，身形看上去十分优美，泳帽是金色的。赫布的卡其裤下出汗了。在米丝蒂所在的泳道里游泳的那个人转了个弯，开始返程。米丝蒂爬上一座启动台，放下了眼镜。声音似乎在回荡：响彻在天花板上，响彻在搅动的池水中。加油塔米，加油贝琪。赫布感觉自己仿佛正被人从一个活细胞里抽出来，如同一颗横冲直撞的线粒体，一个在细胞膜上反弹的离子，一切都在排列与重新排列。

然而，从另一个角度来看，一切又都是静止的。米丝蒂的膝盖是弯曲的，双臂悬在头上。她的队友触碰墙壁的那个瞬间，米丝蒂一跃而入之前的那个瞬间，被延长到了一分钟，一个小时。空气中的氯触碰到了赫布喉咙的后面。

米丝蒂入水了；赫布快步返回了自己的卡车。他告诉自己，这只不过是一种生命现象，是欲望的化学拳头。他的脊柱像棵小树苗一样在身体里嘎嘎直响。真相。问题。没有行动就不算是侵犯。主日学校不就是这么教的吗？米丝蒂想要知道人类在不触碰彼此的情况下会让别人作何感受是对的。

他启动车子，向家驶去。梅迪辛博山背后，太阳西下，绽放出金银相间的流光溢彩。

“你永远也不会知道，能让婚姻长久的所有事情。”赫布的母亲曾经告诉他，眼睛下面的皮肤上还沾着睫毛膏留下的一条条痕迹，“你永远也不会知道，关着的门背后会发生什么。”

赫布进门时，伊莫金正坐在厨房的餐桌旁，脸颊上挂着泪珠。昏暗的灯光下，她的头发依旧是那么的白，几乎成了透明的。

“好吧。”她答道，“我愿意。我想要再试一次。”

诊所能够再次为他们筹划时，时间已经到了十月上旬。这一次，他们已经知道了护士们的名字、疗程的安排和用药的剂量；这一次，语言不那么令人费解了。药盒小多了；他们已经有了样品杯和酒精棉。伊莫金拉下睡衣的腰带；赫布打进了第一针。

在库克罗普斯工程公司，前台的接待员们把假蜘蛛网挂在了天花板上。植物学教授戈斯带着三明治来到赫布的办公室——是用火鸡、番茄和醋做的三明治。他说起了自己妻子怀孕的事情，她是如何在厨房的水池里呕吐的，而他未出生的女儿现在只有一颗鳄梨大小。

“这是不是很疯狂?”他说，“这座学校里的每一个学生，镇子上的每一个人，曾经存在过的每一个人——他们的存在都是因为两个人的做爱?”

赫布笑了。他们吃着嘴里的东西。“人丁兴旺!”戈斯边喊边把生菜渣甩到了赫布的办公桌上。

那天晚上，伊莫金做了个梦：她和赫布坐在一个盲人女子家客厅里的印花沙发上，喝着凉茶。盲人女子提了几个有关他们性爱历史的问题。伊莫金的母亲走了进来，手里还拽着两只旧轮胎。盲人女子为伊莫金做了超声波。鸽子在天花板上鼓动着翅膀。

皮下注射。肌肉注射。赫布拧开用过的针头，把它们丢进利器盒，把伊莫金众多的药片排列出来。屋外的院子里，地面的雾气依附在鼠尾草上，将土地封锁起来。几只雀鸟在喂鸟器之间像幽灵一样猛扑下来。

在公司，伊莫金告诉区域经理艾德·柯林斯，自己为何还要请更多下午的假。她掀起衬衫下摆，向他展示了内裤线上方如同黯淡紫色烟火般的针口淤青。

“我还见过更糟糕的情况。”他说。不过两人都知道这不是真的。艾德有两个女儿，家里的后院中装了一座水滑梯，每个晚上玩迷你高尔夫的时候都会醉得无可救药。

十五英里以外的厨房餐桌旁，赫布签字放弃了自己的401K 计划①。

伊莫金的卵巢再一次膨胀起来。又换季了；树叶吹拂过旧轮胎场，天空中的云朵留下了辽阔的、泛着波纹的网状痕迹。

“所以，我们的两只青蛙会生出蝌蚪宝宝。”赫布在星期

① 401K 计划始于二十世纪八十年代初，是一种由雇员、雇主共同缴费建立起来的、完全基金式的养老保险制度。——译者注

四的实验课上说，“蝌蚪宝宝会变成很像它的父母却又不完全和它们相似的生物：繁殖不是复制。”

下课后，他擦掉“蝌蚪宝宝”的字样，然后是“后代”“亲本青蛙 A”“亲本青蛙 B”。他认为，身体有一种义务，那就是：繁衍生息。有多少雄性智人此刻正爬到自己新娘的身上，在物种的重量下呻吟？

明天，医生会探进伊莫金的体内，取出她的卵子。赫布驱车回家，做了鸡胸肉。房顶在风中呜咽着。

“你觉得他们这一次会不会让我穿袜子？”

“我们会带上一双袜子的。”

“你觉得我的头发会不会都掉光？”

“为什么会掉头发呢？”

伊莫金当即哭出声来。他隔着桌子探过身去，握住了她的手。

天空开始下雪了，大到仿佛云里永远都有倾倒不尽的雪。一早，他们便在暴风雪中上路了，六十六英里的车程中没有说过一句话，连一个字都没有。每过几英里都有卡车翻倒在地。令人昏昏欲睡的雪成片地在车头灯前肆虐。州际公路看上去仿佛燃起了十英尺高的白色火焰。赫布俯身向前，用力眯着眼。伊莫金把他的精子样本抱在大腿之间。她卵巢的一端在她的体内沉重地摇摆起来。雪花打转、上扬、再打转的方式中有什么让她想起了自己小时候祈祷下雪天的样子，她是如何从头到尾念完《天父》的，清晰地读出每一个字，不知道昨天还穿着防寒靴的九岁小女孩怎么就变成了一个三十五岁的孤儿。

当赫布终于把车停进诊所时，他们已经在车里坐了三个小时。他不得不把自己的手指从方向盘上撬下来。

麻醉医师穿着一身黑色的衣服，身材格外的矮小。他们迟到了，所以一切必须加快速度。

“我现在要给你来点儿‘糖果’了。”他透过面罩告诉伊莫金，然后把喷妥撒①注射了进去。

赫布试图在候诊室里为实验报告打分。烂泥在地毯上融化成了深色的水塘。他告诉自己，不管事情的进展看上去多么糟糕，总有人会比你更糟。还有癌症病人正在忍受逐渐升级的疼痛，有蹒跚学步的婴儿被饿死，而某个地方的某个人正打算给手枪装上子弹来用。你能跑马拉松？真是了不起。

① 喷妥撒，一种麻醉药和催眠药。——译者注

听没听说过超长马拉松？你生活的地方可能很冷，但大派尼①更冷。

过了一会儿，他被叫了回去。护士办公室里，他跪在伊莫金的身旁，为她重新倒了一杯佳得乐，看着她的眼睛重新恢复光芒。五十英尺以外，今年的第二次，一名胚胎学家冲洗着伊莫金的卵子，将卵膜稀释，再在每颗卵子中注入一颗健康的精子。

一个护士走进办公室，说道："你们俩太般配了。"

"我们过得还不赖。"在赫布扶着她踏过污水、走向汽车时，伊莫金听到他说，"我们过得一点儿也不赖。"

天晴了。太阳让整个停车场都熔化在了光线里。她在车里打起了瞌睡，还做起了梦，醒来时口很渴。

在美国另一边的明尼苏达州，赫布的父母对着卧室外光秃秃的树木祈祷着。赫布的侄子还用自己的牛奶为赫布和伊莫金干了杯。在库克罗普斯工程公司，艾德·柯林斯把用塑料花盆种植的非洲堇摆在了伊莫金的办公桌上。

① 大派尼，美国怀俄明州布莱特县下属的一座城市。——译者注

电话响了。二十颗受精卵。十四个胚胎。一整个大家庭。伊莫金站在门口微笑着说："我现在是住在鞋子里的老奶奶了①。"

两天之后，三个胚胎被分成了八个分细胞，看上去强健得足以进行转移。屋顶上的雪化了；整座房子因为滴落的雨水而变得活跃起来。

赫布觉得，如果这件事情中有什么值得悲哀的地方，就是那些甚至没有活过三天的胚胎，还有那些遭到抛弃、结块和破裂、因而被认为无法发育的胚胎。成核的细胞，像小太阳一样被包裹在日冕之中。小儿子。小女儿。赫布和伊莫金，父亲和母亲。基因已经被解开、配对、重新拉上，是熟稔于钢琴演奏、陆上曲棍球还是公开演讲都已经预先被决定好了。浅色眼睛、多脉纹的四肢，鼻子的形状像赫布。但还不够好。不能成活。

赫布和伊莫金，还有喂鸟器边上小鸟、植物学教授戈斯以及游泳特长生米丝蒂·弗莱德——他们曾经都是无形的，微小到肉眼无法看到，如同阳光中的尘埃，一根头发的横截

① 《住在鞋子里的老奶奶》是一首儿歌，儿歌中的老奶奶和老爷爷住在一只大鞋子里，膝下有许多个孩子。——译者注

面。更小。还要小上千倍。

一位初中科学老师曾经告诉赫布："星星白天也会挂在天上。"明白这一点改变了赫布的人生。

"即使我们这一次怀上了孩子。"伊莫金说，"你觉得我们就能不再担忧了吗？你觉得我们就能拥有更多的和平了吗？那时候我们就会想要知道孩子有没有得上唐氏综合征。我们就会想要知道他为什么在哭，为什么不吃饭，为什么不睡觉。"

"我永远都不会担心。"赫布答道，"我永远都不会忘记。"他们驱车六十六英里返回了夏延。医生给了他们三张健康胚胎的照片：光面相纸上的三个灰色污点。

"三个都要吗？"他问道。伊莫金看了看赫布。

赫布回答："这是你的子宫。"

"三个都要。"伊莫金说。

医生戴上手套，取出那根类似半熟意大利面的东西。胚胎被植入了。赫布搀扶着伊莫金走到车旁。州际公路一闪而过，煤渣在轮圈里咔哒作响。他又扶着她走到楼上的卧室里。她的双脚撞到了灯罩，头发像丝绸一样铺展在枕头上。她三天都不该起床。她应该想象小小的种子正依附着她，细根缓缓地穿过她的子宫壁。

一早，赫布来到大学里分发期中试卷。他的学生们弓着身子坐在成排的书桌旁，靴子上还沾着雪，焦虑的情绪在胸口里鼓动。

“你们所要做的一切。”他在书桌间边行进边告诉他们，“就是向我展示你们已经理解了这些概念。”

他们睁着眼睛望着他，一张张面孔如同大海一般。

十五英里以外，伊莫金在床上辗转反侧。在她的子宫里，三个极小的胚胎正在漂移、缠绕，漂移、缠绕。十天之后，验血将说明它们中是否有哪一个着床了。

再过十天。暂时，这里只有房子的安静。小鸟。田野里的轮胎。她仔细端详着自己的手掌，看着上面如同江河和峡谷一样的纹路。一段记忆涌上心头：大约六岁左右的伊莫金在楼梯的扶栏上磕坏了门牙。她的父亲在门厅的地毯上寻找着牙齿的碎片。她母亲的手镯冰冷地靠在伊莫金的脸颊上。

电话响了起来。卧室的窗外，一对石板色的灯芯草雀在喂鸟器旁鼓动着翅膀。

“告诉我一切都会没事的。”赫布低语道，办公室电话的话筒被他紧紧夹在耳边，“告诉我你爱我。”

伊莫金开始颤抖。她闭上双眼，说她爱他。

非军事区

我儿子带在身边的信纸上留下了钢笔的痕迹。我把它按在我的鼻子上，但它闻上去像是笔记本里的纸张，仅此而已：

“爸爸——鸟儿。海鹰。长得像绿头鸭、只不过更漂亮的鸭子。白鹭，但不像我们的白鹭——更高大、更易受惊。我透过观测镜注视着它们。它们看上去又脏又蓬乱，像是被废黜的国王，用长长的喙戳着泥巴。

“我想要知道它们的名字——我问了所有人，但没有人知道或在意。我甚至朝着朝鲜人大喊着提问，但他们知道什么呢。我觉得，爷爷会知道的。

“我听说长着黑色脖颈的短尾大鸟被称为丹顶鹤。这是安告诉我的；他称鹤为图卢米，和平之鸟。不过，他说朝鲜人对它有别的称呼，某种类似‘死亡信使’的名字。他说朝鲜人民军建造了巨大的喂鸟器，在里面储存有毒的蜗牛。不过，安憎恨朝鲜人，所以这话很难分辨什么是真实的，什么是虚构的。

“后来，我得了痢疾。痛苦万分，糟糕透顶。我没有去看医生。不要告诉妈妈。告诉她我很好。”

“爸爸。”我说，“醒醒。”我把信读给他听。每读几句，我都会瞥向他的脸，却无法分辨他是否听进去了一星半点。他会眨眼睛，会把一只手放到嘴巴上，调整自己的牙齿。

爸爸也去过韩国。一九五〇年，他曾在那里待过十二个月，做些他从未向我们任何人提起过的事情——一次也没有。如今，他患上了老年痴呆症。我怀疑他已经回忆不起太多的事情了。一旦我们失去了召唤记忆的能力，记忆会跑去哪里呢?

现在是爱达荷州的十月。纸板制成的蜘蛛被人用胶带粘在商店的橱窗里。我给爸爸做了晚饭，还给他洗了澡，安顿他去睡觉。在我入睡之前，我从床边的鞋盒里随意拿起一封信来阅读:

“两边到处都装着扩音器。树上，塔楼上。他们会整晚对着彼此进行刺耳的宣传，声音大得让我怀疑谁也听不懂其中的意义。妈妈讨厌这种东西。还记得吗，我们去西雅图过圣诞的时候，她曾经不得不把棉花塞进耳朵里睡觉?”

第二天晚上，我听到她把钥匙插进了锁孔，还听到门厅里传来了她的靴子声。“我需要到小隔间里去。”她一边大喊一边消失在了地下室里。重新爬上楼时，她的手里举着一顶我从未见过的金色假发。

“我的道具。”她说。走到冰箱旁，她给自己倒了一杯饮料。我还是不明白这一切是怎么回事：她怎么能这样就进来？难道我没有换锁吗？一个星期以前，我把所有的照片都摘了下来，后来又把它们贴了回去，只摘下了那些有她的照片。

我们隔着岛式厨房面对面地站着。桌旁的爸爸正用油画棒画着画。她问道：“你打算扮成什么？”

“你真的以为我会去参加那个派对吗？”我想象着她的男朋友正在自己的简陋公寓里等待她的样子：也许他会打扮成吸血鬼，或是斧子杀手，某种与人造血有关的东西。

“拿封信来让我看看。”她说。

“也许你该走了。”我答道。

“就拿一封给我。上帝啊。他也是我的儿子。”

我拿了一封八月份寄来的信给她。我知道上面写了些什么：“我想起满身负荷的爷爷曾在那里的泥巴和被炮火点亮的山丘中跋涉。我想要问他：爷爷，你当时害怕吗？有没有一分钟曾被你当作是理所当然的？”

她抬起目光。“你不打算给我看一封新寄来的信吗？”

“这封就是新的。”

“别对我撒谎，戴维斯。”

“是的。就是这样。”

她摇了摇头，骂起了脏话。爸爸画着小小的蓝色圆圈，缓慢地填充着一只卡通空心南瓜灯的身体。

“你知道。”她说，“你玩的这种卑鄙的、该死的殉道者花样会让我筋疲力尽。”

他们是房地产中介，我的妻子和他。我是以最糟糕、最平庸的方式发现他们的：在他的雪佛兰太浩汽车里，在太阳谷小屋酒店的停车场上。我正驾车驶过，看到了她的车（就停在他的车旁边），觉得自己应该停下来问问她晚上想吃什么。

她第二个星期就搬了出去。那是七月份的事情了。我们的儿子还不知道。

“妈妈、爸爸：今天，我在前方的掩体里时，一群鸥——至少有一千只——从薄雾中涌了出来，低得能让人看到它们翅膀上的每一根羽毛。它们花了几分钟的时间才从我的身边飞过。也许是痢疾药的关系，或是早晨的宁静，但我感觉自己在那里是无形的，如同幽灵一般。那些鸟就这样从我的头顶上飞过，也许和数百年来它们从这个点上飞过时差不多。在它们的眼中，我还没有一个树桩、一片土地重要。我心想：我永远也无法像它们那样融入这个世界。

“眼下，驻地这里下雪了。一切都是灰色而阴郁的。在我的身后，在朝向首尔的地方，我能够看到一排车尾灯正一路朝着脚下的高速公路延伸过去。”

我会给他买有关鸟类和亚洲哺乳类动物的书，把它们包在圣诞节礼品纸中寄出去。夜里，在我的梦中：老虎在雪中循路而行——一千只鸟从树上蜂拥而过。亚洲熊、远东豹。头顶和两侧都是粗壮的网。我醒来时心想：我们全都是动物，在一条走廊上踱步，从一片海洋到另一片海洋。

感恩节那天，我在爸爸睡下后出了门，步行爬上山口那条寒冷却绝美的路，朝着她和她男朋友居住的大木公寓走去。他家位于一楼，背朝着一片鼠尾草。我离开马路，正好从鼠尾草上方爬过，直到自己可以摸黑下去，透过他家的露台门向里面窥视。

他们正和另外几个人围坐在一张大桌子旁：也许是他的家

人。他穿着羊绒背心。她一边说话一边摇晃着红酒杯。她的裤子又闪又金；我以前从未见过。他们身后的台面上摆着一只被吃得所剩无几的火鸡。

他说了些什么，她转过脸去笑了，笑得既用力又发自内心。又看了一会儿，我才退回来，在月光中沿着自己来时的路返回。

“妈妈、爸爸：又有谣言称朝鲜制造了一颗炸弹。所有人都更加紧张了一些，乱扔东西，还会对着彼此大叫大嚷。在第三岗亭——我过去常常透过那里的测距仪观察开城的天际线——我能够看到一座庙宇的房顶、三座烟囱和一座水泥大厦。道路盘绕着进进出出，但什么也没有：一个人影都没有。没有烟从烟囱里升起，没有汽车在道路上盘绕。

“安到战地诊所里来看我，问我为什么在这里。我说这是因为我的肠道里有寄生虫。他说，不，你为什么会来朝鲜半岛。我想了想，然后说我是来报效祖国的。他嘟囔着摇了摇头，说他之所以到这里来是因为他必须服满三年兵役，不然他们会杀了他的。”

十二月的第一个星期六，我给爸爸绑上雪鞋，带着锯木的锯子和塑料平底雪橇，和他一起上了山。有些地方的雪已经很深了。爸爸的精神有点儿萎靡，但表现得还不错：他的心脏还是一如既往的强健。在普罗科特山脚下的峡谷中爬到一半，我们在一片高高盘踞在高尔夫球豪宅上的地方找到了一棵合适的树，于是清除掉树根上的雪，把它砍了下来。

后来，在雪地上把它拽回家时，平地雪橇在一处斜坡上被掀翻了，上面的树滚落了下去。然而，在我转过身还没来得及迈出一步之前，爸爸就跪了下来，挣扎着把它拉回了雪橇上，还用大衣口袋里的绳索把它捆好了，就好像他能够理解似的——好像他也不想看到这一特殊的传统被遗失。

钻进小隔间里翻箱倒柜时我才意识到，她拿走了所有的装饰品。

十二月十日这天，我收到了这样一封信：

“爸爸：昨天早上，我从简易小床上爬起来，向窗外望去，看到两只鹤翱翔着飞离了非军事区，安静得如同神仙一般。飞了大约四十英尺，其中的一只撞上了一根通信电线，翻着跟斗坠落下去。我不敢相信它竟能落得那么快。电线颤抖起来。一捆电线听上去已经断掉了。那只鸟躺在人行道上微微蠕动着。

“我注视了它大约三分钟的时间。它没有停止蠕动，也没有人经过。终于，我穿上靴子，迈出了房门。

“这只鹤大约五英尺高，喙来回动弹着，像是在咀嚼，但上半部分已经无法和下半部分相匹配了。我觉得它身体的一部分已经瘫痪，因为它的两条腿不会动了。

“它的同伴鼓动着翅膀从一棵树上落了下来，在一只垃圾桶上像个年迈的白发僧人似的注视着我。我在那只受伤的鹤身旁蹲了大约五分钟的时间。它动弹着自己巨大的喙，眼神充满了恐慌。那段时间，只有一辆吉普车经过，而另一只鸟就这样在垃圾桶上盯着我看。

“你会以为我疯了，但我把那只鹤抱了起来。它比想象中的鸟类应有的分量还要重得多，可能有二十磅。我担心它会挣扎，可它只是软绵绵地趴在了我的手臂上，看着我。它的身上闻上去就像是这里的水稻田，像是鼻涕虫和蜗牛。我抱着它穿过马路，经过第一个岗亭，去找刚刚结束第四塔楼瞭望任务的安。‘安。’我说，‘我该拿这家伙怎么办?’可他只是看看鸟，又看看我，不愿意去触碰它。在我们站在那里时，鹤死了——它的眼睛不再移动，而我能够感觉到某种东西正从它的身体里离开。安看了我片刻，打开了门。我不太清楚自己在做什么，抱着鸟走了出去，经过电线，进入了非军事区。

“我停在了大约三百码以外的地方，就在一片矮小的橡树下。那地方多得是地雷，因此我无法让自己的脚再向更远的地方迈进。道路对面的森林平静而黑暗。

“土地已经被冻僵了，但我猜，若是我想要挖个洞，总还是能够挖出来的。我把鹤放了进去，用脚把土踢到它的身上，把它埋了起来。

“擅离职守，无故离开，我知道。我实在是太害怕地雷了，以至于在埋葬完这只鸟之后还是不敢有太大的动静。天气很冷。我望着北边面无表情的森林。

“二十分钟之后，大韩民国的人来了。他们有狗。我猜他们没开枪算我走运。到处都是叫喊声、来复枪的扳机声和在写字夹板上记录什么的声音。我不知道会发生什么：他们说到了军事法庭，但医生告诉我不用担心。此时此刻，在我写信的时候，扩音器启动了，刺耳而高亢。我想念爱达荷；我想念妈妈。”

我拨通了自己所知的唯一一个韩国政府红云基地电话号码。值夜班的一位中士让我等一下，回来后说我应该下个星期的某个时候再试着打电话来。我凝视着墙角里非法偷来的那棵细细的树；它的针叶已经开始脱落了。我拿起爸爸的一本有关圣诞节的填色书，把他画完的图画剪了出来。一只蓝色的驯鹿，橘色的约瑟夫，绿色的婴儿耶稣：全都涂得一丝不苟。我用胶带把它们一一粘在树枝，那里是牧羊人，这里是玛丽。我把树尖留给了耶稣。

第二天下午，我收到了这封信：

“爸爸：你还记得爷爷在林场上的工作吗？就是博德曼附近的那座？那么多的白杨。我记得自己曾和他一起坐在一辆四轮车行驶在便道上。我那时候多大，七岁吗？爷爷开得很快。一亩又一亩的白杨从两侧飞快地一闪而过。我记得自己在低头望向一排排树木的转瞬间能够一直望见林场背后，大约一英里深的地方，有一个袋状的光源——像是一座遥远的果园，几乎像是想象出来的——每一排树木掠过时，它都会闪现在树木的尽头，其间疾驰过长排的白色树干。那束光一直都在后面，就像翻动书页就能让一匹马看起来像是在奔跑的那种书。

“他们在我的手臂里插上了静脉注射。痢疾很难受；我能够感觉到所有流出去的东西。贾第鞭毛虫，医生告诉我。情况最糟的时候，那种感觉就像是看着爷爷的白杨疾驰而过，而尽头的光就像那样反复闪烁着。

“不会有军事法庭之类的事情。有消息称，他们会把我送回国。安也会没事的——他的中士喜欢鸟。”

那是冬至日的前一天。天刚黑，电话就响了。电话线的另一头是我的儿子。我已经能够感觉泪水从我眼睛后面的某个地方喷涌了出来。“后天。”他说，而我满脑子想的都是以往圣诞节早晨，他的母亲是如何坐在楼梯上，低头望着圣诞树，等待我们醒来，好动手开始拆礼物。

“说到妈妈，”我开了口，可他已经挂上了电话。来到楼上，我拿出鞋盒，把它合上，用丝带绑了起来。我给爸爸穿上大衣、戴上手套，和他一起离开家，爬上了山口。

雪温柔地飘落，正好夹杂着微光。爸爸稳稳地攀登着，踩着我的脚印。

在大木公寓，我们走到了一楼的尽头。我听了一会儿——很安静——于是把鞋盒放在了门口。

紧接着，我们爬回了山口，嘴里哈出的气飘浮在自己的眼前。从那里，我们能够看到脚下的凯切姆正亮着灯光：高尔夫球场漆黑的场地，沿着围栏一直延伸到镇子里的圣诞彩灯，在有人滑雪的山周围，漫游的雪地履带车的车灯——还有镇子本身，在峡谷中闪烁着灯火。在白雪皑皑的屋顶以及背后的爱达荷山脉面前，我家房子的小小屋顶是那么的渺小。在这万物上空的某个地方，我们的儿子正漂洋过海地回家。

113

村

水坝

村长站在伞下。细雨中，背后政府大楼外墙濡湿在一片破败的银灰之中。

“这是真的。”他说，“根据规划，我们这里将被淹没。财产都能得到补偿。搬家的费用也有人提供。我们还有十一个月的时间。”在他脚下的台阶底下，他的女儿们抱住自己的双膝。身穿雨衣的男人们摇晃着，嘴里嘟嘟囔囔。十几只鸥飘浮着飞过，呼喊着彼此。

工程地图上，乱七八糟的等高线中，村子被一圈红色的下沉光环围起来，而那光环几乎还没有一粒尘土大，上面唯一的标签是一个数字。

1－1－3，1－13，一加一加三等于五。算命师蜷伏在货摊上，在一片数字上撒着粉末。“我看到了自私。”她说，“我看到了报酬。狂喜的酒杯。世界的尽头。”

身在其他河滨城镇，已经得到重新安置的远亲纷纷寄来书信，为美好的生活作证。实实在在的学校，货真价实的诊所，还有炉子，冰箱，卡拉 OK 机。安置区拥有村里所缺乏的一切。电力一天二十四小时供应。到处都可以买到猪肉。你们将一下子前进半个世纪，他们这样写道。

村长捐赠了几桶啤酒；人们准备庆祝一番。发电机在码头上隆隆作响，灯光在树木间燃烧。偶尔，一颗电灯泡破了，害得树枝间蒸腾起烟雾，引得村民们发出阵阵的欢呼。

大坝委员会用大头针把安置区的照片钉在了政府大楼的墙壁上——两个女孩荡着秋千，马尾辫飞扬；穿着卡其色衣服的模特们靠在皮质家具上欢笑。标题写道：*舍小家，为国家，艰苦奋斗建新家*。赶集回来的农夫们停下脚步，把空荡荡的篮子搁在肩头，目不转睛地看着。

问题

柯老师冲着过往的行人摇动自己的拐杖；他的外套破破烂烂，房子就是一座棚屋。他经历过两场战争、一次文化大清洗和以野草充饥的那个冬天。即便是对年纪最大的村民来说，柯老师都算是年迈的：没有家庭，没有牙齿。他能看懂三种语言；他们说，他住在峡谷里的年头比那些岩石还要久。

“他们把一卡车的土倒在沙漠里，就称之为农田？他们夺走我们的河流，给我们的就是公共汽车票。”

种子保管员低下头。她想起了自己的园子，想起了卷心菜宽大的菜头和遍地生长的南瓜，想起了自己店里的种子：辣椒种子，奶油色的和白色的；韭葱种子，黑得像黑曜石。罐子里的种子，漏斗里的种子，比雪花还要小的种子。

“你难道没有遭到背叛吗？”这位学校老师在她背后喊道，“你难道不愤怒吗？”

十月

光刃从云朵间倾泻下来；空气闻起来如同纷飞的落叶、雨水和碎石的味道。农夫们拽出了收割庄稼用的货车。果园园主眼神凄凉地低头凝视一排排果树。

有关水坝的事情，人们已经谣传多年：终结河流下游的洪水，为城市提供清洁能源。虚线，实线，每个村庄中央一座喷泉——那些古老的故事难道没有一一预言这一切吗？上涨的河流覆盖大地，海水激增，山川成为岛屿；词为水，土为井。万物在循环中回归自我。这样的话会被刻在庙宇的窗户上。

种子保管员爬上台阶，经过担着柴火的女子，经过头戴报纸帽的搬运工，经过英雄公园里的长凳和银杏树，来到村子上方的小径。过不了多久，森林就会在她的身边合拢起来：松针的清香，风的咆哮。上方则是悬崖、坟墓和被泥巴围住的洞穴。

千年以前，僧侣们会在这里的卵石上鞭笞自己。还有一个猎人曾一动不动地站了十六个冬天，直到他的脚趾变成了根，手指变成了嫩枝。

她的双腿因为充血而变得沉重。脚下，透过树的枝杈，她能够看到挤作一团的上百座屋顶。它们的背后流淌着一条河：宏伟而圆滑的河湾，翠绿而浮躁的河面。

李庆

午夜过后，种子保管员的独子出现在了她家的门口。他戴着大大的眼镜，两唇之间夹着一根包裹着金纸的香烟。

他住在两百英里以外的下游城市，而她已经四年没有见过他了。他的前额比她记忆中的更有光泽，双眼湿润，眼圈红红的。他伸出一只手，手中捏着一朵白色的牡丹花。

“李庆。”

“母亲。”

他四十四岁，耳后飘动着几缕凌乱的发丝，衣领上方的喉结看上去就像是用柔软而苍白的面团做成的。

她把牡丹花放进罐子里，为他端来了葱姜面。他小心翼翼，举止优雅地吃了起来。吃完，他把后背挺得直直的，嘬起了杯中的茶水。

“味道巴适。”他说。

屋外，一只狗在吠叫，随即又安静下来。房间里的氛围既温馨又平静。桌旁围绕着一瓶瓶、一包包、一袋袋的种子。种子的气息——闻起来像是上了油的木头——突然间变得特别强烈。

“你回来几天？”她说。

“就待一个礼拜。”

他面前缓缓升起一座方糖堆成的金字塔。他前额上的皱纹，耳朵上的光泽——在他紧张而又苍白的手指中，她能够看到他少年时的手指；在他顶着喉头内缩的又大又圆的下巴里，她能够看到他刚出生时的下巴——血液悄悄地流淌过多年的时光。

她说：“眼镜是新的。”

他点了点头，把眼镜往鼻子高处推了推。“另外一些警卫队员会开玩笑说：‘别让自己出洋相，李庆。’然后笑啊笑啊。”

她笑了。屋外的河流上，一艘驳船拉响了汽笛。“你可以在这儿过夜。”她说，可她的儿子已经摇起了头。

调查

接下来的一整天，李庆都在爬楼梯，和村民们攀谈，在便笺簿上写数字。他称之为调查，评估。孩子们跟在他的身后，收集他的烟头，仔细观察那些金纸。

再一次，他直到迫近午夜时才出现在她家门口；再一次，他吃起东西来像个衰老的王子。她发现了自己前一天不曾注意到的瑕疵：扣子上一根被磨损的线头，一片没有刮干净的胡须。他的眼镜上布满了污点，下唇上还粘着一粒米。她不得不克制自己不要动手把它擦掉。

“我四处走走。”他说：“我想知道，在这座村子的东西里，有多少得自你的种子？稻茬、土豆田。农夫们背去赶集的豆子和生菜，他们身上的肌肉。全都来自你的种子。”

“有些人还是会自己保管种子。从前甚至不需要什么种子保管员。每个家庭的种子都是自行储存和交易的。”

“我是在夸你。”

“好吧。”她答道。

他在衬衫的口袋里来回地鼓捣着一支铅笔。灯笼在他的眼镜里被映成两盏。在他还是个孩子时，睡着的他脸颊下都要压着一本数学书。实际上，他的头发在那个时候就是深色的，铅笔上布满了牙印。令她倍感讶异的是，有儿子坐在桌旁，她在感到深深愉悦的同时心里竟仿佛被一根刺扎了一下。

灯笼噼啪作响。他点上一支烟。

“你是来看看我们对大坝搬迁的事做何感想。”她说。

“没有人在乎。他们只想知道谁能拿到重新安置费中最大的一笔。”

他用食指在桌上画着小圈。“你呢？你在乎吗？”

窗外，一张长方形的纸——一封信，或是一页书——旋转着飘过。它被风卷到马路上，横冲直闯地跃过屋顶、朝着河流飞去。她想起了自己的母亲用刀劈瓜的模样——湿润的、闪着光的瓜皮，半颗瓜崩裂开来时发出的声响。她想象河水会把英雄公园里的两只石狮子全部淹没。她没有回答。

一整个礼拜

大坝委员会的工程师们把绳子、三脚架和装着蓝图的管子堆在了码头上。夜里，他们会举办喧闹的宴会，白天则会在房子上喷刷红字——那是水位标记。

种子保管员取出南瓜瓤，把果肉摊在破旧的塑料薄片上。白色的种子闪着光。瓜瓤闻起来像是河水的味道。

抬起头时，柯老师就站在她的面前。他身材瘦削，老得不可思议。“你儿子。”他说，“和他们是一伙的。”

天下着毛毛细雨。园子里既潮湿又安静。“他是成年人了，能够自己做主。”

“我们对他来说就是数字。还不如数字。”

“会没事的，老师。”她答道，“来。”她用一只湿乎乎的手抹了抹额头。“我差不多干完了。你肯定很冷。我去倒点儿茶来。”

老师向后退了几步，手心向上。风撩动着他的外套。刹那间，她以为他的整个身体都是用布做的，随时都有可能被吹走。

“他是来这里逮捕我的。”他用嘶嘶的嗓音说，“他是来这里杀我的。”

数字

记忆是一座拥有上万个房间的屋子，是一座即将被淹没的村庄。种子保管员看到六岁那年的李庆在码头边的泥巴里费力地跋涉，看到他隔着寺庙的屋檐凝视着星星。

他出生时头发又黑又厚，像是能够吞噬光明。三个月之后，他的父亲溺水而亡，留下她独自带大男孩。数学是他在乎的唯一一门功课：代数学、几何学、曲线和图表；不动摇的规则和明确的结论。一个不由泥巴、树木和驳船组成，而是由体积、周长和表面面积构建的世界。

“方程式是完整的。”一次，他曾这样告诉她，“如果有解，那么这个解对于任何人来说都是一样的。不像是——”他用手示意着她的秧苗、房子和身后的峡谷，“这个地方。”十四岁那年，他开始进城上学。十七岁时，他被一所土木工程学校录取，无暇顾及别的事情。*我太忙了*，他会写道。*这里的环境竞争太激烈。*

他加入了公安，带着手枪、短檐帽在火车道上巡逻，穿着腿上带有条纹的裤子。每次回来，他看上去都会有些不同，不仅是老了，还变了：新的口音、香烟、三声清脆的敲门声。仿佛城市进入了他的身体，正对它进行翻新改造；他望着低矮的深色房屋、四处游荡的母鸡和用绳子当腰带的农夫，仿佛是在观看另一个世纪的电影。

没有戏剧化的争吵，没有高潮的争斗。他会在她过生日时寄来茶壶，在新年时寄来一只小小的玻璃海豚，或是一只电动牙刷，亦或是亮片制成的七朵祥云。无论他们之间存在什么样的隔阂，都莫名扩大了。常青藤的气根无形地生长，钻进砂浆之中。一年周而复始。然后年复一年。

此刻，又是黄昏。李庆穿着夹克、系着领带，坐在她家桌旁写着白天抄来的数字。大坝将由一千一百万吨水泥铸成：栏杆就有一英里长；蓄水将吞没十二座城市、上百座镇子和上千座村庄。河流会变成一座湖泊，从月球上都能看到。

“这东西的规模。”他说道，眼镜旁腾起一团烟雾。

离开

六人为一组，各家的家长纷纷被召集去政府大楼。选项是一份政府工作，或是一年的现金薪酬。安置地的公寓价格还能打折。所有人都有钱拿。

矿石工厂关闭了。面馆的老板离开了。理发师离开了。每一天，搬运工都会背着结婚用的大衣柜、一筐筐的衣服和箱子从种子保管员家的窗口经过。

几乎没有人来买冬小麦的种子。种子保管员目不转睛地盯着自己的坛子心想：要是我能够出去走走，事情会容易不少。我可以去城里看看李庆。我可以爬上一艘渡轮，去看看这个世界。

周末之前，工程师们都走了。最上面的一排红色标记将镇子上方的岩石表面一分为二。河水将上涨六十四米。最古老的树木树顶也探不出水面；政府大楼房顶上的山墙也差得远。她试图想象自家的花园透过那么多的水看过去是什么样的——梨树和柿子树，南瓜藤泥泞的弯头，驳船的底部会从她家房顶上五十英尺的地方驶过。

她家的细铁丝围栏外，邻居家的男孩们低声说着围绕在李庆身边的故事。他们说，他杀过人；他的工作是除掉任何不支持水坝建设的人。他的后兜里折着一张清单，清单上写着名字；当他把一个人的名字写上去时，就会带你去码头，两个人一起往上游走，只有他能回来。

故事，不过是故事。不是每一个故事都是以真相为依据的。尽管如此，她躺在床上，还是跌入了噩梦的水面：河水爬上了床柱；水流从百叶窗里涌入。她被呛醒了。

李庆离开前的一晚

走下古老的台阶，他们来到码头，穿过丽影桥。渔网浮标在湍流中翻滚、拖曳，六艘小船拽着缆绳掠过。

风中夹杂着雨的气息。偶尔，李庆会在她的前面踏空，害得小石子跌进河水里。

河水将其他所有声响都吞没。只有蝙蝠从高墙上俯冲下来时发出的微弱声音，月光落在远方的一排排玉米上以及急流的银色线条在河岸边泛起涟漪的声音。

“我们到了。”他说。

他的烟灰亮了，一只手被塞进了后兜。她的喉咙被一阵突如其来的恐慌情绪扼住。她心想：他知道了。我的名字就在他的清单里。可他只是拿出了一小块方形的布，擦了擦镜片。

摘了眼镜的李庆凝视着黑暗，仿佛他正站在一座又冷又深的无底洞边缘。然而紧接着，他又重新戴上了眼镜，再一次只不过是李庆而已，一个四十四岁的未婚男子，大坝委员会工程三部的安全联络副官。

“我注意到你没有去拿安置费。”他说。

他讲话时十分谨慎；她意识到，他这是在测试自己所说的话的分量。“你的年纪越来越大，妈。这些楼梯，还有你弯腰驼背在园子里耕作的那些时日。这里的生活太艰苦。风那么刺骨。谁家也没有电暖，连电话都没有。”

一阵毛毛雨被风吹到河上。她聆听着雨水到来的声响。不出几分钟的工夫，细雨就落到母子俩的身上，弄得他的眼镜上满是雨点。“现金安置或是一份政府工作。你的儿子还能住在附近。这些选项都不赖。每天都有人因为条件不好而离开乡下。”

雨声在峡谷中反复回荡。风钻进山洞里，再旋转着钻出来。他香烟上的橘黄色小点划着弧线朝河上飞去，消失得无影无踪。她问道：“第三种选项呢？”

李庆叹了一口气。“没有第三种选项。”

老师

半英里外的黑暗中，柯老师站在政府大楼的门口。雨水从灯笼前掠过。他举着的罐子里插着一根蜡烛；烛火忽明忽暗。风呼啸而过。他肩膀上套着的一件塑料雨披在他的身后闪烁着光芒，像幽灵的翅膀一般在雨中升起。

十一月

活儿不多。她一个人吃饭。没有李庆，午夜令人感觉更加空虚；她把他送来的牡丹花倒挂在门上，任花瓣一片片坠落。

她家屋后的矮栎树掉落了最后一颗橡子。她聆听着树枝高亢的飒飒声，还有巨大的种子撞击房顶时的呼啸与重击声。*这里*，树似乎在说，*这里*。

一封信：

“母亲——我希望我们能聊聊。我们应该着手给你找间公寓了。离我不太远、带电梯的那种。这里能让你的生活轻松一些。我想说的是，你不必一生都忠于一个地方。

“如果你能把你的搬迁要求发过来，就算帮了我大忙。七月三十一日已经不远了。候补名单每天都在拉长。”

土地交易停止。求婚停止。每天下午都会有不同的驳船叮当作响地驶入码头，让另一个家庭把他们的财产堆上去——床架、光着身子的洋娃娃、淌着口水的小狗，以及早就过世的儿子们身着军装的照片。

村长的妻子走进种子室，凝视着十几封信敞开的封口。一整个夏天，她位于政府大楼背后的园子里种满了紫菀植物：紫色的、洋红色的、白色的。如今，她又买走五十颗种子。“他们说我们会有一座阳台。”她说道，眼神中却充满了疑问。

看来，几乎没有什么东西是人们带不走的：房顶、抽屉、毛毡地毯、窗户饰条。某个邻居花了一整天的时间站在梯子上拔着木瓦上的钉子；另一个则把石板从街道上翻了出来。一个渔夫的妻子挖出了自家三代家猫的尸骨，用围裙把它们裹起来。

他们也会留下一些东西：破裂的化妆盒、几串用过的鞭炮、打过分的算术作业和曾被用来摆放小塑像的壁炉架——架子上还留有几个尚未沾染尘土的小圈。在餐馆里，她能找到的就是养鱼缸的碎片，而在鞋匠家里找到的就只有三只蓝色的长袜和一个女体模特的上半身。

一整个月，种子保管员都没有见过柯老师一面。她意识到，自己正开始四处寻找他，被双脚领着她走过老师家狭小、塌陷的棚屋。可是，房门是锁着的，无法分辨里面有没有人。

也许他已经离开了。李庆的信就摆在她的桌子上，小小一张白纸。*七月不远了。你不必一生都忠于一个地方。*

某些晚上，独自坐在上千个种坛黯淡的阴影中，她会感到有些恶心、失去了平衡，仿佛她的儿子正把她从一根无形的巨大电缆的一端拽走，尽管成千上万根电线已经被嵌入了她的体内。

这里是英雄公园；银杏树宛如黑暗中的一列队伍。这里有古老的狮子，其后背因为五百年来一直被孩子们骑着玩而被磨得锃亮。她的母亲曾经说过，每次满月，这些狮子都会活过来，悄悄地在村里四处游动，朝着窗子里窥视，嗅闻树木。

雾气缓缓地飘过街道。月光如牛奶般倾泻而下。这些狮子总是会在第一缕阳光绽放之前偷偷地爬回自己的基座，交叉好爪子，再一次变回石头。不要不相信自己看不到的东西。她拐进了围墙坍塌的老巷。老师家的棚屋已经几乎不成型了。门是开着的。

“有人吗?”

一只猫飞快地跑过。她爬上一级台阶，然后是另一级。门口一片漆黑。木头在嘎吱作响。“柯老师?”

屋里堆着几摞报纸，还有一只被煤熏黑了的冰冷半桶炉子。两只锅挂在一颗钉子上；简易小床上没有人，毯子是叠好的。

雾气滚动起来。河边，一艘渡轮鸣响了汽笛，听上去像是一头公牛在低吼，声音洪亮而粗暴。她打着哆嗦快步离开了。

早晨的气温更低了。她家的细铁丝网围栏外，邻居家的男孩把浮冰垒成堆，低语着。

“你们听说了吗？你们没听说？他把他带到上游去了。那个老教师。他把他带去了一百公里外的山里。用一条船？用一条船。然后他就把他丢在那儿了。没有吃的？他给了他一支金色的烟。要他游着泳去够它。前不着村后不着店的。那个老头？他把他带到某个不毛之地，把他丢在那里等死。”

她背靠在围栏上，坐了许久，直到园子里蒙上了阴影，暮色用沟壑和伤口填满天空。

下游

白色的悬崖在薄雾中一闪而过。不出十五分钟的工夫，种子保管员已经穿过她人生中大约只见过五次的乡村。峡谷敞开，后撤：庄稼地的梯田从眼前滑过，冬种马铃薯、榨菜和收割好的稻米黄色的须茬。

一整天，船一直穿行在峡谷之间。一整天，河水越来越强劲，与支流汇集在一起——河面有五十米宽，在悬崖与湍流之间缩紧。她的双脚能够感受到河水的威力。老师那张空荡床铺的画面在路过的某个村子的上方闪烁起来，停留在蒙蒙雾气中的太阳投下的倒影中，剥落、变浅，在河水上方控诉。

她没有离开甲板。某处，一家人正分食着米饭。日光匆忙变换成黑暗。乘客们一一退回客舱睡觉去了。十几个村子在夜色中经过，棋牌室、摇摇欲坠的宾馆、渔夫的小船、码头上如同星星般任性摇摆的灯。她心想：你们两人一起到上游去，却只有他能回来。她心想：六个月之内，这一切就将沉没在水下。

城市

覆盖着玻璃的高耸黑色露台。他的公寓位于四十八层。厨房里渐渐溢满了阳光。李庆用微波炉热了点饺子，往印有工程技术标志的马克杯里倒了茶。

“吃吧。”他说，“披上我的睡袍好了。”窗外，在露台的另一边，初升的太阳消失在乱七八糟的房顶与天线背后。

他家的床垫又小又硬。她喘息着，聆听着车流渐弱的咆哮声，聆听着儿子在房间里轻手轻脚地走动，穿上西服，系上领带。一切似乎都还在随着河水摇摆。床前后晃动。一股水流正把她向前拉去。

“你休息吧。”李庆说道。他的脸像一轮月亮似的隐约出现在她的上方。“你来了真好。”

她醒来时，已经是晚上。一只甲虫在天花板上爬来爬去，在石膏的漩涡中打滚。水在墙壁间流淌，邻居家马桶的冲水声，水池拔掉塞子的声响。

她坐在桌旁等待儿子。睡意已经渐渐远离了她。拉着的窗帘又厚又重。

不到八点钟，他回来了，把外套丢在沙发上。“你睡了吗？我点了几个菜。”他的其中一只袜子上有一个洞，露出了脚跟。

“李庆。”她清清嗓子，“坐下。”

他把水壶放在炉灶上，坐了下来，眼神十分沉着。她试图凝视着他的双眼。

“你有没有见过柯老师？在你还在村子里的时候？”

“那个退休教师？”

“是的。你对他说什么了？”

烧开了的水壶发出吱嘎的响声。“我说了说大坝的情况。我觉得他有几个问题想问，便试着作了回答。”

“就这样吗？”

“就这样。”

“你只和他说了说话？”

“我只和他说了说话。还给了他安置支票。”

露台的栏杆在风中颤抖起来。种子保管员吞了吞口水。她的儿子从口袋里抽出一支香烟，把它粘在嘴巴上，划了一根火柴。

后来

他让她穿自己的毛衣，还为她买了一条毛巾。她看着衣服在他的烘干机里转来转去。饭后，他会在露台上抽烟。风朝他迎面涌来，掀起他的领带，任没有打结的那一头拍打着玻璃。烟头打着旋儿，落下，直到消失得无影无踪。

也许柯老师和其他所有人一样，离开了。也许，她心想，我完全搞错了。也许在某一刻，某个人应该停止积攒内心的品头论足，任它去吧。

她坐着他的黑色轿车和他一起去上班。办公楼的大厅里，一座大坝的模型正端坐在一张巨大的桌子上。游客聚集在树脂玻璃旁。相机的闪光灯亮了又灭。

大坝模型精致而统一的尺寸和李庆的车差不多大，其间到处散布着精密的吊车，车上的吊杆来回旋转、起降着。河岸上布满了玩具尺寸的推土机，还有一个精巧的卡车车队正沿着机械轨道滑行。山间点缀着微缩的灌木丛和松树；到处都是闪光和电力塔。水在闸门间流淌，哗啦啦地流下泄洪道，平静地落在蓝得令人难以置信的水库中。

欢迎，天花板上传来的一个声音一遍遍地说着，欢迎。

104 区

他驾车载着她穿过一片安置区。宽阔的住宅结构，长达一个街区、恣意蔓延开来的广场。白色的水泥、蓝色的玻璃、霓虹灯、鸟市、肉店以及咆哮着从街道上疾驰而过的清洁车接连掠过。还有一个个十字路口那令人愉快的名称：光彩街、天堂大道。风拍击着施工护墙板；水桶在脚手架上摇摆。一切都被蒙着煤尘。

“这一区。”李庆说，“是最好的之一。住在这里的大多都是二十年代的人。”

他们在一盏交通信号灯前停了下来。车子两旁的摩托车在咔哒作响。她能够听到身后沉闷男低音的隆隆声和凿子在叮当作响，还有手提钻的咚咚敲击声。李庆还在说着什么，说的是从头开始建造一片社区、规划合适的下水道和宽阔道路对于城市工程师们来说有多兴奋，可她发现自己已经再也无法集中注意力了。女人们骑着自行车溜走。汽车警报器尖叫起来，又沉寂下去。摩托车空转时不间断地排放着尾气。交通信号灯变绿了；千万家的窗户里，电视同时闪烁着蓝光。

吃过晚饭，他想要知道她是怎么想的：她有没有注意到那些高大的窗户？她想不想回去看看公寓样板间？三岁那年的李庆出现在了她的眼皮里面；他在地板上滚着一颗松果，练习着撒谎：风把种子吹了出来；有鬼弄脏了他的毯子。

转眼间，他十二岁了，会把蜈蚣拴在气球的绳子上，看着它们在悬崖间升起。他怎么就四十四岁了呢？

“的确有人认为大坝是个糟糕的主意。”他说，“他们会给广播站打电话，还会组织集会。在某个村子里，这种人还扬言要把自己拴在自家的房子里，淹死在椽子上。”

话涌到嘴边，可她发现自己无法把它们组合成句子。整座城市在李庆家露台的另一边延伸。满眼都是房顶和救生梯，电线如同阴霾一般。风环绕着大楼肆虐；一切都在来回摇晃。

“不过，说真的，这只不过是比例很小的一部分人。”李庆说，“大部分人都是赞成修建水坝的。你知道，下游的洪水很糟糕。去年夏天，它夺走了两千人的生命。何况我们也不能一直烧煤。把话说出来是有好处的，有益健康。我鼓励这种做法。”

自私，报酬，狂喜的酒杯。她的儿子想要知道自己的父亲会怎么想；她觉得他的父亲会怎么看待大坝的事情？然而一切都旋转起来；她正漂浮在激流中，被困在一座峡谷的谷壁之间。雪白的石灰岩壁一闪而过，摇摇欲坠。

回归

两百英里外，村子里的另一户邻居搬走了：母亲、父亲、儿子、女儿，一列家具，一只豚鼠、一只兔子和一只雪貂。笼子被悬挂在搬运工的竹竿上，它们黑色的眼睛凝视着落下的雪，鼻息微弱地盘旋上升。

她在城里已经住了九天。起床后，她穿好衣服，走出来步入了另一个房间。她的儿子就勉强睡在这里的聚酯沙发上。折好的眼镜被放在旁边的地板上。每一次呼吸，他的鼻孔都会微微张开，宽大的眼皮泛着蓝色，上面布满了微小的毛细血管。

她叫了他的名字一声。他的眼睛忽闪起来。

“开闸放水的时候，水会怎么流下来？”

“你什么意思？”

“水势会来得很快吗？会不会飙升？”

“水势来得很慢。”他眨眨眼睛，“首先，水会从河里溢出来，然后会变得非常平静。急流会消失。接着，一天之后，码头会消失。要达到高水位得花上八天半的时间，我们是这么觉得的。”

她闭上双眼。风从露台的栏杆之间穿过，发出了嘶嘶的响声，听上去像是电的声音。

“你要回去了。”他说，“你要走了。”

村庄

几个月过去了，人们没有搭建任何的新东西。窗户破了，就那么破着。和狗的体形一般大小的岩石落到了街道上，谁也懒得去挪动它们。她爬上长长的台阶，缓缓走下通往老师家的破巷子。他家的房门开着，房梁上悬着一盏煤油灯。一道亮光中，柯老师坐在一张纸上，大腿上垂着一条毯子。他用毛笔在墨水瓶里蘸了蘸，胡子在纸上扫来扫去。

他没有被逮捕，没有被杀害。也许他根本就不曾离开——也许他是到附近的镇子上喝茅台去了。

“晚上好，老师。”她边说边继续沿着街道向上攀爬。

她家的房子完好无损地立在那里。她的种子还在她丢下它们的地方。她把煤斗从地板的另一头拽过来，掀开了炉口。

剩下的村民大概还有一百多人，有些是年迈的渔民，有些是几户人家里的妻子，还有少数几个稻农，要等到秧苗长到足以进行移植为止。孩子们都走了；村长走了。粪便被堆放在房子的空壳里。然而，一早，种子保管员却感觉出奇得了无牵挂，甚至是精神愉悦：待在这里让人感觉很好，在泛着银光的空气中，站在散布着污泥的园子里，听着风钻过峡谷。

阳光从云朵间倾泻而下，为屋顶镀上一层亮光。光线飞溅到了马路上。她用力拽着一锅炖汤爬上楼梯，穿过破巷，把仍冒着热气的锅子留在老师家的台阶上。

春天

二月带来暴风雨和油菜籽的第一缕清香。一缕缕雨水从峡谷壁上流淌下来。庙里，六七个女子正在雷声间歌唱。房顶在漏水。雨水从大片的棕色污渍间滤过，滴到散落在走道上的平底锅里。

没有春节，没有赛艇竞相沿着河流角逐，山顶上也没有烟花。她现在应该播种稻米了，每个塑料盘容器中一颗种子，然后是土，然后是水。相反，她把种子撒在了自家的园子里，还有邻居家的园子里。一把把的种子被丢进了遭人废弃的房子里：羽衣甘蓝、小萝卜、大头菜、细香葱。她突然间富有起来，拥有五十座园子的种子。晚上，她做了饭——麻辣面、豆腐汤——把锅子端到老师家的台阶上，把它们连同锅盖一起留下，收走了自己之前留下的那几只被人吃得干干净净、草草洗过的锅子。

与此同时，村子消失。码头的板子消了。包装材料被人从树上摘了下来。表针消失，政府大楼的楼门被人拆掉，广播天线和天线的导丝钩也被人摘下来。整个竹林都被人连根拔走。有人挖走木兰树，将树干放在二轮运货马车上，推上驳船。铰链、把手、螺钉和螺母都失踪。每座房子里的每一盎司柚木都被人拆下来，包在毯子里拖下楼梯。

三月，剩下的几个农夫打起麦。风声小的时候，她能够听到他们的动静，听到长柄大镰刀剁砍的声音。这一生中每年的三月份，她都能听到那种声响。

她记不得还有哪年的春天能比这一年更多彩。花朵似乎正从泥巴里迸发出来。到了四月，到处都将充斥着姹紫嫣红和浅玉碧绿的颜色。政府大楼背后，百日菊怀着深厚的几乎反常的活力钻了出来——仿佛它们是被人泼洒到外面的土地上的。她在它们的上方跪了半个小时，仔细端详着秧苗平滑、结实的茎干。

很快，园子里的许多植物都发芽了。她不得不动手把它们拽出来，仿佛地底下有个人正用自己的手指把她的蔬菜都向外推似的。春天一直都是这样的吗？令人心惊，势不可挡？也许她对这一年的春天更加敏感了。蜜蜂载着沉甸甸的收获在巷子里飘过，看上去就像是喝醉了酒似的；站在无花果树下如同是站在了种子的暴风雪之中。

夜晚，她会在镇子里散步，感觉黑暗就是一大片冰凉的湖泊。一切似乎都要漂走。黑暗，她心想，才是永恒的东西。

还有寂静。人都走了，矿石工厂安静了下来，仿佛村子成了沉默的宝库，仿佛几英里内唯一的动静就是她的鞋子踩着楼梯的声响，还有她的肺吐纳空气的声音。

邮递服务停止了。她没有收到李庆的来信。也许，他随时都会出现在她的门口，要求她立刻随他离开。可他再也没有出现。夜晚，峡谷的背景下只有三四盏灯还亮着，还有漆黑的天空，更加漆黑的河水，以及河上倒映着的那一道模糊的星光。

萤火虫

如今，每晚都会有成千上万的萤火虫飘上台阶、挂上树梢，有序地闪烁着光芒，直至整座峡谷看上去就像是串上了绿色的灯泡。她俯下身，用一锅汤换走了老师家台阶上摆着的空锅。这时候，房门猛地打开了。

“你在看那些虫子。”他边说边从门口爬上来，用手杖的顶端支着最下面的一级台阶保持平衡，坐了下来。她点了点头。

“我以为你已经离开了。冬天的时候。”

她送了耸肩膀。“所有人都离开了。”

“可你还在这里。”

“你也是。”

他清了清嗓子。屋外，他的果树上，萤火虫一边飞舞一边闪光，一边飞舞一边闪光。“我的儿子——”她说。

“我们不要说他了。”

“好吧。”

“它们在向雌性求偶。”他说，“这些虫子。在河边的某些大树上，我看到过成千上万只虫子同步闪烁着光芒。亮起，熄灭。亮起，熄灭。”

她起身要走。

“留下吧。”他说，“聊会儿。”

记忆

每一块石头，每一级台阶，都是通往一段记忆的一把钥匙。邻居家的儿子曾在这里放过风筝。没牙的磨刀匠过去常把嘎嘎作响的冒烟轮盘架在这里。四十年前，一个没有腿的姑娘会在这里用一口铜锅烤栗子，而种子保管员的母亲曾在某个古老节日那一天，允许她喝过一玻璃杯的啤酒。这里的河流曾将她手中的一件干净衬衫冲走；这里曾是一片田野，覆盖着绿色的新梢；这里，一个渔夫用自己炙热而干燥的嘴唇吻了她的嘴。搬运工的体味，坟墓的白色表面，李庆父亲养眼的凸起小腿——整个村子淹没在了回忆之中。

一次又一次，双脚带着她爬上路过公园的长楼梯，走进破巷，路过潮水般的萤火虫，来到老师家泛着酸味的院子。她带了一壶热水和一包糖块。老师和她一起站在台阶上，喝着糖水，望着虫子们跳动、起飞，仿佛整座峡谷都在阴燃，而这些都是被摇散的火花。

在政府大楼建成之前，在邮政服务出现之前，在矿石工厂建起之前，这里曾是属于僧侣、战士和渔夫的地方。永远都有渔夫。种子保管员和老师聊起了主席和皇帝，还有纤夫的歌，以及庙宇、小鸟。大部分时间里都是她在黑暗中聆听老头的声音，聆听他嘴里的句子被分成一段又一段，直到她身旁的他虚弱的身体似乎消失在了黑暗之中，只剩下了一个声音，一个口中音量渐弱的老师演说。

“也许。”他说，“一个地方会在你知道自己这是最后一次看到它时变得不同。也许它知道再也不会有人看到它了。也许它知道没人能再看到它会让它发生改变。”

“改变这个地方，还是改变你怎么看待它？”

“两者都有。”

她啜了啜杯中的甜水。他说：“地球已经有四十五亿年的光景了。你知道十亿是多少吗？”

1－13，66，44。每个星系有一千亿颗恒星，宇宙中有一千亿个星系。柯老师每天会写三封信，每封信一百字。他向她展示了这些信件；白色的纸张，他歪歪扭扭的笔迹。他会把这些信寄给报社、官员和工程师。他还向她展示了大坝委员会雇员的一整本花名册——有上百页厚。她心想：我儿子的名字也在这里。

“你在信里都说些了什么？”

“说大坝是个错误。说他们淹没的是几个世纪的历史，是在拿生命冒险，用错误的数字来运算。”

“那这些信能起作用吗？”

他望着她；水汪汪的眼中映着萤火虫的倒影，还有高耸而光滑的悬崖遗迹。“你觉得呢？”

七月

万物累积成了一片极致的美景。漫长的黎明是粉红色的。黄昏能够持续一个小时的时间。燕子调转方向俯冲。峡谷谷壁之间的那一道天空是紫色的，柔软得如同肉体一般。萤火虫高高地飘浮在悬崖上，仿佛绿莹莹的泡沫，像是能够觉察到水就要来了。

李庆有没有试图联系过她？他现在是不是正坐着一艘水翼船、加速赶来带她走？

柯老师求她把自己的信带去码头，看看过往的船只能否把它们捎去另一个村庄邮寄。渔夫们通常都会拒绝；他们眯着眼睛看着信封上歪歪扭扭的字体，就能觉察到它们是危险的。和那些眼窝凹陷的拾荒者打交道时，她要更走运一些。那些人开着破破烂烂的汽车，是来收集破铜烂铁或铺路石的；她会用旧裙子、煤油或是沉甸甸地装满了茄子的纸袋来贿赂他们。也许他们把信寄出去了，也许转过弯就把它们丢进了急流之中。

截至目前，所有完整的石板都已经被人拿走了。向日葵开始在街道中央生长起来。她在邻居家的院子里即兴创作的园子中满是蜜蜂和荨麻。“有些时候。”老师说，“当我想起那些取笑我的擦鞋小男孩，还有在雨中冒着热气的一堆堆垃圾，以及旧炉子在我手指上留下的烫伤痕迹时，我会迫不及待想要看到这一切全都沉入水下。”

长长的楼梯，一个平台接着另一个平台，每节楼梯都被阳光镶上了边。没有凿子声，没有狗吠声，没有发动机的嘈杂。只有天空，只有阳光从建筑的空壳之间洒落，如同是一场细雨。她的脚步在巷子中回荡。

她站在自己家里，紧盯着容器的开口，凝视着小钻石一般的阳光反射着种子平滑的光泽。它们完美的几何结构，它们寒冬的梦想。

她绕过老师，望向他狭窄的棚屋、散乱的一摞摞报纸和书籍，以及变黑的灯和角落里的一群群甲虫。

她说："你会和村子一起被淹没的。"

"你才是应该让我们担忧的那个人。"他答道。

终于

七月还剩下最后两个晚上。老师出现在了她家的门口。他穿着一身套装，鞋子擦得锃亮，胡子也被梳理过了，双眼还闪烁着微光。他的半边肩膀上扛着一个背包，一只拳头攥着他的手杖，另一只则抓着塑料袋的颈部。

"看。"塑料袋里装着上百只，也许有上千只的萤火虫，"蜂蜜和水。它们就是吃不够。"

她笑了。他卸下自己肩头上的背包：一瓶茅台酒，一摞大约三十几封的信。

“来两个杯子。”他边说边拽着自己僵硬的双腿走向她的椅子，坐定后将酒瓶的塞子拧了出来。两人举杯祝酒。

“敬最后一批信。”

“敬最后一批信。”

他解释了自己需要什么。于是，她清空了自己所拥有的每一只罐子，把种子倒进桶和盘子里。老师用一把小刀剥去瓶塞，把信塞进瓶子里，两人一起用纸做的漏斗把萤火虫摇进了瓶中。昆虫四处飞舞，阻塞了瓶口，不过他们还是设法在每个瓶子里装了三十多只虫。

塞好瓶塞，他们把酒瓶堆进了一个篮子里。萤火虫在玻璃瓶里爬来爬去。灯笼中的亮光摇曳，影子轻拍着墙面。她能够感觉到酒精在自己的胃里燃烧，沿着她手臂的曲线向下延伸。

“很好。”柯老师说，“很好，很好，很好。”他的声音像是在耳语，如同旋转的针划过老唱片时发出的嘶嘶声。

当她把灯熄灭时，瓶子柔和地亮了起来。她把篮子举到肩头，搬下楼梯。老师一瘸一拐地走在她的身旁，倚靠着自己的拐杖。

空气既温暖又潮湿；悬崖的黑色峭壁之间，天空是一道深蓝色的墨迹。她肩膀上的篮子在微弱地嗡嗡作响。他们来到码头的遗迹上——十五根左右被嵌在河床里的柱子。她把篮子放下，仔细端详着它。

“它们就快要没气了。”她说，可她能够感觉酒劲已经上头了。柯老师用力地喘息着，自己也快要醉了。除了潺潺的河水，四下里鸦雀无声。

“好的。”他说，“我们把它们放进去吧。”

她涉水迈进冰冷的河水中。卵石在她的脚下搅动。水流在她的膝盖周围微微分开。在她的手边，老师就是一个战栗的砝码。她让篮子在他们的身旁漂动起来。瓶子闪啊闪啊。终于，他们两人——种子保管员和老师——已经被河水没了腰。

也许是为了倒回去上升，河水已经开始变得滞缓起来。也许有鬼魂从地下喷涌而出，从坟墓的洞口钻出来，冲下山谷，从树枝顶端的末梢尖端涌出。萤火虫轻叩着玻璃瓶。最重要的是，她心想，看到河水失去速度会令我难过。

她把第一只酒瓶递给了他，任他把它放好。两人看着河水将它带走。一道蓝绿色的光芒闪烁着被卷进水流之中，加速时还微微调转了方向。

两万个日夜，在同一个地方，每一天都会层叠、捆绑和对折在上一个日夜之上，折痕在她的手上，疼痛在她的脊椎之间。胚胎、种皮、胚乳：如果不是最纯净的记忆，如果不是之前逝去的每一代人的联系，种子能是什么呢？

瓶子消失了。她递给了他第二只。当他转过身时，她看到他哭了。

这一切导致她已然预料到事情不会有什么好结果。李庆和他的香烟；老师和他的问题。我们这一边，他们那一边。不过也许，她心想，事情根本就没有好与坏之分。每个人曾经拥有过的每一段记忆终将被淹没在水下。过程就是一场暴风雨。万物的翅膀都将在其中被洗净。

她俯身向前，用自己的拇指抹了抹老师的眼睛。第二只瓶子消失了。

柯老师把自己的前臂拽起来，横在鼻子上。“这么多的麻烦。”他说，“但是——这种感觉难道不好吗？难道不会让你感觉年轻了吗？”

河水靠着他们的身体潺潺作响。瓶子从篮子里一个个被取了出来。老头并不着急。酒瓶在水流中闪烁着亮光，绕过河湾，消失了。她聆听着水流的声音。老头就这样让自己的信向着下游随波逐流。两人站在水中，直到他们已经分不清自己的腿在哪里，河流又是从哪里开始的。

七月三十一日

最后一天，五六个表情沉着冷静的维修人员带着链锯来砍树了。他们把树干切割成四英尺的段，将伐木装上手推车，推着车沿着残存的阶梯上走下山，经过破碎的人行道、向日葵、种子保管员在邻居家院子里种下的花园。他们带走了橡树、银杏树，还有政府大楼后花园里的三棵老无花果树。狮子被他们留了下来。

一整天，她都没有看到老师的身影。她希望他已经离开了，沿着某条古老的小径到上游去了，或是蹲在路过的渔夫的独木舟里，望着峡谷从眼前漂过。也许她会是村子里的最后一个人；也许她会是这条河里的最后一个人。

下午，三个警察进村展开了彻底搜查，打着手电筒在房间里巡视，用靴尖掀起被人抛弃的胶合板。不过，要想躲过他们是很容易的。不出一个小时，他们的水翼船就消失了，咆哮着向下个村镇驶去。

她在桌子上铺开一条毯子，把种子罐里的东西一股脑地倒在上面。榨菜、小白菜、卷心菜、茄子、菜花。小米、栗子、小萝卜。她母亲的声音响了起来：*种子是植物们熟睡时做的梦*。大得像硬币一样的种子；轻得如呼吸一般的种子。它们全都被倒在了毯子上。当所有的容器都被倒空时，她将毯子的四角相互交叠在一起，打成了一个包袱。

她手臂里抱着的东西也许沉得像个孩子。太阳滚落到了峡谷背后。到目前为止，排水渠已经被封死了。水正在大坝后越积越高。

一顶羊毛帽。一件夹克衫。她把自己的盘子摞在了碗柜里。

最后一次走下台阶，她步入丽影桥，坐在栏杆上。一天的热气从石头里蒸腾起来，钻进了她的大腿后侧。万物光芒四射。

小鸟落在政府大楼的房顶上。河面上传来了一艘汽艇的咆哮声。汽艇转过弯时，她也将身子转了过来。挡风玻璃背后的驾驶员身旁正是李庆。只见他正戴着荒谬的眼镜朝她挥手。

多年之后

她住在一座被称为新移民六〇六号的大楼里，楼梯足有一个街区长。她的公寓有三间屋子，每间都有自己的房门和一扇单片玻璃窗。白色的墙壁上一片空白。她从未收到过一张账单。

每个星期天，李庆都会来她这里坐上几个小时，喝喝啤酒。最近，他还带来了欧佩妮，一个说起话来轻声细语、鼻子旁长着三颗痣的离婚女子。有时候，他们还会把她的儿子带来，一个名叫杰的九岁圆脸小男孩。他们会吃炖菜，或是豆芽面，没什么话好聊。

杰在桌子下面来回摆动着自己的双脚。餐具柜上，一台收音机正嘟嘟囔囔。饭后，佩妮把盘子端到水池里，把它们一一洗净、擦干、堆叠在碗橱里。

日子仿佛是由薄暮组成的，像影子一样无形。记忆来的时候通常是不流畅、无生气的，被困在遥远的表面之下，或是陷入神经纤维的纠缠之中。她站在装满水的浴缸前，却不记得自己曾把水放满。她去装满水壶，却发现水壶正冒着热气。

她的种子正在公寓配套的预制构件胶合板碗橱里腐烂、破裂或死亡。偶尔，她会凝视着碗橱没有涂漆的表面，望着八只闪亮的把手。一种感觉正在她意识的背后不断地与她纠缠，仿佛她把什么东西放错了地方却再也记不起它是什么。

她的母亲过去常说，种子就是链条中的链环，不是开端或者结尾。可她错了：种子既是开端，又是结尾——它们既是一株植物的蛋壳，也是它的棺木。每颗种子里都蜷伏着一座看不见的果园。为了学校的课题，杰带来了六只泡沫聚苯乙烯杯，里面装满了腐叶土。种子保管员给了他六颗木兰花种子，每一颗都光亮得如同一滴血。

男孩用一只手指在每只杯子里戳了一个洞，把种子像小炸弹一样丢了进去。他们把杯子放在了她家的窗台上。水。泥土。阳光。“现在我们等着就好。”她说。

我们走遍世界，结果却再一次被打回原形。种皮裂开，冒出小小的细根。新闻里，一位政府官员否认了水坝船闸出现裂缝的报道。李庆打来电话：他这个星期要出差。事情很忙。欧佩妮会试着顺路过来看看。

种子保管员走到窗边。广场上，人潮正朝着上百个方向漂移；骑自行车的人、上下班的人、乞丐、拾荒者、购物者、警察。柯老师也许更老了，很有可能已经离开人世。然而：要是他也是楼下的其中一个人影，坐在其中一辆汽车里，或是人行道上的一个身影——一个脑袋和一双肩膀，鞋子上极其微小的一部分——会怎样呢？

广场的外围，成千上万盏灯火在风中颤抖。那是飞机、店面和广告牌的亮光，是信号灯、窗户后的灯光和天线上的警示灯。在它们的头顶上，少有的几颗星星会瞬间出现，朦朦胧胧的在云朵间几乎看不清楚，闪烁着蓝色、红色和白色的光芒。过不了多久，它们就消失了。

涅姆纳斯河

我叫艾莉森，十五岁，父母双亡。我有一只名叫米莎普的贵宾犬，正蹲在我脚踝间的宠物箱里。我的大腿上放着一本艾米莉·迪金森的传记。空姐一直在为我的苹果汁续杯。我正身处大西洋上空三万六千英尺高的地方。满是污垢的小窗外，整个世界都变成了汪洋大海。

我要搬去立陶宛，欧洲右上角的一个地方，上面就是俄罗斯。在学校的世界地图里，立陶宛是粉红色的。

Z 爷爷正在行李提取处的外面等我。他的肚皮看上去大得足以放进一个婴儿。他长时间地拥抱着我，然后把米莎普从箱子里提了起来，也拥抱了它。

立陶宛看上去并不是粉红色的，更像是灰色。Z 爷爷的标致牌小汽车是绿色的，闻起来像岩粉。天空低垂在高速公路上方。我们驾车驶过了上百座尚未完工、看起来仿佛经历过一两次龙卷风袭击的水泥公寓楼，途中还看到过巨大的诺基亚招牌和更大的家护牌牙膏广告。

Z 爷爷说，家护是一种很不错的牙膏。堪萨斯也有家护牌的东西吗？

我告诉他，我们会用高露洁。

他说，我会给你找来高露洁的。

我们并入了一条四车道的高速公路。两旁的田野被分成了一块块牧场，就六月初这个时节来说看上去泥泞不堪。天开始下起雨来。标致汽车的挡风玻璃上没有雨刷。米莎普在我的大腿上打起了瞌睡。立陶宛变成了一片水汽蒙蒙的绿色。Z爷爷开车时把头探出了车窗。

终于，我们在一座拥有尖尖的木制屋顶、中间立着烟囱的房子前停了下来。它看上去和周围聚集的另外二十几座房子没有什么两样。

到家了，Z爷爷说。米莎普从车里跳了出去。

房子又长又窄，如同一截火车车厢。Z爷爷家有三间屋子：前面是厨房，中间是卧室，后面是浴室。外面立着一座棚屋。他展开一张牌桌，用盘子给我端来一小摞品客薯片，然后是一块牛排。没有青豆，没有小圆面包，没有类似的东西。我们坐在他的床沿上吃了起来。Z爷爷没有做饭前祷告，于是我自顾自地低语起来。保佑我们，上帝，这都是你的赠予。米莎普充满怀疑地在我的两脚之间到处乱闻。

牛排吃到一半时，Z爷爷抬起头来看着我，脸颊上挂着泪珠。

我说，没事的。近来，我总是在说没事的。对教会里的阿姨妈妈，对空姐，对顾问，我都是这么说的。我会说，我很好，没事的。我不知道自己是不是很好，或者是不是没事，或是这样说能否让大家感觉舒服一些。这通常只不过是你该说的话。

是癌症。免得你们好奇。起初，他们发现妈妈得了癌症，害她被切掉了双乳和卵巢。可癌症已然在她的体内生根发芽。后来，爸爸也被查出了肺癌。我想象癌症就像一棵树：一棵巨大的、黑色的、光秃秃的树，一棵长在妈妈的身体里，另一棵长在爸爸的身体里。三月份时，妈妈的树要了她的命。二个月后，爸爸的树也要了他的命。

我是家中的独女，没有别的亲戚，于是律师们便送我去和Z爷爷一起生活。Z代表的是兹伊德鲁纳斯。

Z爷爷的卧室在厨房里，因为他把卧室让给了我。墙壁上是裸露的灰泥，床会吱嘎作响，床单散发着灰尘落在炙热灯泡上时的味道。窗户上没有遮光窗帘。梳妆台上摆放着一只崭新的粉色熊猫，有点儿像是给婴儿玩的，但又有点儿萌。它的耳朵上仍旧钉着一张价签：39.99Lt。Lt指的是立特①。我不知道 39.99 是多还是少。

关上灯之后，我的眼前一片漆黑。有什么东西轻叩着天花板。我能够听到米莎普在床脚上喘息。我的三只旅行袋被堆在了墙边，里面装着我在这个世界上所拥有的一切。

我听上去是不是十分恍惚？还有些迷惘？也许是吧。我低语道：亲爱的上帝，请照顾好身在天堂的妈妈，照顾好身在天堂的爸爸，照顾好身在立陶宛的我。也请照顾好米莎普。还有 Z 爷爷。

很快，我感觉莫大的悲哀席卷而来，仿佛胸膛里埋着一片闪亮而锋利的斧头刃。能让我活下去的唯一一种方式就是保持彻底的无动于衷。于是，我没有对着亲爱的上帝低声抱怨“你怎么能这么对我”，反而只是小声说了一句“阿门”。老家的詹克斯牧师曾经告诉我，这个词是“我相信”的意思。我紧紧闭上眼皮，躺在那里，手里攥着米莎普，吸着它身上的味道。对我来说，那永远是玉米片的味道。我练习着吸入光线、呼出色彩——光线、绿色，光线、黄色——就像顾问叫我在恐慌感袭来时该做的那样。

① 立特是立陶宛货币单位。——译者注

凌晨四点，太阳已然升起。我坐在爷爷家棚屋旁的草坪躺椅上，注视着米莎普四处探索着立陶宛。天空是银色的，一条条宽大的薄雾缓缓穿过田野。上百只黑色的小鸟落在了爷爷家棚屋的屋顶上，然后又再次起飞。

在Z爷爷家这片一模一样的小屋群落之中，每一间屋子都挂着类似的窗帘。窗户都是一样的，但蕾丝却各有各的不同。有的印着花朵图案，有的是线型样式，还有的印有互相拼接好的圆圈。在我放眼望去时，一个老妇人把一幅之字形图案的窗帘推到了窗户的一边。她戴上大大的眼镜，朝我挥了挥手。我看得到，她的鼻子里还插着管子。

她家的房子距离Z爷爷家有二十英尺远，里面摆满了圣母玛利亚的雕像，还遍植香草，闻起来像是胡萝卜皮的味道。里屋中，一个身穿运动服的男人正在床上睡觉，身上没盖被子。老妇人解开了连在自己身上的机器。它看上去像是挂在轮式架子上的两个潜水氧气瓶。她拍了拍沙发，对我用俄语说了一连串的话。只见她满嘴都是金色的，右眼的下面还长着一颗弹珠大小的痣。她的小腿就像保龄球瓶一样，光着脚，脚趾看上去像是被人踩扁了似的。

她对我未曾开口说出的话点了点头，把头转向了支在两块煤渣砌块上的一台平板电视。我们一起观看着一位牧师在电视里做起了弥撒。电视的颜色存在色差，音频也很混乱。他的教堂折叠椅上大约坐了二十五个人。在我还是个婴儿时，妈妈曾用立陶宛语对我说话，因此我听得懂牧师的一部分布道。他讲的是自己的爸爸从房顶上摔了下来之类的事情。他说这说明，就因为你看不到某种东西，不意味着你不该去相信它。我分不清楚他指的是耶稣还是重力。

后来，老妇人给我端来了一大块热气腾腾、表面撒了培根碎的酿薯仔。透过那副水汽蒙蒙的大眼镜，她看着我狼吞虎咽起来。

谢谢，我用立陶宛语说，听起来像是在打喷嚏。她朝着一片空白发起呆来。

回到Z爷爷家时，他的大腿上正摊着一本杂志，上面印着几幅空间图。

你去萨博太太家了？

是的。你该用过去时，爷爷。

Z爷爷用一只手指在耳边画了一个圈。萨博太太的记性已经不行了，他说。你明白吗？

我点了点头。

我在这里读到——Z 爷爷边说边清了清嗓子——地球拥有三颗卫星。他咬了咬下唇，思考着用英语该怎么说。不，它曾经拥有三颗卫星。地球过去曾经拥有三颗卫星。那是很久以前的事情了。对此你是怎么想的？

你想知道？事情是什么样子的？立起一道密封的墙，把手指一直塞在它的缝隙里？感觉每经历一次呼吸都是另一种背叛，距离你是什么、你在哪儿和你是谁又远了一步，更深地向黑暗迈进？Z 爷爷今年春天来过堪萨斯两次。他坐在房间里，嗅着屋里的味道。此刻，他向前俯过身来，直到我能看到他眼睛里那些如同红色小闪电般的血管。

不用了，谢谢。

我是说聊一聊，他答道。聊一聊，艾莉？

不用了，谢谢。

不用了？但聊一聊是有好处的，不是吗？

Z 爷爷是做墓碑的。立陶宛的墓碑和美国的不太一样，是光亮而平滑的，由花岗岩制成，但大部分都蚀刻着脚下所埋之人的肖像，就像是被刻进石头里的黑白照片。这种墓碑很贵，但所有人都愿意在它身上花钱。Z 爷爷说，穷人花得最多。有些时候，他雕刻的是肖像，而其他时候，他还要把逝者的全身都雕刻出来，比如一个穿着皮夹克站在那里的高个子男人，和真人一般大小，栩栩如生——领口上的扣子和脸颊上的雀斑。Z 爷爷向我展示了一张宝丽来照片，照片里时他为一个著名的犯罪集团成员制作的墓碑。墓碑有七英尺高，上面的真人尺寸画像中，一个男人双手插兜地坐在梅赛德斯轿车的车前盖上。他说，为了在这个男人的脑袋周围加上一圈光晕，他的家人还额外支付了一笔费用。

星期一一早，Z 爷爷就去了自己的工作室。距离开学还有两个月，于是我被独自留在了家里。正午之前，我已经翻遍了 Z 爷爷家所有的抽屉和他唯一的衣橱。棚屋里，我在一块防水布下找到了两根钓鱼竿和一艘旧铝船、八罐立陶宛钱币和数千本被老鼠咬坏了的英国杂志：《大众科学》《今日科学》和《英国物理促进协会》。杂志中讲述的是北极熊、玛雅历、细胞生物学和许多我不明白的内容，还有褪色的宇航员照片、连着机器的大猩猩、在火星上四处行驶的卡通汽车的图片。

不一会儿，萨博太太出现了。她用含糊的俄语喊了些什么，走到抽屉柜旁，拉开一只烟盒，里面都是照片。

莫迪娜，她边说边指了指我。

我说，我以为你什么都不记得了。

可她还是把照片杵到了我的鼻子下面，仿佛刚刚回忆起了什么事情，想要在自己忘记之前把它说出来。莫迪娜是妈妈的名字。所有的照片都是妈妈还是个小姑娘时照的，有的穿着北极熊的道具服，有的皱着眉头站在一台很像割草机的机器旁，还有的是她光着脚踩着泥巴。

萨博太太和我把照片摆在Z爷爷牌桌的一个格子里。一共六十八张。五岁时的妈妈皱着眉头蹲在一辆生锈的苏联坦克前。六岁时的妈妈剥着一颗橘子。九岁时的妈妈站在一片野草之中。看着这些照片，我的心里萌生了一种感觉，像是想要在院子里挖一个浅浅的洞、躺在里面似的。

我分出了十二张照片。在这些照片里，我的妈妈——那个开着斯巴鲁汽车、嚼着腰果、听着巴瑞·曼尼洛的音乐、从立陶宛移民而来却死于癌症的妈妈——要不就站在黑暗的水畔，要不就俯身站在一艘看上去质量低劣的船身一侧，帮忙举着一条可怕巨型鲨鱼的某个部位。

厄尔克塔斯，萨博太太说道，严肃地点了点头。紧接着，她咳嗽起来，咳了大约两分钟。

厄尔克塔斯？

但是，这个时候，咳嗽已经将她所有的认知能力都摇落了下去。那个一身运动装的男人——她的儿子——来了，说了些什么。萨博太太盯着他的下半张脸看了一会儿。终于，她被他哄骗回家了。两点三十一分，Z爷爷下班回来了。

爷爷，我说，你的厕纸大概也是用碎石做的吧。

他若有所思地点了点头。

这是我的妈妈吗，我问，还有这些大白鲨？

爷爷看了看照片，眨着眼睛，把一节指关节塞进牙齿中间，约莫过了三十秒都没有作答。他的样子看上去就像是站在一台电梯外面，等待着梯门打开。

终于，他说话了。厄尔克塔斯。他走过去，从地板上的一个盒子里取来一本书，翻阅起来。紧接着，他抬起头，又垂下目光，说了一句，鲟鱼。

鲟鱼。厄尔克塔斯的意思是鲟鱼？

河鱼。河里的。

晚饭，我们吃的是香肠。没有面包，没有沙拉。吃饭的过程中，照片里的妈妈一直抬头凝视着我们。

我冲洗了盘子。Z 爷爷问我，要不要和我一起散步，艾莉？

他领着我和米莎普穿过房子露台背后的田野。四处都是整洁的蔬菜小院，还有被人用围栏围住的山羊。蚱蜢在我们的眼前轻快地跳过。我们爬过一道围栏，小心翼翼地在牛粪和荨麻之间行走。小径通往的地方栽着几棵柳树，另一边是一条河：安静的棕色河水，河面宽得惊人。起初，河水看上去十分平静，像是一座湖泊，可我越看越觉得它是在缓慢地流淌。

米莎普打了个喷嚏。我觉得它以前从没有见过河流。一排奶牛正沿着远处的河岸漫步。

Z 爷爷说，钓鱼。这里就是你常来妈妈钓鱼的地方。过去常来。过去式。他板着脸笑了起来。有些时候和她的爷爷一起。有些时候和萨博太太一起。

这条河叫什么？

涅姆纳斯河。它被称为涅姆纳斯河。

每过一个小时，一个念头就会浮现出来：如果我们最终全都要快乐地相聚在天堂里，那大家为何还要等待呢？每个小时，莫大的悲哀都会徘徊在我的肋骨后面，剧烈而闪烁。这就是我为了维持呼吸所能做的一切。

Z 爷爷说，萨博太太不是九十岁就是九十四岁了。就连她的儿子也不确定。她曾经历过立陶宛的第一场独立战争，也经历过第二场。在第一场战争中，她曾和俄罗斯人并肩作战，在第二场中却与他们反目成仇。在这里的所有房子还是苏联治下的集体农场时，三十五年来，她习惯每天带上小船往上游回溯六英里，去化工厂上班。他说，在女人们不会去钓鱼的年代，她却会去钓鱼。

如今的萨博太太不得不每夜接着氧气机。要是我过去看看电视，她似乎不太介意。我们会把音量调得很高，好盖过氧气机的泵呼哧呼哧的重击声。有时候，我们会看立陶宛的牧师节目，有时候是卡通片。有时候时间太晚了，我们只会盯着屏幕上永远滚动着一张世界卫星地图的频道。

我来立陶宛两个星期之际，顾问麦克拨通了 Z 爷爷的手机。顾问麦克是个律师，会嚼口香糖，穿着篮球短裤。现在是堪萨斯的凌晨两点钟。他询问我适应得怎么样，奔放的美国口音一下子让我想起了堪萨斯的夏天，仿佛它就在电话的另一头——温和的空气，熄灭的最后一盏廊灯，盘旋在棕色水塘上的一小群昆虫，透过层层叠叠、一幕又一幕的水汽钻出来的月亮，在杂货店停车场里投射下一道道柔和光柱的街灯。在令人昏昏欲睡的黑暗中的某处，顾问麦克脚蹬袜子坐在自家粗陋厨房的餐桌旁，询问一个身在立陶宛的孤儿适应得怎么样。

我花了整整十秒钟的时间才答道，我很好，没事的。

他说他需要和爷爷说话。有人为我们的房子出价了，他说。大人之间的事情。

价格好吗？

任何价格都不赖。

对此，我不知该说些什么。我能够听到他那一边正传来音乐的声响，遥远的、充满了静电的杂音。顾问麦克在听什么呢，在堪萨斯的深夜里？

我们会为你祈祷的，艾莉，他说。

我们是谁？

我们办公室里的人。还有教会的人。所有人。所有人都会为你祈祷的。

爷爷去上班了，我答道。

稍后，我在田野上遛着米莎普，翻过围栏，穿过岩石，来到了河边。奶牛依旧在河的另一边，吃着奶牛该吃的东西，来回甩动着自己的尾巴。

五千英里之外，顾问麦克正计划着卖掉被爸爸粘在地下室地板上的橙色塑料瓷砖，还有我在餐厅墙壁上磕出来的凹痕，以及妈妈种在后院里的覆盆子。他会卖掉我们弯曲的烤盘，用了一半的香波和我们从必胜客换回来的六只绝地武士水杯——爸爸说，我们得问过牧师，《星球大战》是否“得到了上帝的认可”，才能把那些杯子留下来。所有，一切，我们的垃圾，我们的糟粕，我们的回忆。我还有自己的家养贵宾犬、三包小得不能再穿的衣服和四本相册，却没有剩下任何一个能让任何照片充实起来的人。我在五千英里以外的地方已经生活了四个星期的时间。点滴流逝的每一分钟都是世界在没有爸爸妈妈的情况下继续转动的又一分钟。我要和Z爷爷住在立陶宛，多久，度过余生吗？

想着那座房子空空荡荡地矗立在堪萨斯，莫大的悲哀就像钟摆一样在我的胸口里摇晃起来。很快，一股蓝色的洪水从我的视线周围涌了进来。它来势迅猛，斧头刃不由分说地把我的五脏六腑切成了一片又一片。刹那间，我感觉自己仿佛正望着一个蓝极了的包裹，而某个人正猛拉着拉链将它合上。我昏倒在了柳树下。

天知道我在那里躺了多长时间。在头顶的天空中，我看到下班后的爸爸正掏着自己的口袋，把硬币、薄荷糖和名片统统丢到厨房的台面上。我看到妈妈把烤鸡胸切成了小小的白色三角，给每一块都浸上番茄酱。我还看到圣母玛利亚从云端的一座小露台上走了出来，环顾四周，抓住落地双开门的把手，一只手一扇，猛地把门关上。

我能听到米莎普在附近嗅来嗅去，听到河流淌过，听到蚱蜢咀嚼着叶子，听到远处的牛铃悲哀而轻柔的叮当响声。太阳很小，泛着蓝色的光辉。当我终于坐起来时，萨博太太正站在我的身边。我都不知道她还能走这么远。小小的白色蝴蝶在柳树间绕着圈。河水悄悄流逝。她用机关枪式的俄语说了一大串的话，还把冰凉的一只手放在了我的前额上。我们就这样注视着河水。萨博太太、米莎普和我，在阳光下的草坪上。在我们凝视、喘息、待我回过神来的同时——我发誓——一只大得像原子弹般的鱼跃出了水面。它的肚皮洁白无瑕，后背是灰色的，在半空中蜷缩起身子，甩动着尾巴伸展开来，仿佛正在思考："这一次重力会放过我的。"

当它落回河中时，河水爆炸开来，远得足以溅到河对岸，害得几滴水落到了我的脚上。

米莎普竖起耳朵，歪着头。河水自行平静下来。萨博太太在自己巨大的眼镜背后凝视着我，一双浑浊不清的眼睛眨了十几下。

你看到了吗？请告诉我你看到了。

萨博太太只是眨了眨眼睛。

Z 爷爷三点二十九分回到了家里。

他说，我给你买了个惊喜。他打开标致汽车的掀背式车门，里面放着一箱美式厕纸。

爷爷，我说。我想去钓鱼。

爸爸过去常说，是上帝创造了世界和世间万物。Z 爷爷则会说，如果是上帝创造了世界和世间万物，那么万物为何不是完美的呢？我们为何会得上疝气，而美丽、健康的女儿们又为何会罹患癌症呢？于是爸爸会说，好吧，上帝是个谜，而 Z 爷爷的答案却是，上帝就是——那句话怎么说来着——

婴儿的安全毯。爸爸会跺着脚离开，妈妈则会扔下餐巾，丢给爷爷几句立陶宛语，慢跑着跟在爸爸的身后，留下我注视着桌子上的盘子。

今年春天，Z 爷爷两次漂洋过海，看着自己的女儿和女婿死去。上帝对此有没有个解释呢？此时此刻，我站在 Z 爷爷家的厨房里，听他说着涅姆纳斯河里已经再也没有鲟鱼了。波罗的海里可能还剩下一些，他说，但河里已经没有了。他说他的父亲过去常带着妈妈去钓鲟鱼。多年来，他们每个星期天都会去。萨博太太从前可能也捕到过几条，但后来的人过度捕捞、使用杀虫剂，还建起了考纳斯水坝，把鱼子酱送去黑市里交易。他的父亲死了，最后一条鲟鱼死了，苏联解体了。妈妈长大后去了美国读大学，还嫁给了一个创世论者。二十年了，再也没有人在涅姆纳斯河里钓到过鲟鱼。

爷爷，我说，萨博太太和我看到了一条鲟鱼。就在今天。就在那里。我指了指窗外，就在原野另一边的那排柳树那里。

是照片的缘故，他说。你看到了你母亲的照片。

我看到了一条鲟鱼，我答道。不是在照片里。是在河里。

Z 爷爷把眼皮闭上，又睁开。紧接着，他抓住我的肩膀，望着我的眼睛说，我们会看到一些东西。它们有时候是存在的，有时候是不存在的。不管怎样，它们在我们眼里都是一样的。你明白吗？

我看到了一条鲟鱼。萨博太太也看到了。我气冲冲地去睡觉，醒来都没有消气。我把熊猫玩偶丢到墙上，还用力地在门廊上来回踱步，踢着车道上的碎石。米莎普都朝我吠叫起来。

一早，我看着Z爷爷驱车去上班，大腹便便、一脸迷惑的样子。听到萨博太太的机器在隔壁的房子里呼呼作响，发出铛铛的声响，我心想：我应该要求Z爷爷信任我。我应该把牧师爸爸的遭遇告诉他，还有梯子、耶稣和重力的事，以及某些东西就因为你看不见、不意味着你不该去相信它。

相反，我精神饱满地冲进了Z爷爷的棚屋，开始把盒子、巨大的样本、凿子和切石锯拖拽出来。花了半个小时的时间，我才清理出一条通道，又花了半个钟头把旧铝船拽到了车道上。这是一条平底船，装有三个长条座椅，每个座椅下面都有可能住着上千只蜘蛛。我用一支软管将它们吹了出来，还找到了一瓶某种有毒的立陶宛清洁剂，把它倒进了船舱里。

过了一会儿，萨博太太迈着踉跄的步子、戴着大大的眼镜走了出来，瘦小的手臂交叠在胸前，像只螳螂一样看着我，嘴里发出了一连串的咳嗽声。她的儿子穿着运动服走出来，唇间叼着一支香烟。他们看着我忙活了十多分钟。很快，他把自己的母亲领回了屋内。

Z 爷爷是三点二十七分到家的。车道上到处都是盒子、软管、耙子和工具。溶剂在船舱里留下了一道道鲜明的银色线条。我说，萨博太太和我昨天在河里看到了一条鲟鱼，爷爷。

Z 爷爷朝我眨了眨眼睛，看上去像是在回顾他以为很早以前就已经终结的某段过往。

他说，涅姆纳斯河里已经再也没有鲟鱼了。

我说，我想要试着捕上一条。

它们不在这里，Z 爷爷说。它们是濒危物种，意思是——

我知道那是什么意思。

他把目光从我的身上移到了小船和米莎普那里，然后又看了看我。摘下帽子，他用手捋了捋头发，重新把帽子戴了回去。紧接着，他用运动鞋的拇指部位推动小船，摇了摇头。米莎普也摇了摇尾巴。一朵云被风吹走了。阳光点亮了一切。

我用一辆轮胎都已经干瘪了的老旧手推车拉着船穿过田

野，翻过围栏，来到了河边。这花了我三个小时的时间。很快，我把桨和吊杆也用力拽了下来，然后步行回去，告诉萨博太太的儿子，我要带她到河上去。我扶着萨博太太的胳膊穿过田野，让她坐在船头。阳光下，她的皮肤看上去就像是陈年的蜡烛。

我们用的是笨重的七英尺钓杆和与我的手一般大小的旧鱼钩，鱼饵是虫子。萨博太太的脸上一直面无表情。水流十分缓慢。偶尔划一下桨、让小船停留在河中央并不是什么难事。

米莎普坐在萨博太太身旁的长凳上，兴奋得浑身发抖。河水飞快地流逝着。我们看到一整群流浪猫正沐浴着阳光睡在一颗大卵石上，还看到一只鹿在浅滩上抽动着双耳。黑色、灰色和绿色的树木组成的围墙一闪而过。

下午晚些时候，我把船拖上了一座岛屿。萨博太太从船上迈步下来，提起自己的裙摆，在一片柳树下好好地撒了一泡尿。我打开一罐品客薯片，和她一起分享起来。

你还记得我的母亲吗？我问道。然而萨博太太只是匆匆瞥了我一眼，给了我一个恍惚的眼神，仿佛她知道一切，但我不懂似的。她的眼神似乎飘忽在一千英里之外的地方。我喜欢想象她还记得顺流而下的其他旅程，还有阳光下的其他下午。我从Z爷爷的自然杂志中读了些东西给她听。我告诉她，秃鹰的羽毛重量是它骨骼的两倍。我告诉她，非洲食蚁兽是通过吃黄瓜来摄取水分的。我告诉她，雄性天蚕蛾在六英里之外就能闻到雌性天蚕蛾拍动翅膀散发出来的气味。

我花了几个小时的时间才把船划回家。我们看着巨大的转轴喷水器在一片土豆田上空喷出几道彩虹，看着上千辆车厢在一列火车身后咔哒作响着驶过。这里很美，我说。

萨博太太抬起头。还记得吗？她用立陶宛语问道。但别的话她什么也没说。

我们一条鱼都没能钓到。米莎普睡着了。萨博太太的膝盖被晒伤了。

有了那一天就够了。每天早上，Z爷爷都会离开家，在花岗岩上雕刻死人的脸孔。他一出门，我就会带上萨博太太坐船出去。与我们相隔六座房子的一个老人告诉我，我应该用腐烂的汉堡肉，而不是虫子，还应该把肉塞进连裤袜里，把连裤袜挂在栓有弹性鱼线的鱼钩上。于是我搞来一些汉堡，把它们放在太阳下的水桶内，直到它闻起来臭气熏天，可连裤袜却怎么也无法待在钩子上。马泽吉便利店里的一位女士说，她已经五十年没有见过鲟鱼了，可即便是有，它们也不会想吃腐烂的食物，而是喜欢大鱼钩上的新鲜芦虾。

我试了试急流背后的深洞和亮黄色花田旁边的旋涡，还有又大又蓝的暗黑海槽。我试过蛤、夜行大蚯蚓，还有一次用上了冻鸡腿。我一直在想象萨博太太能开口说话，能回忆，能告诉我怎么才能做到。可大部分时间里，她都带着思绪早已飘离的神情坐在那里。我的大脑逐渐变成了河底的一张地图：碎石块，河面下两艘车顶被锈腐蚀了的沉车，堆满了垃圾、连绵长远的死水。你以为河面是平静的，其实不然。水里有着各种各样的搅动、漩涡和涡流，冒着泡伸展开来，淹没树桩、塑料袋和投射下来的阳光旋转的光晃。日头的位置正好的时候，你偶尔还能看到三十英尺以下的地方。

我们没有钓到一条鲟鱼，连鱼都没有看到。我开始心想，说不定 Z 爷爷是对的，说不定有些时候我们以为自己看到的东西其实并不是我们看到的那样。不过，令人吃惊的是，这并没有令我感到烦恼。我喜欢和萨博太太一起出来。她似乎也同意，而她的儿子好像也一样。我没有什么意见。可能我心中的悲哀已经缩小了一些。

我五岁时眼睛曾受到感染。纳赛尔医生往我的眼睛里滴了几滴东西。很快，我能看到的就只有一片模糊以及些许的色彩。爸爸是一团尘雾，妈妈是一片污渍。整个世界看起来就像是我满眼含泪时看到的那样。几个小时之后，就在纳赛尔医生所说的时间前后，我的视力恢复了。我正坐在妈妈的斯巴鲁汽车后座上。周围的世界开始重新聚焦起来。我再一次找回了自己，而树木又成了树木，只不过看起来比我以前见过的更鲜活了：我们所在的街道头顶上，树枝在树叶的海洋下交织在一起，成千上万的树叶翻滚过去，上面是深色的，下面是浅色的，每一片叶子都在独立摇动，却又与其他的叶子交相呼应。

前往涅姆纳斯河和这样的场景有点类似。沿着小径向下走，迈过柳树，就像看到这个世界重新恢复了光明。

即便一个人的思想已经所剩无几，你还是能够对她有所了解。我发觉萨博太太闻起来像是肉桂的味道，知道我们每次绕过某个河湾时，她都会振奋起来。即便镶着小小的金牙，她嚼起食物来还是既缓慢又优雅。我觉得她的妈妈在这一点上对她的要求一定很严格，比如，要坐直，要细细地咀嚼，要注意你的举止。艾米莉·迪金森就是那样的。当然了，艾米莉·迪金森最终怕极了死亡，只穿白色的衣裳，而且只能隔着自己房间紧闭的房门和来访者交谈。

八月中旬到了。夜越来越热，越来越潮湿。Z爷爷会把前门敞着。我整晚都能听到萨博太太的氧气机呼哧呼哧地低声响个不停。半梦半醒间，那声音听上去就像是整个世界的搅动声，响彻宇宙。

邮局的门前飘动着黄色、绿色、红色相间的国旗。Z爷爷说，国旗最上面的颜色代表太阳，中间是大地，下面是鲜血。立陶宛：上千场战争的门垫。

我想念堪萨斯。我想念紫荆树，想念暴风雨，想念大学生们是如何在星期六足球日那天穿着紫衣服的。我想念妈妈走进杂货店，把墨镜推到前额上，或是爸爸骑着自行车爬上一座山，而小小的我就坐在他身旁的儿童拖车上。他的褐红色背包会快速地上下摆动。

八月末的一天，萨博太太和我顺流而下，身后的河中拖着鱼线。萨博太太用立陶宛语说起话来。我认识她已经四十天了，还从未听她一股脑说出过这么多的话。她告诉我，阴间是一片花园。她说这片花园位于大洋另一边的一座大山里。

花园总是那么温暖，常年无冬，是鸟儿们秋天会去的地方。等待了几分钟，她又说死神是一个名叫奇尔汀①的女人。奇尔汀高高瘦瘦的，双眼失明，总是非常、非常的饥饿。萨博太太说，奇尔汀走过时，镜子会碎裂，养蜂人会在蜂房里找到棺材形状的蜂巢，人们还会梦到自己的牙齿被人拔掉。她说，任何时候梦到牙医，都意味着死神曾在夜里从你身旁走过。

Z 爷爷订阅的一本杂志上写着，当一只年轻的信天翁第一次起飞时，可以在空中停留十五年都不落地。我想，我愿意在自己死时被拴在一万只气球上，这样我就能飘上云端，被吹到城市上空的某个地方，然后是山川，再然后是海洋。只有一英里又一英里的蓝色海洋。我的尸体在万物上空翱翔。

也许我能在上面待上十五年。也许一只信天翁可以落在我的身上，把我当作一根可供休息的杆子。也许这很愚蠢。但我认为，它和看着你的爸爸妈妈被埋葬在泥土中的盒子里差不多，是讲得通的。

夜晚，萨博太太和我开始在她的大电视上观看一个名叫

① 奇尔汀是立陶宛的死亡女神，可以任意变换形态。——译者注

《男孩遇见烧烤》的节目。我试着做过西葫芦脆片和涂了百事可乐的茄子，试着做过芦笋弗朗西斯和西兰花戴安娜。Z 爷爷进门时偶尔会皱起眉头，却还是会耐着性子听我说完祈祷词，把我做的东西配着约扎佐啤酒全都咽下去。某些周末，他会开车载着我沿路前往名字类似帕内穆内和帕盖吉艾的小镇子。我们会从卢克石油的加油站里买些冰激凌三明治，而米莎普则在车后面睡觉。黄昏时刻，天空从蓝色变成了紫色，从紫色变成了黑色。

八月里，我几乎每天都会和萨博太太去钓鲟鱼。我会把船划去上游，再让漂流的河水送我们回家，不时丢下船上的煤渣，在深洞里垂钓。我坐在船头，萨博太太坐在船尾，米莎普在中间的长凳下睡觉。我不知道记忆怎么会这一分钟还在眼前，下一分钟便消失得无影无踪。我不知道虚无的天空怎么能如此庞大而湛蓝，同时又让人感觉像是避难所一般。

这是八月的最后一个黎明。我们在上游一英里处的一座小屋旁钓鱼时，萨博太太坐起身来，用俄语说了几句什么。小船开始来回摇晃。紧接着，她的线轴尖叫起来。

米莎普开始狂吠。萨博太太把脚后跟卡在船体上，将鱼竿的底部猛地戳向自己的肚子，抓住竿子不放。她的线轴在嚎叫。

不管在鱼竿另一端咬钩的是什么，都费了很多的鱼线。萨博太太紧紧攥着鱼竿不放手，脸上闪过一种陌生而强烈的坚定神情。她的眼镜从鼻子上滑落下来，背后的衬衫上绽开了一块形似澳大利亚版图的汗渍。她自言自语，松垮的手臂在颤抖，手中的鱼竿弯成了倒 U 字形。

我能做些什么？那里没有别人可以回答，于是我念叨了一句“《祈祷词》”，紧接着祈祷起来。萨博太太的鱼线倾斜着消失在了河里，我能够看到它在河水中扭曲的样子，溶成一片咖啡色的阴影。船似乎真的有可能正在向上游移动。萨博太太的线轴还在不时地发出刺耳的响声，就像主日学校里的老师过去常在合唱训练时说的那样，我们正在轻叩某种比我们还要庞大的东西。

缓缓地，鱼线饶着船转了整整一圈。萨博太太拽着自己的鱼竿，转动线轴，一英尺又一英尺、一点又一点地取得着些许进展。很快，鱼线有些松弛了，于是她疯了似地卷起线轴，收了数码长的鱼线。无论线头的另一端是什么，它正准备缓缓地溜走。

泡沫从河面上升起。萨博太太鱼线上的转环和铅锤都露了出来。它在那里停留了一分钟，就在水面的下方，仿佛我们就要看到接钩绳下是什么。不管在那里挣扎的是何物，伴随着类似爆竹的声响，萨博太太的鱼线突然崩开了。线轴和破碎的接钩绳从我们的头顶上飞了过去。

萨博太太向后跌去，差一点儿就从船上摔了出去。她丢下鱼竿，眼镜掉落下来，嘴里还说着类似“太棒了，太棒了，太棒了，太棒了”之类的话。

小小的涟漪在河面上绽开，被拉向下游。紧接着，什么都没有了。水流轻轻地拍打着船体。我们又回到了默默向下游漂去的状态。米莎普舔着萨博太太的手。萨博太太露出一颗小小的金牙，向我笑了笑，仿佛她钓竿另一头的东西曾短暂把她拽回过现实。沉默之中，我感觉妈妈就在这里，和我在一起，在立陶宛的日出中，而我们两个都还有几十年的光阴可以消磨。

Z 爷爷不相信我的话。他坐在自己的床沿上，用手肘撑着牌桌。这个小有名气的立陶宛墓碑匠人，长着下垂的双眼和破裂的脸颊血管，面前摆着一盘吃了一半的菜花帕尔玛干酪。

他擦了擦眼睛，告诉我，我需要开始考虑校服的事情了。他说我们钓到的也许是一条鲤鱼，或是一只旧轮胎、一具沉入水中的奶牛尸体，但对我们来说，捕到一条鲟鱼就相当于捕到一只恐龙——从河道的淤泥中拽出一只七千万岁的庞大三角恐龙。

萨博太太钩到了一条，我回答。

好吧，Z 爷爷说。可他连看都没有看上我一眼。

马泽吉的赛纳米耶斯休中学是用沙粒色的砖建成的。窗户全是黑的。停车场里，一个男孩把一只网球丢到了房顶上，等待它滚落下来，好接住它，一遍又一遍地重复。

这里看起来和其他任何一所学校没什么两样，我说。

它看起来很不错，Z 爷爷答道。

天下起了雨。他说，你很紧张。我问他，你怎么就不相信我说的有关鱼的事情呢？他看着我，又回头看了看停车场，摇下窗户，用手掌抹掉了挡风玻璃上的雨滴。河里有鲟鱼。或者有一条。至少有一条。

它们全都消失了，艾莉，他说。这样钓鱼，你只会让自己更心碎的。你只会让自己更孤独。

那又怎么样，爷爷，你不相信自己看不到的一切吗？你相信我们没有灵魂吗？你会在自己雕刻的每一块墓碑上放上一个十字架，却认为我们死时发生的唯一一件事就是化作泥土吗？

我们盯着那个抛接网球的男孩看了一会儿。他从未失过手。Z 爷爷说，我去了堪萨斯。我坐了飞机。我看到了云端的上面。那里没有人，没有大门，没有耶稣。你的母亲和父亲正坐在天空中的云朵上面？你是这么想的吗？

我回头望着蜷缩在雨中车后盖下的米莎普。也许吧，我说。也许我就是这么想的。

我和一个名叫莱依玛的女孩以及另一个名叫阿斯塔的女孩成了朋友。她们也看过《男孩遇见烧烤》。她们的父母都还健在。她们的母亲会因为她们刮了腿毛而对她们大呼小叫，还会对她们说些类似“我真希望你不要那样啃你的指甲，莱依玛”或是“你的裙子太短了，阿斯塔”之类的话。

夜晚，我躺在床上，任由 Z 爷爷家裸露的灰泥在我的身边开裂。窗户上没有百叶窗；隔壁萨博太太家的氧气机呼哧作响；令人难以察觉的星星从窗玻璃前悄悄划过。我重读了艾米莉·迪金森传记中她所说的那句话：“活着是如此令人惊心，没有剩下多少时间去做别的事情。”人们还能记得艾米莉·迪金森曾经说过这句话，可当我试图回想妈妈或爸爸说过的话时，却一句都记不起来了。他们去世之前可能和我说过上百万句话，可今晚我能想起来的似乎就只有祷告词和一些陈词滥调。闭上双眼，我可以看到妈妈和爸爸正在教堂里。妈妈举着褐红色的小歌本，爸爸系着帆船皮带、穿着平跟船鞋。他俯身对我耳语了些什么——我就是站在他身旁靠背长凳边的小姑娘。可当他张开嘴时，却发不出任何声音。

河边的柳树黄了。历史老师带着我们到维尔纽斯的克格勃博物馆进行了一次实地考察。克格勃曾让五六个囚犯挤在一间电话亭大小的房子里，还建了让囚犯没地方坐也没地方躺的牢房，让他们不得不连日站在三英寸的水中。你知道紧身衣的袖子曾有十二或十四英尺长吗？他们会把袖子绑在你的背后。

一天深夜，萨博太太和我收看了一个有关南美部落的节目，里面的裸体老头正用一根棍子烤着山药。随后，一个穿着灯芯绒裤子、骑着自行车的年轻男子出现了。旁白的女士告诉我们，年轻男子是老头的孙子。她说，已经再也没有人愿意管传统部落里的事情了。老人们蹲坐成一圈，脸上带着阴郁的表情，年轻人则坐着大巴车搬去了城市，听着卡带。旁白表示，年轻人中谁也不愿意再说家乡话，也没人有闲心把这些语言教给自己的孩子。村子里曾经住着一百五十个人。现在只剩下六个人没有搬走，说的还是西班牙语。

结尾，旁白说到这个部落的古老语言中有一个词，形容的是站在雨中望着你所爱之人的背影。她说还有一个词描绘的是用蹩脚的箭法射中一只动物，害得它遭受无妄的痛苦。她还说，用该语言中的这个词来称呼一个人，是你所能想象的最糟糕的诅咒。

窗外迷雾缭绕。萨博太太站起来，拔掉连在身上的机器，从冰箱里取出一瓶约扎佐啤酒，然后迈出前门，走进院子，站在廊台灯光能够照得到的最远的地方，用手做杯子状，倒了点啤酒进去。她就这样把手举了很长一段时间。我不知道萨博太太是否最终渐渐睡着了，直到迷雾中走出了一匹白马，直接从她捧着的那只手中喝起了啤酒。紧接着，萨博太太把自己的前额顶在了马的大脸上，一人一马就这样待了很长一段时间。

那天晚上，我梦到自己的槽牙脱落了，嘴巴里塞满了牙齿。在我睁开眼睛之前，我就知道萨博太太已经死了。一整天，人来人往。她的儿子把窗户和敞开了三天，好让她的灵魂能够离开。夜晚，我会步行走去她家，和他坐上一会儿。他抽着烟，我看着烹饪节目。

你还好吗？她死后的第二天晚上过后，他用立陶宛语问我。我耸了耸肩膀，担心自己若是开口，就会有些令人无法容忍的话涌到嘴边。别的话他一句也没说。

第二天，爷爷开车从学校接我回家，注视了我很长一段时间，告诉我他想要去钓鱼。

真的吗？我说。

真的，他答道。他和我一起穿过田野，还让我为他的鱼钩挂上了鱼饵。连着三天下午，我们都会一起钓鱼。他告诉我，萨博太太曾经工作过的化学工厂过去是制造水泥、肥料和硫酸的。在苏联时代的某些日子里，河水会变成芥末黄色。他还告诉我，这里的农场是集体共有的，是由许多个家庭在一大片区域中开垦出来的。这也是房子为何会聚集在一起而非分散开来、每一座都拥有自己的一小块土地的原因，就像堪萨斯的农场那样。

第四天，在我用鸡杂钓鱼时，鱼线绷紧了。我数到3，试着把鱼竿猛地抬起来。它并没有让步，感觉就像是我钩住了河底本身，正将立陶宛的基岩拉起来。

Z爷爷望向我的鱼线，然后又望向了我。

被钩住了吗？他问。我的双臂仿佛就要被扯断了。水流缓慢地把小船向下游拽去。鱼线很快就紧绷到嗡嗡直响。偶尔，线轴会松开一小截线。就是这么回事。要是放开我手中的鱼竿，它就会被抛向上游。

有什么东西正在用力地拽我，而小船又在拽它。我们就这样僵持了很长一段时间，被困在一场激烈的拔河比赛之中。小小的鱼竿拉着整条船、我、米莎普和Z爷爷抵御着水流，仿佛被我钩住的是被搁置在河底的一团大得令人不可思议的悲哀。

拉呀，我对自己低语道，然后转动手柄，就像萨博太太做过的那样。拉，卷，拉，卷。

我努力着，双臂好像正在消失。小船摇晃起来。米莎普喘着粗气。一阵轻快的银风朝着小河吹来，闻上去像是潮湿的松树气息。我闭上双眼，想着即将搬进我家的新人：某个新妈妈会把自己的衣服挂在妈妈的衣橱里，某个新爸爸会从爸爸的书房里呼喊她，某个处在青春期的儿子会把海报贴满我的墙壁。我想起 Z 爷爷说，天空之所以是蓝色的，是因为它充满了灰尘；八爪章鱼能够拧开罐子的盖子；海星的手臂尖端上长着眼睛。我心想：无论发生了什么，无论一切变得多么令人苦恼和沮丧，至少萨博太太曾有机会去感受。

Z 爷爷说，这不是被什么东西钩住了。他还说了两次。我睁开了眼睛。不管鱼线的另一端是什么，泡泡正从那里冒出来，仿佛我的腰部眼看就要被一分为二了。可渐渐地，我似乎终于占了些许上风。在我把小船向上游拉近一码的距离时，小船摇晃了起来。我举起钓竿，卷了几圈鱼线。

拉，卷。拉，再卷。我们又朝着上游滑了几码。Z 爷爷的眼睛似乎就要从眼眶里鼓出来了。

那不是一条鱼。我知道那不是一条鱼。那是一大团沉淀在涅姆纳斯河河底的记忆。我念了一段爸爸教我的祈祷词，讲的是上帝存在于光、水和岩石之间，上帝的恩惠永存。我飞快地对自己念着这段祈祷词，感觉船舱里的米莎普正用自己的小爪四处乱扒，甚至还能感觉到他的心在胸膛里跳动——一团明亮的、拳头大小的东西开开合合。我还发觉船边流过的河水正在拖拽，支流如同指甲般划过整个国家。整个立陶宛的水都会排入一条干道，绵延五百英里的河水，径直奔向波罗的海。Z 爷爷说，那是欧洲最冷的海。我突然想起了某件事情——在你们看来也许是显而易见的，可我以前却从未想过：河水是永不停歇的。无论你身在何处，无论你在做些什么。遗忘，酣睡，哀悼，死亡——河水仍在继续流淌。

Z 爷爷喊叫起来。距离小船二十英尺的地方，某种东西浮出了水面。它出现得不疾不徐，像艘潜水艇，仿佛是从梦中浮现出来的：庞大得令人透不过气，和书桌一般大小。那是一条鱼。

我能在它的口鼻下方看到四条杠铃状的东西，像蛇一样。我能看到它雾色的肚皮。我能看到卡在它下颚上的大鱼钩。它缓慢地移动着，灵活地来回甩着自己的脑袋，就像一匹马在摆脱一只黄蜂。

它好大，大得惊人，有十英尺长。

鲟鱼，Z 爷爷说。

我再也拉不住了，我答道。

Z 爷爷说，你可以的。

拉，卷。吸入光线，呼出颜色。鲟鱼翻着个地来到了我们的面前。他的嘴巴开开合合，开开合合。它的背上覆盖着鱼鳞，看上去有五万岁了。

整整一分钟，这条鱼如同柔软的白色软枕一样漂浮在船边。船轻柔地摇晃着，没有萨博太太，没有妈妈和爸爸，没有卷尺或吊秤，没有照片。我的双臂很痛，而米莎普在吠叫，Z爷爷则低着头，仿佛正俯视着一朵云的边缘，见证一场复活。鲟鱼的鱼鳃开开合合，里面的肉是鲜亮的，红得不可思议。

我举了它大约十多秒钟的时间。还有谁看到它了？牛吗？树吗？Z爷爷俯身过来，打开随身的折叠小刀，切断了鱼线。鱼在船边漂浮了几秒钟，呆呆地、懒洋洋地。它没有轻弹自己的尾巴，没有收缩庞人的身躯，只是下沉着消失了。

米莎普安静了。小船摇晃着开始向下游移动。河水不断地倾泻上来。我想起了妈妈的那些照片。她如同草叶一样又高又瘦，是一个自行车骑手，一个游泳者，一个陌生人，一个被太阳晒成了古铜肤色，下午却还是会把自行车骑上父亲家车道、肩上扛着绳子的六年级学生。我想起了萨博太太，想起她的记忆是如何一段段悄悄溜走、消失在黄昏之中，留下她在立陶宛中央的一座田野小屋中，等待着瘦削而又贪婪的奇尔汀将她带去天空另一边的花园的。

我感觉轻松了些许，仿佛自己肩上的数千磅重担被人提起了一磅。Z爷爷沾了沾水，揉搓着双手。我能够看到从他指尖上落下的每一滴水，看到它们以完美的球形滴落，在重返河中之前反射着微弱的点点亮光。

我们几乎没怎么说起过那条鱼。这件事就存在于我们之间，是属于我们的共同经历。也许我们相信，说起它就会将它毁灭。Z爷爷花了几个晚上的时间把萨博太太的面容刻在她的墓碑上。他的儿子几次提出付钱，爷爷都没有收下。被他刻在大理石上的她没有戴眼镜，双眼看上去很小，光秃秃的，像个少女似的。他还为她画了一件能够围住喉咙的蕾丝领连衣裙，四周装饰着珍珠，并为她把头发画成了棉花糖形状的一个个圈。这真是一件不错的作品。人们把它立在她坟前的那一天，天下着雨。

十一月，我们全校乘车去了普罗科斯廷一座废弃的苏联地下导弹基地。这里曾被俄罗斯人用来存放核武器，看上去就像是桦树包围下的一片草原，每个角落各有一片投手板。无需入场费，没有游客，只有几张用英语和立陶宛语书写的标牌，以及一串带刺铁丝网——基地里剩下的东西只有七层警报器、电围网、铁丝电缆、杜宾犬、探照灯和机关枪工事。

我们沿着田野中央的一座楼梯走了下去。电灯泡悬在破裂的天花板上。墙壁既狭窄又破败。我走过一间狭小的宿舍和两个五脏六腑都露了出来的发电机，然后是一座湿淋淋、满是水坑的漆黑走廊。终于，我摸到了一段栏杆。天花板扩张成了喇叭的形状：其中一个投手板肯定就在我的头顶上。九十英尺下的地方，我闪了闪我的手电筒。导弹仓库的底部全都生锈了，漆黑一片、回声四起。

就在这里，不久以前，他们曾存放过一颗和拖拉机挂车一般大小的热核弹道导弹。坑洞边缘的铁颈圈周围画着三百六十度的罗盘。我猜，瞄准罗盘的航向应该比瞄准法兰克福更容易一些。

求知的渴望摩擦着知情方面的无能。萨博太太的一生是怎样的？我妈妈的一生呢？我们透过朦胧的河水凝视着过去，只能看到图形和人影。有多少是真实的？有多少只不过是思绪和墓碑？

在回家的路上，立陶宛小孩们在我身旁的座位上推撞着，身上散发着体味。最后一丝日光中，一只鹳扇动翅膀穿过田野。我身边的男孩告诉我，别让视线离开窗户，在黄昏时看到一匹白马是最大的幸运。

别告诉我该如何去哀悼。别告诉我鬼魂最终会逐渐消失，就像电影里演的那样，挥动着透明的手告别。许多东西都会消逝，但这样的鬼魂不会，这样的心碎不会。我体内的斧头刃仍旧和六个月前的一样锋利而真实。

做完功课，我会喂饱自己的狗，诵读祷告词。Z爷爷又学会了一点儿英语，而我又学会了一点儿立陶宛语。很快，我们两人就能用过去式交谈了。当我开始感觉莫大的悲哀正在体内将我切开时，我会试着去回忆萨博太太，还有阴间的那座花园，看着鸟儿成群地南飞。

我们钓到的那条鲟鱼是苍白的，满身鱼鳞，迷人而美丽，全身上下遍布岁月与虱子的污点。它就是居住在河流深洞底部的大个头软骨隐士。河水不断地涌上来，像穿过立陶宛田野的绿色鬼魂。他是不是和我一样是个孤儿？他会不会每天终日都在寻找它能够认出的某个兄弟？可是，我把它拉近小船时，它难道不是温和的吗？它难道不像马一样耐心吗？它难道不像万物那般高尚吗？

爸爸过去常说，上帝就是一条漆黑长河上的金色小船。

这是他说过的话中我还能够记住的一句。

十一月的立陶宛静悄悄的，黑得可怕。我躺在爷爷的床上，抓着米莎普，吸入光线，呼出色彩。屋子在吱嘎作响。我为爸爸、妈妈、萨博太太和 Z 爷爷祈祷。我为电视里那些南美部落里的人和他们正在消失的语言祈祷。我为那条孤独的鲟鱼祈祷。它是一个怪兽，一条已经成熟的大鱼，是一个正在衰亡的国家最后的长者，正在涅姆纳斯河最蓝、最深邃的地方昏昏欲睡。

窗外的天下起雪来。

阴间

一

遍植蓟的院子里，一座高大的房子中，十一个女孩在十一间卧室的地板上醒了过来。她们打着哈欠，把前额抵在窗玻璃上。周围的街区前后矗立着一排排四五层楼的连栋房屋。某些房屋的房顶已经塌陷了，其他的门面都已粉碎，露出了内部的梁柱、空荡的房间和积满雨水的绿色泳池。窗框上仍有玻璃的几扇长方形窗户反射着天空的模样。

树苗从街道上的裂缝中钻了出来。镶着粉边的云朵从头顶上飞速掠过。

三岁的阿妮塔·维斯朝着楼梯下面喊了声你好。两声，三声。一层楼下面，另一个女孩回应了。两个年纪稍长的女孩一层一层地将所有人集合在了一起。五岁的伊露卡·科罗娜。八岁的贝拉·柯恩。因加·霍夫曼，海音罗尔·戈尔德施密特和她的姐姐雷吉纳。近视的埃尔斯·德绍。

楼下，她们没有找到家具和厕所。碗柜上没有门，窗户上也没有帷幔。水池里没有水管。墙壁上的涂料鼓着水泡。

家燕在破裂的窗玻璃前绕着圈飞过。在愈发强烈的日光下，女孩们在曾是客厅的地方坐了下来，全都穿着尺寸不对的连衣裙，还光着脚。有些人打起了哈欠，有些则揉搓着双眼。一些人弯曲着自己的手臂和手指，仿佛它们被安在了新的四肢上。

“这地方是哪儿?”

“他们说那里会有散步的地方。花园。”

最小的那个朝着外面的蓟望去。最大的那个则皱起眉头，在回忆中搜寻起来。有几个人觉察到那里近来放过什么东西，某种很大的东西，某种她们若是过分探究就有可能活过来的东西。

九岁的海音罗尔·戈尔德施密特迈下楼梯，双手捧在身前，眼睛扫视着客厅里的脸庞。

“埃斯特呢? 埃斯特在这里吗?”

没有人应答。一只娇小的爪子从海音罗尔的手指间探了出来，显然在颤抖。

因加·霍夫曼问道:“那是一只老鼠吗?”

埃尔斯·德绍说:“有人看到我的眼镜了吗?”

雷吉纳·戈尔德施密特说:“它们会咬人的，你知道。”

海音罗尔对着自己的双手低语了几句。

雷吉纳说：“别让它靠近小家伙们。”

几个女孩不断地望向门口，期待科恩夫人穿着居家便服和围裙、跨着大步走进来，拍拍手，发号施令。拿把扫帚过来。拿把墩布过来。闲着的人会生锈的。早餐二十分钟后上桌。她的裙子散发着樟脑的味道。她做的四十八个白菜肉卷会在长柄平底煎锅里变成黄褐色。

可是科恩夫人并没有穿过门口。

最后一个走下楼的是十六岁的米里亚姆·英格里德·卑尔根。她走过去打开前门，站在那里向外望了望。晨光中，透过杂乱的蓟苗，一只孤单的母鹿正在一个街区以外的地方轻轻迈着步子。它停了下来，朝着米里亚姆抽动着自己长长的耳朵，紧接着走到一棵树背后，消失了。

没有入口，没有门前的走道。没有小径可供人践踏、穿过蓟丛。只有邻居家空洞的门面和悬挂在排水沟中的稀疏常青藤瀑布，以及一只飘浮在破碎街区上空的鸥。阳光在沉默地越过房顶之前似乎已经跋涉过数千英里的距离。

米里亚姆转过身来。“我们已经死了。”她说，“我很确定。”

二

埃斯特·格拉姆一九二七年出生于德国的汉堡。她母亲的分娩过程漫长而痛苦。曾有几分钟的时间，埃斯特被困在了产道里，没有氧气。她的母亲因为并发症而去世，在她的左颞叶上留下了一道四分之一英寸长的疤痕。

四年之后，她的父亲淹死在了一条水道中。埃斯特当晚就被包裹好，送到了城市的另一边：码头上覆盖着积雪，下水道盖子的孔洞里蒸腾着热气。单匹马车急匆匆地穿过坠落的白雪。

坐落在帕彭达姆大街三十号的赫希菲尔德基金会女子孤儿院是中产阶级犹太人社区中的一座五层楼联立式住宅，住在宿舍里的十二个女孩都睡在折叠床上。她们会把自己的头发梳成串联在一起的辫子，穿着配套的黑色长筒袜和长到小腿的连衣裙。每个星期二的晚上，她们都会走路去上体操课；星期三晚上修补自己的衣裳，星期四的晚上编织无酵饼的篮子。每天早上，孤儿院主管科恩夫人都会聆听女孩们异口同声地朗读捐赠来的图书。“小所罗门正在打扫煤仓。小艾萨克正在拉车。”

在帕彭达姆三十号住了一年之后，埃斯特的颞叶癫痫开始发作了。没有芹菜的时候，她却能闻到强烈的芹菜味道。站在楼下的客厅里，她陷入了一种即将被摧毁的感觉之中。整整一分钟，她无法对任何人和自己说的任何一句话作出回应。

几个月之后，六岁的埃斯特坐在盥洗室里的一张椅子上，身旁是三个铁浴缸，等着轮到自己洗澡。就在这个时候，她听到远处传来了类似蒸汽机隆隆启动的声响。不出几秒钟的时间，喧闹的火车声就近得仿佛足以冲破墙壁。别的女孩谁也没有抬起视线。科恩夫人抱着一叠折好的睡裙，卷着袖子，眼睛旁边挂着三绺头发。她看着埃斯特，微微歪了歪头，嘴巴挪动着，却没有发出声响。

埃斯特用手掌紧紧捂住了自己的耳朵。火车咆哮起来，仿佛正穿越一条隧道的洞口。任何时候，它都有可能碾过她的身体，将她压死。很快，火车贯穿了她的脑海。

其他女孩看到的画面是这样的：小埃斯特从角落里的椅子上滑落下来，侧着身子跌坐在了瓷砖上，开始剧烈地抽搐。她的手腕向内蜷缩起来，眼睛一秒钟能够眨上十几次。

而埃斯特眼中看到的则是一间没有任何家具陈设的房间。火车消失了，女孩们消失了，赫希菲尔德孤儿院也消失了。紫色的、折射着雪的日光透过两扇窗户洒了进来。一男一女盘着腿坐在地板上。一瞬间，他们一同抬起头，透过窗户望着吹过公寓楼、朝着街道另一边飞扬的雪。

“首先我们会死去。”那个女人说，“然后我们的身体会被埋葬。所以我们会死两次。”

远远地，埃斯特能够感觉到自己的身体在踢踹。

“紧接着。”那个女人继续说道，“在另一个世界里，在生命世界里折叠的另一个世界中，我们会等待。我们要等到自己还是孩子时认识的所有人都死去。当他们中的最后一个人死了时，我们终于可以第三次死去了。”

窗外，风阻挡住雪花，似乎正把它向上吹去，吹回云朵之中。“这时候，我们就会被放进下一个世界里。”那个女人说。在赫希菲尔德孤儿院的盥洗室里，其中一个女孩尖叫起来。科恩夫人丢掉了手中的一摞睡裙。大约过了九秒钟的时间。埃斯特醒了。

三

七十五年之后，八十一岁的埃斯特·格拉姆发现自己仰面平躺在自家位于爱达荷州日内瓦的花园里。她是个寡妇，是获奖胡萝卜的种植者，还是个小有名气的童书插画师。她独自住在一座浅蓝色的低矮平房里，拥有十三英亩的牧场，里面栽着枫树和白杨木，距离伊利湖四英里远。她在这里已经度过了五十年的光阴。

埃斯特的儿子和他那位爱好越野滑雪的金发妻子住在隔壁一座殖民风格的白色小屋中，就在柳树组成的围墙另一边。四天前，他们飞去中国的长沙，准备收养一对双胞胎女儿。不过，他们遇到了签证和文件贻误的问题。突然间，一切都存在疑问。他们告诉自己二十岁的儿子罗伯特——放暑假回家的大学二年级学生——他们可能不得不在中国逗留几个星期的时间。

埃斯特的左手被她孙子的右手紧紧攥着。她浑身上下——就连她的手背——都被汗水浸湿了。

透过花园围栏的板条望去，她家房子的窗户在薄暮中微微闪烁着光芒。罗伯特把一只拳头按在自己的前额上。“这个星期已经四次了。”他说。

“它们是真的。”埃斯特耳语道。她坐起来时起身太快了，好长一段时间都看不清东西。罗伯特为她取回眼镜，搀扶着她站了起来。

“我们得去医院。”他说。一团团恼人的小昆虫在天空中悸动着。第一批出动的蝙蝠从树上急匆匆地飞了出来。

“不。”埃斯特闭上眼睛——它们让人感觉不受控制，十分奇怪，“不去医院。”

穿过草坪时，她靠在了他的身上。他扶她躺在沙发上，用手戳着小小的黑色电话上的按键。

“爸爸?”罗伯特说，“爸爸?”一阵沉闷的压力感顶着埃斯特的太阳穴跳动起来。

“我又看见它了。”她耳语道，“遍植蓟的院子里那座高大的房子。”

“是癫痫，祖母。”罗伯特边说边望向自己的手机屏幕，“你才昏过去九秒钟的时间。我在你发作的始末计时来着。你一直都在花园里。”

“感觉像是过了好几个小时。”埃斯特嘟囔道，“感觉像是过了一整天。”

“爸爸。”罗伯特此刻正对着电话说话，“她又发病了。”罗伯特一边解释一边点头，然后又解释了几句。没过多久，他就把电话递给了埃斯特。她听到自己的儿子在八千英里外的地方呵斥她，说她必须到克利夫兰的神经内科门诊去。

“替罗伯特想想。”她儿子的声音很近，还破音了，听上去仿佛仍旧住在隔壁似的。可当埃斯特想起诊所时，看到的却是坐在铬合金轮椅上乘坐电梯的一张张中风的脸庞，是卡通人物的床帘背后躺着的那些被剃光了头发的孩子。

“整件事情一团糟。”她的儿子说，“也许我们应该干脆回家。”

“你处理好你的问题。”埃斯特说，“我来处理我的。”

她把电话递了回去。罗伯特按下了挂断键。他们在昏暗的餐厅中吃着炒蛋。萤火虫在她家宽阔的后院里飘飞、闪烁。罗伯特说道：“答应我。如果你再发病，我们就去。”

埃斯特望着他。五英尺二英寸高的罗伯特穿着蓝色的运动衫、军装短裤和拖鞋，正用叉子一口口地吃着鸡蛋。出于某些她无法完全理解的原因，罗伯特在过去的几个星期中一直在为她录制采访。可能跟大学里的历史课有什么关系。他称之为一篇论文。“好吧。”她答道，“我答应你。”

罗伯特步行回家去了。埃斯特摸索着步入走廊，合衣爬上床。她的大脑在头盖骨里摇摆、碰撞。过去的几个星期里，她一直感觉幽灵正在她房间里的物品下方流动，听到小提琴的乐声从后院的树木间渗透进来。她的感觉似乎越来越敏锐了：她不想做饭，或是除草，或是阅读；她只想在花园里靠着手肘，看着树叶伸展、变密、闪光。昨天，她走过长长的车道，冒着缓慢的细雨走到邮箱那里，停下脚步，把一只手放在围栏上，在碎石上坐了下来。抬头仰望，她任由雨水落入自己的眼睛，长时间地确信自己觉察得到，这个世界的脚下还有一个银色的、焦躁不安的世界正在泛起涟漪。

此时此刻，晚上九点，关上身旁的灯，不请自来的回忆正源源不断地涌现——有些已有几十年之久，曾被深深埋葬起来。她听到了赫希菲尔德孤儿院的喧闹与匆忙，听到脚步声仓促地走下楼梯，听到花园晾衣绳上的连衣裙拍动的声响，听到客厅里巨大的胡桃木镶板无线收音机里流淌着舞曲。十一年来的每个安息日，埃斯特常坐在长餐桌旁的座位上，从自己的手背看向其他女孩的手背——排列在桌旁祈祷的米里亚姆、雷吉纳、海音罗尔和埃尔斯——为家庭、为承袭而感到疑惑。时间被压缩了；埃斯特朝着黑暗眨眼，怀疑了良久，不知自己是否已经根本不在俄亥俄州了，而是回到了帕彭达姆三十号的联立式住宅中，回到了五十多年前。十二个女孩坐在两张长椅上，十二颗年轻的心脏在毛衣下恣意地乱跳，三盏蓝色的街灯在窗外的风中飘摇。

四

罗森鲍姆医生用一把钥匙刮了刮六岁的埃斯特的脚底，还用一面银色的反光镜盯着她的瞳孔看了看，仔细听完了她对那对男女以及被向上吹去的雪的描述。

“太令人着迷了，这些幻觉。”他低语道，“你觉不觉得她在想象自己的父母？”

科恩夫人皱起了眉头；她不喜欢不真实的对话。“这是癫痫的缘故吗？”

“也许吧。”医生答道，“在她的饮食里多加些脂肪。少放点糖。先别送她去精神病院。”

在浴室里癫痫发作两个星期之后，埃斯特又发病了。她再一次发现自己正注视着一座空荡宅邸中的一男一女。这一次，他们轻轻地走下楼梯，进入了一座微明的城市。他们在连栋房屋的峡谷之间曲折前行了大约几个小时，在冷风中加入了其他人组成的一支缓慢行进的队伍。所有人都在朝着同一个方向前进。雪花落在他们外套的肩膀上，积聚在他们帽子的边缘。

罗森鲍姆医生开了一剂闻起来很苦的抗惊厥药，名叫苯巴比妥米那，并把它装在一只和埃斯特拳头一般大小的罐子里。罐子的盖子上插着一支玻璃滴管。埃斯特每天要服用它三次，每次六滴。

一个月过去了。又一个月过去了。有些时候，埃斯特感觉既迟缓又呆滞；有些时候，她发现自己上课时无法安静地坐着。不过这药很有用：她的情绪稳定了，思想也不会脱节了。

米里亚姆·英格里德·卑尔根，一个上身很长、长着精致下巴、很喜欢冒险的七岁女孩一直在保护着埃斯特。她会向她展示科恩夫人把自己的烟草藏在哪里，哪些面包店会施舍面团的残渣；她会向她解释市场里的男孩们哪几个是值得信任的，哪几个不是。两个女孩会一起站在赫希菲尔德宅邸的浴室里，把头发堆叠成各种样子，还会用墨水在眼圈上画圈，朝着镜子笑到肋骨都痛。

剩下的大部分时间里，埃斯特会画画。她用素描的方法描绘过古城、满是文身的巨人、尖塔上飘扬的旗帜。她还画过五十层楼的钟塔，点着一排火把的隧道，用细丝搭成的桥梁，想象中的奇怪混合物和像记忆一样感觉十分古怪的东西。

她满七岁了；她满八岁了。这个月，汉堡市里似乎没有人会佩戴臂章，而第二个月，几乎所有人都戴上了臂章。德国报纸上的照片中都是正在行军的士兵，还有覆盖着玫瑰的坦克以及大片的旗帜。在某张照片中，六架德国战斗轰炸机排成队列翱翔在空中，翼尖对着翼尖，悬浮在一座山脉上的云端。八岁的埃斯特仔细端详着它。挡风玻璃上闪烁着太阳的亮光。每个飞行员都把身子微微向前探去。仿佛荣誉就是一盏摇摇晃晃挂在螺旋桨桨叶下的灯。

小小的锡制冲锋队员出现在了玩具店的橱窗里，有些吹着长笛，有些敲着鼓，有些骑在光滑的黑色种马身上。其他街区里的男孩们会排着队走过赫希菲尔德孤儿院，仰头朝着窗户高唱粗鲁的歌曲。站在队伍中等着购买奶酪的科恩夫人还会被人吐口水。

“沉睡的巨人正在苏醒。”客厅里的无线电收音机说道，“史无前例的成功与胜利之年就在我们的身后。德国人民的心中充满了勇气、自信与乐观。”

“公民的权利被废除了。”在赫希菲尔德的女孩们为宿舍的窗户缝制一套更厚一些的窗帘时，科恩夫人告诉她们，“院长们说，我们需要开始准备搬家了。”

搬家：这意味着移民。对埃斯特来说，这个词唤起了蝴蝶大迁徙时的画面；沙漠游牧民卷起帐篷；秋天时从孤儿院门前飞过、松散地排成V字形长队的鹅。

科恩夫人会熬夜给青年福利署和德国犹太人团体办公室写信。赫希菲尔德的女孩们学起了英语、荷兰语和行为举止方面的课程。冬日的黑暗中，埃斯特和米里亚姆在轻便小床之间牵着手。埃斯特会朝两人床铺之间的空间低语着目的地：阿根廷、南极洲、澳大利亚。

“我希望。”埃斯特说，“我们能被一起送走。”

“只有来自一个家庭的孩子。”米里亚姆说，“才能被一起送走。”

收音机里说：“元首和孩子们之间的关系永远令我们为之动容和惊叹。他们会怀揣着完全的信任接近他，而他也会心怀同样的信任与他们会面。对于德国孩子来说，德国人的生活再一次变得物有所值这一事实要感谢的正是他。”

埃斯特九岁生日那天，罗森鲍姆医生带来了九支包裹着缎带的铅笔。“长这么高了。”他感到十分惊讶。为埃斯特装满抗惊厥药，他就她最近绘制的插画提了一系列的问题。他盯着一张大头针顶端冒出一座城市的画作看了很长时间：渺小的屋顶上覆盖着更加渺小的瓷砖，无穷小的尖塔上飘扬着微型的旗帜。

“太惊人了。”他表示。

晚饭时，所有的女孩都会尽可能地坐在罗森鲍姆医生的太太身旁。这个身材娇小的女子拥有一头闪亮的银发，身上散发着羊绒和香水的气味。她会给女孩们讲述亚诺河上的桥梁、卢森堡花园中的养蜂场以及爱琴海上的帆船。饭后，年纪最大的几个女孩用赫希菲尔德孤儿院的茶具端来了一个蛋糕。所有人都围绕着罗森鲍姆夫人聚集在客厅里，仔细端详她的图画明信片：斯德哥尔摩、伦敦、迈阿密。蛛网般的雨从窗前滑落。巨大的收音机里飘扬着小提琴的微弱乐曲声。罗森鲍姆夫人描述起了威尼斯十一月时的光线，以及它是如何能让一切同时变得既冷酷又柔软的。

“夜晚的光线就像是液体一般。”她叹了口气，“你会想要将它一饮而尽。”

埃斯特闭上双眼；她看到了拱门、运河、盘绕在一英里高的塔楼周围的楼梯。她看到了一男一女蹲在一扇窗户前，玻璃背后飘落着纵横交错的雪花。

当她睁开双眼时，一只乌鸦正坐在窗外的一根树枝上。它把一只眼睛转向她，歪着脑袋，眨了眨眼。埃斯特朝它走过去，把一只手掌放在了窗格上。她看到了吗？就在那里？它的羽毛之间有什么东西正在闪闪发亮？另一个世界正折叠在这一个世界里吗？

乌鸦扇动着翅膀飞走了。树枝快速地上下摆动起来。

罗森鲍姆夫人低声讲起了另一个故事；女孩们叹息着，傻笑起来。埃斯特望向夜空，心想：我们等着就好。我们要等到自己还是个孩子时认识的所有人都死去。

五

八十一岁的埃斯特早上六点钟就醒了，不得不靠着墙壁走向浴室。她家的整座房子似乎正在来回地摇摆，好像有人趁着夜里将它向北拖拽了四英里的距离，任由它在伊利湖的浪涌中漂荡。

太阳升起来了。她给自己做了吐司面包，却没有什么胃口。花园里，一只兔子坐在那里咀嚼着，可埃斯特无法打起精神将它吓跑。刚才，她的胃仿佛有节奏地跳动了起来，像是有几只大黄蜂正在集结。

一列火车在远处咆哮。埃斯特跪下来，很快侧身摔倒在地。她发病了。

在某种类似梦境的情景中，埃斯特望着米里亚姆·英格里德·卑尔根领着海音罗尔·戈尔德施密特走上了一座又高又窄的房子的台阶。

三级，四级。她们经过的房间都空空如也。来到楼梯顶端，米里亚姆推开一扇地板门，来到了一座阁楼里。透过两扇屋顶的采光窗，她们向外望去。

晃晃悠悠的逃生梯，被切掉了顶端的烟囱，生锈的管道。一条被树木阻塞的狭窄水道。所有房顶上的瓷砖间都有野草冒出来；有些房顶已经彻底塌落了。没有烟。没有电车轨道，没有卡车，没有发电机，没有发出重击声的锤子或嘚嘚作响的马匹，也没有大喊大叫的孩子。没有地面上的咔哒声。没有报纸在风中飞扬。

“这里是汉堡市吗？”海音罗尔低语道。

米里亚姆没有回答。她正望着远处一座大约二十层楼高的建筑：那是她所能看到的最高的楼。房顶上竖着一根用拉线固定的、更高的钢格结构无线电天线；天线顶上装着一盏绿色的闪光灯。

一群黑色的小鸟绕着天线缓慢地转着圈。

“大家都去哪儿了？”海音罗尔问道。

“我不知道。”米里亚姆回答。

她们转身下楼。其他女孩正默默靠在墙壁上，一脸恐惧，肚子还有点儿饿。她们的眼睛里沾了沙子。年纪稍轻的那几个又打起了盹。还有几个人焦急地你一言我一语。“没有火柴？”“一根都没有？”“怎么会一根都没有呢？”风从破裂的窗户间灌了进来，夹杂着海水的味道。又大又空旷的屋子发出了呻吟声。蓟丛在咯吱作响。

埃斯特醒了。正午时分，她在浴室又发作了一次全身性的癫痫，黄昏前后在厨房里发作了第三次。每一次，她都会看到幼年时与自己一同生活的那些女孩。她们会从附近的一条水道里取水喝，会收集野苹果，用掀起来的裙边把它们带回房子那里。在冰冷的壁炉前，她们会哆哆嗦嗦地睡在地板上。

天黑之后，埃斯特发现自己正躺在床上，却不太确定自己是怎么躺上来的。空气中飘荡着尘土的气味，如同陈旧的纸张，仿佛一切都死气沉沉的。

树叶沙沙作响地鞭打着她家的排水沟，听上去像是在舔舐积水。她记不得自己自从早饭以来有没有吃过东西了。她知道她可以打电话给罗伯特，却没有力气坐起身、把手伸向电话。她家的窗外，云朵在星星前飘过。在它们巨大的底面，她想象自己能够看到天线信号灯的倒影正闪烁着绿光，绿光，绿光。

六

一九三七年秋天，汉堡市。家燕出发飞向了撒哈拉。罗森鲍姆夫人曾经告诉埃斯特，鹳能够一路飞到南非。然而全国上下，所有的犹太人都在朝着方向相反的北方海港转移。

肉店门口、剧院门口、施洛塞尔餐厅门口冒出了一个个招牌，上面总是印着同样的瘦长字体。“这里不欢迎犹太人。”不可以惬意地散步。不可以微笑。不可以有眼神接触。尽管没有被书写下来，这些规则却胜似明文规定。

第一封移民信寄到时，埃斯特十岁。“长辈们已经安排南希移民去华沙了。”科恩夫人宣布。几个女孩鼓起掌来；其他人则用手捂着自己的嘴巴。所有人都在望着正咬住下唇的南希。

出走，离开，搬家。华沙：埃斯特想象着巨大的宫殿、银色的蜡烛、嘎吱作响地穿过舞厅的美食推车。她画了一条反射着街灯的河流，一架由两匹装饰着铃铛的白马所拉的四轮马车。打扮整齐的车夫举着流苏马鞭坐在包厢上，包厢里戴着长手套的小女孩坐在丝绸做的帷幔背后。

两个黎明过后，十四岁的南希·史瓦森伯格站在走廊里，手里攥着一个几乎和她一样大的纸板手提箱。她在里面塞满了希伯来语的读物，几条裙子，三双长袜，两条面包，还有她过世的母亲留给她的一个瓷盘。她小心翼翼写好的行李牌被绕在了把手上。

剩下的赫希菲尔德女孩们挤在二层楼梯的顶端，穿着睡裙静止在那里，年纪大一些的抱着年纪最小的，好让她们能够看到。楼下的客厅里，穿着白色开襟羊毛衫和海军蓝色裙子的南希显得十分娇小，看上去似乎无法决定要笑还是要哭。

科恩夫人陪着她步行去了流放中心，然后独自走了回来。十月，南希寄来了一封信。“我整天都在缝扣子。和我一起来的那些男人要用碱液清洗高速公路路面。工作很辛苦。拥挤得要命。我可以为了一个马铃薯饼去死。保佑你们所有人。”

接下来的整个冬天，流言蜚语就像某种无形气体的卷须，在赫希菲尔德孤儿院里蔓延。女孩们听说，所有犹太人拥有的商店都会遭到洗劫；听说政府正在准备一种被称为秘密信号的武器，能将所有犹太小孩的大脑变成糨糊。她们听说警察会在夜里溜进犹太人的家里，趁大家都在睡觉时在餐厅的桌子上大便。

在希望、恐惧和迷信方面，每个女孩都有自己独特的尺度。埃尔斯·德绍说，外汇部允许挤满儿童，被称为“儿童运输船”的汽船前往英格兰。出发之前，他们可以去城里任何一间百货商店挑选三套旅行服装。雷吉纳·戈尔德施密特说，警察会把汉堡市所有的残疾人都抓进汉堡-埃普多夫医院背后的一座砖房里，让他们坐上特殊的椅子，用射线射击他们的裆部。癫痫患者也一样，她说，然后径直望向了埃斯特。

金银会被没收。驾照会被没收。烟熏鲱鱼会消失；黄油和水果会成为记忆。科恩夫人开始定量配给纸张，而埃斯特不得不诉诸在报纸和书籍的边缘画画。她画了一个食人魔鬼，它正用捕蝶网扣住一座唱片尺寸的城市；她还画了一只用鸟喙压碎成排房屋的巨大乌鸦。

埃斯特告诉米里亚姆，毫无疑问，她们很快也会被遣送。毫无疑问，她们在别的地方将是受欢迎的。加拿大、阿根廷、乌拉圭。她想象南希·史瓦森伯格在结束了一天的工作之后和另外十几个人一起坐下来，将冒着蒸汽的盘子从一只手中递到另一只手中。她还画出了闪光的餐具上反射出来的枝形吊灯灯光。

一九三八年十一月，埃斯特和米里亚姆坐在社区药店的人造革卡座里，两人中间摆着三块巧克力。四天以来，这是科恩夫人第一次允许她们离开赫希菲尔德孤儿院。进来的每一位顾客似乎都知道些什么新的消息：犹太教会堂明天就要被烧毁了；犹太运输公司会遭到清理；社区里所有的成年男性都会被逮捕。

一个年长的男子跑进来，声称穿着长筒靴、戴着臂章的男孩们正在破坏本德尔大街上一家鞋店的窗户。药店里安静了下来。不出十分钟的工夫，剩下的顾客就都溜走了。埃斯特能够感觉到一种熟悉而缓慢的恐惧感正盘绕在她的喉咙周围。

“我们该走了。”她告诉米里亚姆。

体型超重的药剂师在埃斯特和米里亚姆对面的卡座上坐了下来，脸色看起来如同石英一般，苍白而冷酷，嘴里不时发出一声听得到的呜咽。

“他在对谁说话?”米里亚姆耳语道。

埃斯特用力拽了拽米里亚姆的袖子。药剂师正凝视着一片空白。

“我听说他的家人已经离开了。”米里亚姆低声说。

“我感觉不太好。”埃斯特答道。她从口袋里取出自己的抗惊厥药瓶，在舌头的背面滴了三滴。外面，一群男孩弓着背骑车经过，其中一个人的身后还拖着一面长长的鲜红色旗帜。

药店里，被挂在柜台背后墙壁上的电话响了五六声。药剂师的注意力从电话身上转移到了窗户上。

“他为什么不接电话?”米里亚姆小声问道。

“我们该走了。”埃斯特耳语着。

“他不太对劲。”

“求你了，米里亚姆。”

电话响着。女孩们看着。就在这时，药剂师从口袋里掏出一把剃刀，割开了自己的喉咙。

七

就在埃斯特和罗伯特坐着他父亲的尼桑汽车走在前往美食城的路上时，她听到右手边传来了一列火车迸发出的声响。作为一种反应，她透过乘客座位的车窗向 20 号公路的另一侧望去，看着几十年来都没有汽车和火车经过的地方——现在是上午十点多，一道宜人的阳光落在了路边一小块杂草丛生的土地上——她绷紧双腿，闻到车子里的空气突然变酸了。街灯似乎闪烁起来，紧接着又熄灭了。

埃斯特恢复知觉时，已经躺在了克利夫兰的神经科中心，头上套着一顶插着几十根带线电极的脑电图记录帽。罗伯特正在角落里的椅子上睡着，头上罩着运动衫的帽子，帽绳拉得紧紧的，只露出了鼻子和嘴巴。

一名身穿蓝色工作服的护士告诉埃斯特，她已经昏迷了将近3个小时。“不过你现在醒过来了。”她边说边拍了拍埃斯特的手背。

罗伯特醒来后便在手机屏幕上玩起了某种视频游戏，或是看着架在角落里的电视机里播放的猜谜节目。他和身在中国的父母进行了两次冗长的片面谈话。她没事，爸爸。她就在这里。他们在做检查。

晚上，一个红头发的神经科专家在埃斯特的床边坐了下来。罗伯特念着自己用大写字母写在一片杂货袋碎片上的问题。医生冷静地给出了答案。他说，埃斯特的海马体内部遭受到的损伤比他们上次扫描时几乎大了一倍。他们不知道它为何会长大，但它无疑正是她的惊厥日益加剧的罪魁祸首。他们计划调整她的用药，增加药量，引入神经活性甾体。它们需要观察她一个星期。可能还要更久。

埃斯特没有听到太多的内容。此事此刻，一切都令她感觉软绵绵的，十分遥远；药物让她觉得自己正透过浸满水的护目镜从房间里向外望。时光流转。她听着罗伯特的电子游戏发出令人麻痹的哔哔声。在天花板的瓷砖间，她看到光着脚的女孩们从树上扯下小小的粉红色野苹果；她们飞快地贪婪咀嚼着，穿着能够露出一排排肋骨的内衣四处走动，脸色惨白，举止怪异；她们步履蹒跚地沿着破败的街道行走，其中年纪最小的那个还会不时被绊倒，因为她的鞋子实在是太大了；她们正逐渐被雾气和一种挥之不去的体内重击声所包围——不管那声音是来自埃斯特的心脏还是医院里的某种机器，埃斯特说不清楚。

午夜前后，罗伯特离开埃斯特，开着尼桑汽车行驶五十英里，从克利夫兰赶回日内瓦，独自坐在父母家偌大的厨房里。他在大学里结交的朋友都在数百英里外的地方，而他和镇上的高中朋友们并未保持联系。他可能应该读读历史书，写写论文，编辑一下自己为祖母录制的采访。相反，他看了半段电影，内容讲述的是两个穿越回过去，吃着一碗汤品罐头的孩子。院子里，月光透过树木洒了下来。

他的母亲从中国打来电话，说了祖母需要的东西：牙刷、胆固醇药片、内衣、某些可以阅读的东西。“内衣?”罗伯特重复着。现在是长沙时间下午两点。他的母亲正坐在政府经营的中转屋内一把折叠椅上。她答道：“只管做就是了，罗伯特。”

蛾子扇动翅膀、撞击着埃斯特家的门廊灯。门厅令人感觉既潮湿又空旷。罗伯特擦了擦自己的鞋子；这可能已经是他第一千次走过祖母家的厨房了。然而今晚，这里却仿佛荒无人烟，好像有什么至关重要的东西被剔除了出去。

他装了一件衬衫、几条裤子和一双拖鞋。她床边的桌子上摆着一本小说，书页中还支出了一张索引卡大小的纸。罗伯特把卡片拽了出来。

卡片的一面是一幅被弄脏了的铅笔画：一座排水沟里杂草丛生的房子。五层楼，两座山墙。地基周围还有更多的野草蔓延到了破败的、长满杂草的街道上。

卡片的另一面是十二个女孩的名字和生日。卡片看上去很旧了：纸片都黄了，字迹也成了灰色。

顶部的一行上写着“名字”，然后是“生日”、“遣送日”和“目的地”。每个名字的遣送日和目的地都是一样的。一九*四二年七月二十九日。比克瑙*[①]。

从头到尾，罗伯特把每个名字都读了读。*艾伦·舒伦伯格。贝拉·柯恩。雷吉纳·戈尔德施密特。海音罗尔·戈尔*

① 奥斯维辛-比克瑙是纳粹最大的集中营，位于波兰小镇奥斯维辛。——译者注

德施密特。阿妮塔·维斯。吉塔·德特曼。因加·霍夫曼。格尔达·科普夫。埃尔斯·德绍。米里亚姆·英格里德·卑尔根。埃斯特·格拉姆。

八

一九三九年八月，赫希菲尔德的另一个女孩——艾拉·莱夫科维奇——被遣送去了罗马尼亚。她才七岁。一个星期之后，马蒂尔德·塞登菲尔德收到了自己的通知：她要被送去东边的远方叔叔那里，一个叫作特莱西恩施塔特的地方。“他们说，那里是个温泉小镇。”马蒂尔德嘟囔着。埃斯特用自己手里最后一张没有标记的纸画了一条大道，大道上排列着冒着蒸汽的水塘、大理石澡堂、铜杆顶端发光的水晶球。她在画作的底部中央写下了“赠予马蒂尔德”的字样，并将它塞进了马蒂尔德的行李箱里。

噩梦中，埃斯特燃烧了起来；她看见火焰吞噬了宿舍的窗帘，听到体型超重的药剂师一边从人造革的卡座上跌落下去，一边发出湿哒哒的大口喘气声。艾拉或马蒂尔德都没有寄来书信。截至目前，三个新来的年幼孤儿已经替代了帕彭达姆三十号里那些被遣送的女孩；其中两个还是襁褓中的婴儿。大家说起话来都很小声；帕彭达姆街道上下，路人都会望向天空，仿佛有人会在空中搜寻猎捕他们。

德国炮轰了伦敦；埃斯特十三岁了。她会按计量吞下自己的抗惊厥药，从花园里的晾衣绳上拽下晾晒的衣服。她听着远处船舶传来的汽笛声和港口起重机的铃声，和米里亚姆说起遥远的地方：加德满都、孟买、上海。米里亚姆很少回应。

九月，报纸上的一则通知要求所有犹太人必须在二十三日之前将自己拥有的无线电收音机送去收集中心。两晚之后，赫希菲尔德的十二个女孩和科恩夫人、罗森鲍姆医生及其夫人还有老管理员朱利叶斯一起聚集在客厅里，最后一次用收音机收听了国家电台从柏林播出的歌剧。女孩们坐在沙发沿和地板上，双腿盘在身子下面。房子里充斥着响亮的、充满静电的声音。

科恩夫人在修补长筒袜。罗森鲍姆医生在踱步。罗森鲍姆夫人挺直了后背坐着，在整个演出过程中都紧闭着双眼。她会不时深深吸上一口气，仿佛扩音机里释放出来的是某种罕见的香气。

听完歌剧，女孩们仍旧坐着，而朱利叶斯拔掉了收音机，把它装在一台手推车上，砰砰作响地推下了前楼梯。地板上，收音机曾经立着的地方留下了一圈褪色程度比其他地方浅一些的长方形痕迹。

九

在克利夫兰的诊所里，埃斯特在头晕脑涨、受药物控制的几个小时里穿梭。神经科医生说，类固醇药物能够防止水肿，而抗惊厥药物能够防止癫痫再犯。

在诊所里住到大约第三天，正午时分，罗伯特出现在了她的上方，手里拿着一张水彩纸和一把铅笔。他这辈子都是和她一起画画的；小时候，他会坐在她的大腿上，和他一起绘制超级英雄、宇宙飞船和海盗船。他过去时常会花上几个小时的时间盯着被埃斯特挂在家里四处的那些裱框画作；老实说，他就是坐在他的大腿上、读着她为之绘制插图的童书长大的。老鼠迈着沉重的步伐笔直地穿过一条被火炬照亮的隧道。公主坐在灯笼里穿越森林。此时此刻，罗伯特把祖母的餐盘转到了她上腹部的另一边，用一只枕头支住她的后背，把她的眼镜腿架在了她的耳朵上。

经过不懈的努力，埃斯特用了整整十秒钟的时间拾起了一支铅笔。罗伯特耐心地看着，站在她的身旁，歪着脑袋。

她花了很大的力气才把铅笔拿到了纸上。在她的心里，她想象着一座白色的房子，十一个女孩从十一扇窗户中向外望去。她在纸上画下了一条线。时间流逝。她设法画了另外一条线，然后又画了两条：一个倾向一方的长方形。

当她把纸举到眼镜的镜片前时，那却成了一团乱糟糟的模糊十字。什么也看不出来。

“祖母?”罗伯特问道。

埃斯特透过泪目凝视着他。

十

孤儿院的厨子失踪了。管理员朱利叶斯被送去了劳改营。谁也没有寄来一封信。截至目前，科恩夫人每天都要花上好几个小时去定量配给、遣送申请和文书工作的队伍中排队。

年纪最大的女孩要准备饭食；年纪小一些的则负责洗碗。埃斯特在旧报纸的边缘上画着汽船：四根粗壮的烟囱，栏杆旁的人群，坡道上的搬运工。随时随刻，通知都会到来；随时随刻，她们都会被送走，汽笛会鸣响，迁徙会开始。

一九四一年秋天，埃斯特十四岁时，罗森鲍姆医生第一次错过了与她约定的会诊。科恩夫人派米里亚姆和埃斯特前往他的诊所。两个女孩飞快地走着，手指交缠在一起；每走几个街区，埃斯特都要咽下内心涌起的恐慌之情。

来到狭小的一层诊所，医生的青铜铭牌已经被人从墙上撬了下来。透过侧面的一扇窗户，两个女孩站在树篱之间，看到烟熏机里的一团团气体正被灌进曾经的检查室中。地毯被人卷起来了；橱柜的门消失了。

“他们搬走了。”科恩夫人判断，“他们的人脉很广，这对于他们来说可能不是什么难事。尽可能等了这么长时间，他们还是逃走了。”她注视着埃斯特的眼睛。“别闲着。”她说，“你会和我们在一起的。”

埃斯特心想：他本可以告诉我的。他本不用什么话也不说就离开的。她望了望自己那罐苯巴比妥米那，里面的液体还够支撑两个星期左右。她心想，药水也许是罗森鲍姆医生发明出来的，是为了防止科恩夫人把她送去精神病院用的。也许里面只不过是糖和水。

埃斯特试着找了三名药剂师。其中有两名都没有放她进门，最后一个开口向她索要姓名、地址和身份证件。埃斯特急匆匆地跑出了店铺。她给自己配给的量是每天三滴。后来是两滴。再后来是一滴。

出人意料的是，她的大脑感觉更敏捷了，极度兴奋；一个晚上过去了，她所做的一切就是借着烛光画画：铅笔的两万条纵横交错的网状线，满是雨水的黑暗城市，苍白的人影在大雪纷飞的街道上移动，纸上只有几个白圈代表街灯。画出黑暗，埃斯特心想，它就能指明一直都在纸上的光明。这个世界里还折叠着另一个世界。

一小时一小时，一天一天，她的知觉在情绪不稳的同时敏锐起来。她感觉头晕眼花，然后是焦虑；她会因为埃尔斯·德绍在厕所里待的时间太长而对她大喊大叫，也会因为自己说不清的原因对米里亚姆大吼。有些时候，宿舍的墙壁似乎会变薄；半夜躺在简易小床上，埃斯特相信自己能够看穿头顶的地板，望向夜空。

一个冬日的下午，当孤儿院里似乎格外安静时，当年幼的女孩们还在小睡，年长的女孩们在花园里洗衣服时，自她第一次癫痫发作九年多来，埃斯特又听到远处传来了蒸汽机咆哮的声音。她在楼梯顶端的走廊上停下脚步，紧紧闭上双眼。

“不。”她耳语着。

它正呼啸着朝她驶来。赫希菲尔德孤儿院消失了；埃斯特正在黄昏中步行穿过一座没有灯的城市。楼宇之间穿插着拥挤的公寓、毫无特色的小巷以及满是石头的洞穴。煤灰从天而降。她经过的每一扇门门口都挤满了肮脏、沉默的人群。他们啜着灰色的肉汤，或是蹲坐在脚踝上，亦或是仔细端详着手上的纹路。乌鸦拍打着翅膀从排水沟中飞走了。树叶在街道上扬起、落下，又再次飞向空中。

埃斯特醒来时已经躺在了楼梯底下，手腕上的一根骨头戳了出来。

十一

在诊所里住了六天，埃斯特开口央求罗伯特带她回家。他在角落的椅子上畏缩了一下，俯身抱住了膝盖。他的鞋子在她看来很大，双脚似乎在过去的一个星期中又长大了一码。嵌在墙壁里的医院机器发出了悸动的哼鸣声。

“我需要离开这里。”她说。

罗伯特用手捋着头发，双眼溢满了泪水。

“医生说你最好留下来，祖母。爸爸妈妈一个星期之内就会回来了。也许要两个星期。”

埃斯特开合着自己的下巴。说话对她来说已经变得愈发困难了。护工聊着天经过。某处的马桶正在冲水。他们还要把她困在这里多久？如此巨大的、机械性的重击声她还要再听多久？

她望向了自己的孙子。可爱的罗伯特正弓着腰俯在膝盖上，顶着一头卷发，身上穿着克利夫兰布朗队的上衣。

“我需要出去。”她说，“我需要看看天空。”

住院第八天，她刚一开始责备他，罗伯特眼看就要哭出来了。一股强烈的紧迫感会在出人意料的时候掠过埃斯特的心头；她感觉就像是忘了关炉灶，或是把一个孩子锁在了车里。为了避免灾难的发生，她必须尽其所能。夜里，护士两次抓到她身穿病号服、一瘸一拐地光着脚从护士站前走过，身后还拖着静脉注射的管子。其他时候，医院几乎是不存在的；她说不清自己离开了多久，或是要去什么地方。

罗伯特说起了那个红头发的神经科医生，他看起来如何像是一位好医生。他还说，自己的父母在中国获得了突破性的进展，计划在十五天之内带着双胞胎回家。“十五天不算长。他们照顾你肯定比我照顾得更好。你得等到他们来解放你。”

埃斯特试图唤起自己的全部意识。“这些药让我感觉死气沉沉的。你能打开一扇窗户吗？”

“窗户是打不开的，祖母。还记得吗？”

“她们不会长大。”埃斯特说，“小孩还是小孩。少女还是少女。”

“什么小孩？”

“那些女孩们。”

罗伯特在她的床边踱步。他的网球鞋散发着割过的青草和汽油的味道；他一个星期有两天要做庭园设计师的工作。透过窗户洒进来的光线是深绿色的。外面是一座停车场。车尾灯正沿着州际公路缓慢地向前移动。

“那都是你的幻觉。”罗伯特说。他用食指转着他父亲的车钥匙。“医生说，你看到的只不过都是幻觉。”

“我的幻觉？”埃斯特耳语道，“难道一切不都是我们的幻觉吗？”

“他说，停药会让你的癫痫再次发作。你会死的。”

埃斯特试图坐起身来。“罗伯特。”她唤了一声。窗外的云异常阴暗。“鲍比。看着我。”她的孙子转过身来，“我看上去像是还剩下大把时间的人吗？”

罗伯特咬了咬下唇。

“我需要回家去。”

“你说过了，祖母。”

“要是她们不是我的幻觉呢？要是她们是真的，怎么办？要是她们在等待我呢？”

“等待你做什么？”

埃斯特没有回答。

罗伯特的声音颤抖了起来。“你在要求我帮你去送死。”

“我在要求你帮我活下去。”

十二

警方没收了四个街区以外的一家犹太人养老院。科恩夫人收留了二十个老人。男人们挤进了客厅；女人们分睡在缝纫室和宿舍里。

两个星期之后，又有十个老人出现在了前门。截至一月中旬，帕彭达姆三十号已经人满为患，到处充斥着焦虑的情绪和虱子。每个星期三，科恩夫人都要煮上几锅消毒剂。这些难民勉强暂住在酒窖、管理员的衣橱、教室以及餐厅的地板上——一名打字员，一名前任图书馆馆员，一名退休教授，还有几个店主和珠宝商。每隔几平方英尺的占地面积，墙壁边的行李箱堆出的破裂多角形上都摊着衣服、纸牌或梦想。

临时夹板下的手腕会让埃斯特在夜晚醒来。咳嗽声能穿透墙壁弹跳过来；女孩们在睡梦中抓挠着自己。几个星期过去了，她的癫痫并没有发作，然后是连着发作三四次：令人筋疲力尽的发作，加上一两分钟的头晕眼花——火车朝着她呼啸而来，一切似乎加速闪烁着亮光，仿佛赫希菲尔德孤儿院的墙壁都有可能变得白热化。

埃斯特醒来时，一群陌生人衰老的脸庞正低头凝视着她，表情中既有关心也有恐惧，仿佛他们低头看着的是来自另一个星球的某种东西。她的足迹变得越来越狂暴。上楼时，米里亚姆不得不扶住她的手肘。“你没有走直线，埃斯特。你一直在往左偏。”镜子里，她是个纤细脆弱、病入膏肓的生物，脑袋上还顶着一双特大号的眼睛。

吃饭时，所有人都紧盯着科恩夫人会往盘子里舀上多少食物。埃斯特吃东西时能够感觉到那些男人的眼神正纷纷落在她的身上。她在心里听到了雷吉纳的声音：“他们会把癫痫患者也带走。”

夜晚，埃斯特和米里亚姆会手牵着手。楼下，一个男人正用希伯来语大声朗读以色列人的故事。他的话似乎能在高大的房子里回响起来。“你走这大旷野，他都知道了。这四十年，耶和华你的神，常与你同在；故此你一无所缺……①”

窗帘背后，雪敲打着窗玻璃。乌鸦在掉光了叶子的树上喘着气。最后几辆烧气的卡车摇动着雨刷器从街区上碾过。水道在桥下翻动。火车站那里，另一列货车平稳地向东驶去，穿过大雪，闪烁着微弱的亮光。

十三

在一场暴风雨之中，罗伯特悄悄把她带离了诊所。护士

① 出自《圣经》中《旧约：申命记》2：7。——译者注

们聚集在一扇窗前看着闪电，罗伯特和埃斯特则径直走向了电梯。他们乘梯下了六层楼，从滑动前门走了出去。雨水在停车场上肆虐。他们坐进尼桑汽车里，打开暖气；挡风玻璃上的雨刷来回舞动起来。

他问道："我们是不是应该填份文件之类的?"

"这又不是监狱。"埃斯特答道。

罗伯特边开车边喃喃自语。埃斯特把脑袋靠在了头枕上。她身体的左侧因为一种奇怪的麻木感而嗡嗡作响；逃脱的激动之情还在她的胸膛里挥散不去。高速公路远处的边缘似乎正在闪光；他们前方的车尾灯在雨中波动。小车飞快地向东飞驰。埃斯特闭上双眼；她能够看到贝拉·柯恩因为温暖的洗澡水而泛红的脸颊，所有的血管都敞开着。她还看到了长着鹅蛋脸的两岁阿妮塔·维斯正向她转过身来，眼睛闪闪发光。她看到了雷吉纳·戈尔德施密特的前额皱成了犁沟，威胁要将她出逃等事告诉科恩夫人。她看到了海音罗尔·戈尔德施密特敏捷、忙碌的双手，还有米里亚姆·英格里德·卑尔根忧郁而又狂野的美。她看到了她们离开前那几个月里的汉堡市：被涂黑的窗户、溪谷和贝尼克大街的阴暗，整座城市变成了一座微明迷宫的那种感觉，仿佛她的人生、她的绘画和她的癫痫这三等分现实全都融合成了一体。

雨水重重地落在挡风玻璃上。空气闻上去如同铁一样。“谢谢你。”埃斯特低语道，“谢谢你，罗伯特。”

十四

定量配给。禁闭。米里亚姆和埃斯特开始在赫希菲尔德孤儿院的阁楼里度过一个个下午：挂着蛛网、摆满了陈旧捐赠品的避难所。从成对的六边形窗户向外望去，能够看到邻居家的屋顶。打开窗户，她们可以听到周边所有房子中遭到禁闭的人抽着鼻子的声响。轻声细语的祷告声从天花板上升起；流言在楼廊上飘荡；最后的希望钻进了墙壁。

阁楼的深处隐约露出了一个还算时髦的西洋杉木衣柜，上面装着厚厚的镶板，被涂成了白色。埃斯特不用低头就能站在衣柜里下方的架子上，还不会撞到柜顶。她开始把整个下午的时间都花在那里，爬过旧桌子和台灯，跪在巨大的衣柜里，用最后一支铅笔的笔头在平滑、雪白的内镶板上画着迷宫。她会在桥梁上画上纵横交错的其他桥梁、正面满是梁柱的庙宇、洞穴中倒着生长的树木，仿佛是在创造她和米里亚姆有可能逃往的一座避难所。

三月的某一天，当埃斯特来到楼下的餐厅里时，竟然看到罗森鲍姆医生正在与科恩夫人交谈。他穿着一身棕色的套装，打着褐红色的领带。第一眼望去，埃斯特就判断他肯定不是真实的。

可他是真实的。他瘦削得吓人，裤边鼓鼓的，一只鞋的鞋带不见了，指甲下面的凹槽里藏着半月形的尘土。他拥抱了埃斯特很长时间，还从口袋里掏出两支全新的鲜红色铅笔。对埃斯特来说，它们的存在仿佛几乎是不可能的。

她在他的耳边低语了一句："我的药用光了。"

"大家的所有东西都已经用光了。"

"我看到过人们挤在房子里。还有人蹲在人行道上。等待着什么。"

罗森鲍姆医生点了点头。"就像你小时候那样。"

"现在越来越多了。"埃斯特答道。她指的是人还是癫痫，罗森鲍姆医生并没有询问。

他在劳改营里被关了将近一年的时间。他说，他们只是因为他是医生才把他放出来的。这段时间里，他一直都没有见到自己的妻子。“明斯克。”他嘟囔着，“他们说，他们把她送去明斯克了。”大部分时间里，罗森鲍姆医生都会待在帕彭达姆三十号，仔细检查病人，从孩子们的脑袋上夹出幼虫，或是坐在花园里，忘记寒冷，敞着领口的扣子，把外套围在肩膀上，背靠着一棵树，两只大手像无精打采的机器一样垂在大腿上。晚上，他会睡在那群男人中间，头发斑白的脑袋靠在皮制的仪器包上，钢框的眼镜折叠在胸口。埃斯特无论何时有空，都会坐在他的身旁。“明斯克。”她低语道，“你觉得她在那里幸福吗？”

“幸福？”罗森鲍姆医生问。他低头看着埃斯特，脸上带着一种她不理解的表情——有点儿像是头痛，有点儿像是渴望，又有点儿像是惊奇。他拍了拍她的头，移开了视线。

时光流逝。科恩夫人发号的施令愈发严格——阅读要求、算数速度、《圣经》故事。功课，晚饭，祈祷，睡觉。但对埃斯特来说，时间正开始分解；四月份时，她两次发现自己身处一个街区以外的地方，记不得她是怎么跑到那里去的。有些时候，她会发现米里亚姆正牵着她的手坐在阁楼里，或是一座陌生房子门外的长凳上。

“你走散了，埃斯特。你不听我的话，还一直问我你在哪儿。”

她把自己的头靠在了米里亚姆的肩膀上，听着她朋友缓慢而又可靠的呼吸。“记得钟摆吗？”她问。

多年之前，在如今看来恍若前世的世界里，罗森鲍姆医生曾带着几个女孩去看电影，以庆祝埃斯特的生日。电影之前的新闻短片中出现的是巴黎的一座庙宇。庙宇的巨大拱顶下，一颗金色的球被拴在一根二百英尺长的绳索上。球的底部是一根针，随着球在绳索上摆动，针会在地板上散落的沙子中划出一个图案。画外音说，福柯的钟摆标记的是地球的旋转；它永远都在摆动，从不会停下。

此时此刻，坐在那里，把耳朵贴在米里亚姆的胸腔上，埃斯特能够看到钟摆正在城市上空摆动：庞大、可怕，不断地摆动，冷酷而持续，不断地将无情的真理带入空中。

十五

俄亥俄州。罗伯特会给祖母做饭，一天给父母打两次电话，睡在埃斯特家的沙发上。偶尔，他会打开电脑，打算写写论文，盯着屏幕看上一会儿。

他觉得，待在家里、在盆栽植物、画作和茶壶围绕下的埃斯特似乎要更快乐一些。她可以自己穿衣服，拄上拐杖后还能在浴室、卧室和厨房之间的三角地带中缓慢移动。两个星期之后，他的父母就能回家了；不出一个月的工夫，罗伯特就能返校了。

从诊所回来两天之后，埃斯特站在浴室的水池旁，听着远处火车的咆哮声。她单膝跪下，然后任由自己跌落在地毯上。在某种类似梦境的环境中，她看着米里亚姆、海音罗尔和五岁的伊露卡走向破败而塌陷的街道。鸥像鬼魂一样在头顶上漫游。她们经过了一台起重机生锈的框架，听着房顶陷入一座空洞仓库时的声响，漫步穿过没有了机器的工厂。终于，她们来到了米里亚姆一直都在寻找的二十层楼建筑。抬起头时，她们可以看到越往上就越狭窄的网格状窗户，还有裸露着升向天空的巨大无线电天线。天线的信号灯闪烁着绿光，熄灭后会再次亮起来。

楼梯间没有上锁，黑黢黢的。海音罗尔领头；米里亚姆把伊露卡抗在了肩上。十五层，十六层。顶层是一扇没有门把的门。海音罗尔回头看了看米里亚姆，然后把它推开了。

整个顶层就是一个宽阔的方形房间，里面没有隔墙。四面各有六扇可以俯瞰城市全景的窗户。

女孩们喘着粗气迈步走了进来。大房子中间的一张木桌上立着一个铬合金的广播麦克风。麦克风上没有连着线。这地方似乎没有其他的入口，只有二十四扇窗户，某些窗户上缺了玻璃。还有那张桌子和上面的麦克风。

米里亚姆放下了伊露卡。城市背后的海港在缓缓飘落的毛毛雨下是平静的、灰蒙蒙的。沿着海岸线，一缕缕的野草连成串；一条木制的散步大道从桥墩上垮塌了下去。茫茫一片的雨水落在水面上。一股轻柔而潮湿的微风从房间里穿过。

没有船只在闪烁。没有浮标敲响铃声。地平线上空无一物。

雨落入大海。数不清的鱼群和长着巨大心脏的鲸鱼穿梭在寒冷的黑暗之中。伊露卡抬头望着海音罗尔。“那是什么？”

“那是麦克风。”

“它是干什么用的？”

“用来对人们讲话的。”

“什么人？”

海音罗尔看着米里亚姆。米里亚姆穿着破烂不堪的连衣裙、光着脚走到桌旁，在麦克风上俯下身来。她低语了一句：“埃斯特？”

十六

“我看见罗森鲍姆夫人了。”埃斯特告诉罗森鲍姆医生。他正坐在花园里的老位置上，背靠着一棵树。这是春日里明媚的一天，几个在籽苗间忙活的人直起身望了过来。“我看到她正步行穿过一座城市，自顾自地唱着歌。”

科恩夫人正在院子的角落里洗锅。“你应该去上算术课，埃斯特。”她说。

埃斯特答道：“她唱着，*什么可以长大，没有雨水也能长大？什么可以燃烧，永不熄灭？*”

罗森鲍姆医生坐起身来，挺得笔直。他看着埃斯特，手掌平平地按在地上。

“够了，埃斯特。”科恩夫人说。她告诉罗森鲍姆医生：“她不知道自己在说什么。”

“他们在一座城市里，但正步行走出去，穿过一座森林，来到满是帐篷的山谷中。他们全都在朝着这些帐篷移动，帐篷的布料在风中拍打着。罗森鲍姆夫人在唱，*一颗石头，一颗石头可以长大，没有雨水也能长大；爱，爱可以燃烧，永不熄灭*。”

情绪如同云朵般从罗森鲍姆医生的脸上一闪而过；埃斯特意识到，他正紧紧地攥着她的前臂。

“够了，埃斯特!”罗森鲍姆夫人说。

“为我画出来。”罗森鲍姆医生低声说道。

她用最后一支铅笔在白色衣橱的门里画下了自己记忆中的画面。她画了一座不规则地伸展开来、冒着烟的城市，一边是海港，另一边是森林。在森林遥远的那一边，她画了上百只以峡谷谷壁为边的帐篷。最后，她画上了罗森鲍姆夫人，一支长长的移民队伍中一个娇小的人影：银色的头发，长长的外套，张开的嘴巴在歌唱。

三天之后，埃斯特把罗森鲍姆医生叫到了阁楼里。他爬进衣橱，膝盖噼啪直响。他举起拳头里握着的一根蜡烛，仔细端详着那些画作，把脸凑近了，还自言自语起来。

埃斯特坐在地板上，把手插在身子下面。年迈的医生盘坐在衣橱里，背对着她，在烛光下变成了一道剪影。一分钟之后，她看到他伸出一只长长的手指，轻轻碰了碰一英寸高的那排移民中他妻子的身影。

她心想：当他们中的最后一个人死去时，我们终于可以第三次死去了。

罗森鲍姆医生从衣橱里爬出来时，注视了埃斯特良久。第二天早上，他走了。

十七

每天正午前后，罗伯特都会护送着埃斯特到她家屋后的平台上，在一把伞下的露台椅上坐下来。随着时间一小时一小时地流逝，她会在两个版本的自己之间摇摆：一个是现在的自己，更加健谈，拄着手杖一瘸一拐地走向花园，凝视着她的忍冬藤——那上面的花朵会以一种奇怪的、铰链式的方法抖动，仿佛每一朵都是被一股不同的风撩拨起来的。她用手杖的一端推了推一支树杈，花朵变成了蝴蝶，忽闪着翅膀飞走了。

此外还有另一个埃斯特。一个肤色更黑、满脑子幻觉、令人厌恶、会在晚上赶来的埃斯特。乌鸦从天空的外壳里盘旋着落下；她的口音加重了；德语和希伯来语的词汇会从她的记忆深处被唤起。她的时光在倒流。

离开诊所四天之后，埃斯特的左眼视力开始衰弱。闭上右眼时，她能够看到后院正逐渐消失不见：先是树木，再是草坪，然后是天空，直到她的眼前剩下的只有花园围栏的标杆，如同几匹白布，或是正顶着逐渐侵入的灰色泛起涟漪的家常便服。

有些时候，罗伯特会轻声地为她读读报纸。有些时候，他会在笔记本上画画素描：树木、花朵，还有他不够勇敢、无法展示给朋友们的那些东西。有些时候，他会把自己的小数码录音机摆在她的面前，向她提问。

“给我讲讲祖父的事情吧。”

“祖父？”

“爸爸的爸爸。”

“我在新泽西的剧场卖票。他总是会来买票，即使他是不会进来看演出的。他要年轻得多。”

罗伯特笑了。“年轻多少？”

“几岁吧，我猜。不过他看起来更年轻。”她沉默了片刻。

树叶在树木间低语。草地上的小活板门开了又关。

“我在大学里研究战争。”

“去年。”埃斯特说。

“明年也一样。”他说，“我要写一篇针对战争的大论文。”

“我记得你不喜欢他们教授战争内容的方式。”

“起初的内容全都是关于军队、条约和坦克的。”罗伯特说，“丘吉尔、希特勒、罗斯福。就好像这是古埃及之类的，仿佛事情真的是很久以前发生的。”

“历史。”她说。

“但你曾经亲历过它。你还记得它。我的论文就是这个主题的，还记得吗？”

他等待着，可埃斯特再也没有说些什么。他拿起小录音机，按下了一个键，再次把它放下。“你那时候害怕吗，祖母？”

“我不怕你以为我会害怕的东西。”

“你是指死亡之类的吗？”

“是的，就像死亡。”

“那让你害怕的是什么？”

埃斯特拽了拽自己的领子。她的眼睛脏了，嘴巴微张，让罗伯特无法分辨她是否还有话要说。

十八

六月，又有十六个无家可归的人来到了赫希菲尔德孤儿院。在这些新面孔之中，埃斯特能够认出的人更多了：一个大巴车司机、一个卖报纸的小贩，一个家具工匠。还有一个戒了烟、穿着开裂鞋子的杂货店老板。他们似乎谁也不知道罗森鲍姆医生遭遇了什么。

天气热了起来。房子里拥挤得令人无法忍受，食物也不够了。马桶溢了出来；盥洗室里人满为患，还散发着臭气。科恩夫人会在花园里煮开成桶的床单。透过敞开的阁楼窗户，米里亚姆和埃斯特想象自己能够闻到很久以前的烤鹅、西红柿汤和饭菜的香味。

埃斯特十五岁了。她无时无刻都能感觉到一个十分重要的约会正在迫近，却记不得其中的细节了。她时常无法回答别人提给她的问题。再一次，当着埃斯特的面，雷吉纳·戈尔德施密特要求科恩夫人把埃斯特送去医院。

“我们再也不能把她留在这里了。”雷吉纳说，“她越来越糟糕了。”

科恩夫人曾经粗壮的胳膊明显瘦了，一头灰发软趴趴地搭在头盖骨上。她清了清嗓子。“雷吉纳——”

“我们可以告诉一个警察。”雷吉纳说，“他肯定会帮助我们的。”

“他肯定不会的！”米里亚姆尖叫道，“我会看着她的。让我来照顾她。”

科恩夫人用手杖抹了抹自己的围裙，把女孩们打发走了。

米里亚姆和埃斯特把自己的简易小床搬进了阁楼里。七月二十六日，四百零三架英国飞机趁着半夜炮轰了汉堡市。米里亚姆和埃斯特在阁楼的窗户里观望。探照灯出现在了港口四周的几个点上。上百根红灯的灯丝从隐藏的炮位里升了起来。在它们的顶端，线状物绽放成了如同神经中枢一般、带着白心的红色高射炮火。

埃斯特紧紧趴在地板上。“我们应该到楼下去。”她低语道。

米里亚姆的眼神并没有离开窗户。“你可以走。”

帕彭达姆三十号里的所有人都醒了，聆听着警笛声和防空炮的重击声；他们成群结队地默默钻进地窖，在黑暗中挤作一团。

埃斯特和米里亚姆待在一起。飞机故意地几乎是懒洋洋地在城市上空降了下来。曳光子弹明亮的线条在黑暗中闪烁起来。飞机向更低的地方滑落下去，保持着队形。随着某种信号，炸弹如毛毛雨般同时被发射出来：眨眼间，上千个黑点从被点亮的天空中倾泻而下。轰炸机乱作一团。炸弹沿着的对角线方向落下。

埃斯特心想：成群的蝗虫。成群的鸟儿。

女孩们透过屋顶的采光窗注视着燃烧弹落在了二十个街区以外的房顶上，弹壳放出了亮光。白色的含磷火焰如同流水一般涌进了排水沟。不出几秒钟的工夫，各自为战的火焰就连成了串；很快，整座房屋都燃烧起来，头顶上的烟云和灰烬绽放出了斑斓的色彩：红色、绿色、橙色。一整片天空都亮了，随后又被黑暗吸了回去。埃斯特感觉自己仿佛正仰头凝视着一台巨大的电脑，里面火红的纸张、枕头、书籍和木瓦都缓缓地从城市上空落了下来。

她看到了在空中来回摆荡的钟摆，还听到一个女人的声音正在讲述一则古老的故事：“一道光在世界上空绽放，碎裂为成千上万片。这些碎片落入了各种各样的事件和形形色色的生物之中。”

她擦了擦眼睛。

“哦，哦，哦。”米里亚姆用德语低声说道，“美，太美了。”

十九

俄亥俄州。癫痫从埃斯特的体内流过。一种电化的脉动从她的颞叶中冲了出来，控制了她意识中的协同火花。她的手臂僵硬起来，脑袋向后倒去。癫痫似乎再也无法损害她的意识，反倒会使其扩展开来。透过她的右眼，她能够看到罗伯特正把她的身体转到一侧，握着她的手；透过她的左眼，她看着阴影遮蔽了树木。

也许，她曾在自己最清醒的时刻告诉过罗伯特，一个人能像经历某种健康那样经历某种疾病。也许不是每一种疾病都是一种不足，一种掠夺。也许发生在她身上的是一个机会，一扇窗户，一次迁徙。也许这正是罗森鲍姆医生在她身上所看到的；也许这正是他那天夏天在帕彭达姆三十号阁楼上凝视着白色衣柜时心里所想的：她的身上还有些什么是值得拯救的。

罗伯特心神不宁地点了点头。他为她端来了汤，还端来了吐司角。他告诉自己的父母，埃斯特的情况不错，还说她和以往一样无坚不摧。

癫痫发作时，埃斯特会看到米里亚姆领着女孩们成群结队地穿过被人遗弃的城市，走向房顶桅杆上装着无线电的高大建筑。女孩们抬起头望向房顶上闪烁的信号灯，然后爬上长长的台阶，来到第二十层楼。她们的声音会在浴室、床上和阳光明媚的露天平台上传到埃斯特的耳边。她静静地坐着；树叶沙沙作响。她听到了一个女孩声音中最微弱的刮擦声，伴着微风飘来。她听到一个小女孩说道："可它都没有被扣上。"

"我去吧。"第三个声音突然大了起来，"爸爸在家具公司工作。我们会在星期五点燃蜡烛，守安息日。甚至在我被送去赫希菲尔德孤儿院以后，我仍旧以为所有人都是这么做的。直到我看到符号、问了科恩夫人它们是什么，才知道我们是犹太人。"

或者:“好的。没错。我有个叔叔在美国。我十三岁的时候——那是我的父母去世后许多年之后的事情了——科恩夫人给他写过一封信，问他能否资助一次旅行。资助我。他能否给我找个地方落脚、让我吃饱之类的。让我离开汉堡市。我告诉她别写他必须喂饱我，告诉他我可以自己找吃的。我叔叔当即便回了信。*这里供不应求*，他写道。”

一阵长久的停顿。埃斯特闭上了双眼。她听到一个声音说:“他不知道。”

有些时候，她会在自家的花园上空看到那些女孩。她们艰难地爬上一段冗长的蜿蜒楼梯，年纪最小的牵着年纪最长的；她们坐在二十层楼上最大的方形房间中——位于埃斯特的院子上方四分之一英里——轮流使用麦克风，其中某些人躺在那里，双手交织在脑后，聆听着港口的风疾驰着穿过高踞在树尖上一百英尺处的破败窗户。

埃斯特对着后院的黑暗低语着她们的名字。艾伦、贝拉、雷吉纳、海音罗尔、阿妮塔、吉塔、因加、格尔达、埃尔斯、米里亚姆。罗伯特就在她的手边。“给我讲讲她们的事情吧。”他说。

“阿妮塔·维斯说话口齿不清，过去时常用牙齿咬住舌头。吉塔的头发总是垂在眼睛上。雷吉纳长着美人尖。其他的女孩都说她很刻薄，但我觉得她一直都很害怕。她不相信有什么东西能是长久的。”

“谁是你最好的朋友？”

“米里亚姆。”埃斯特嘟囔着，“我爱她。她比我年长，年纪比你现在还要小几岁。”

罗伯特递给她一杯茶。一分钟过去了，或是一个小时。埃斯特不知道，为什么会有人相信我们的生活是在向外中度过的呢？我们怎么知道自己不是在持续向内行进，朝着我们的核心呢？因为，在自己人生中的最后一个春天，坐在自家位于俄亥俄州日内瓦的露天平台上时，这就是埃斯特心里的感受，仿佛她正被人拽上某条通往内心更深处的小径，朝着一个遮天蔽日、一直在她心中等待她的终极微型王国行进。

罗伯特的父母从中国打来电话；他们需要某个律师的电话号码，需要罗伯特给他父亲的办公室送点儿东西。他们计划七月五日回国。他们想要知道罗伯特是否需要他们早些回来。

“和她在一起没有那么糟糕。”罗伯特答道，“其实还有点令人惊异呢。”他沉默了片刻。他的母亲在电话的另一头喘着气。“不过我不知道我还能做多久。”

那天下午，他从父母家的车库深处拽出了为儿童设计的两轮自行车拖车，在里面绑上了坐垫，并将它安装在自己的自行车身后；晚上，他扶着埃斯特坐进拖车里，拽着她驶上了长街。

他们移动得十分缓慢，避开车流和山坡。那天晚上，他们整整骑了一个小时，穿过黄昏、驶入月光，经过农场和临时住宅小区，滑下俄亥俄州东北部又长又平坦的郊区道路。大约每十分钟都有一辆汽车经过。埃斯特感觉自己骑着车经过了半个世界的闪光树木、田野、水塔和反射着影子的巨大池塘。远方的伊利湖上，朦胧的雷雨云砧积聚在珊瑚色的塔楼上。罗伯特用力踩着脚踏板，表情十分严肃。埃斯特能够感觉血液正在自己的身体里抽动。

“你还舒服吗，祖母?”罗伯特边问边转过身来，喘着粗气。

“你都想不到的舒服。”埃斯特说。

二十

七月二十八日，针对赫希菲尔德姑娘们的召集令终于来了。信封上印着鹰和十字架的标志。没有邮票。仿佛它是从上帝的办公室里送来的。科恩夫人叫女孩们放下手中各种各样的杂活，面对着她坐下来，同时打开了自己的阅读眼镜。

在她们的周围，汉堡市的上千座房屋正在阴燃。在她们的周围，战犯们将尸体抬上货车，水手们抱着自己的枪昏昏欲睡。花园里，就在孤儿院的背后，一位前任银行经理正用耙子耙着一行行的卷心菜。

他们要步行前往中央酒店旁边的一座学校体育馆。从那里，负责驱逐的执法人员将护送她们前往路德维希思卢斯特的火车站。关于建议带些什么，召集令给出了长而细致的清单——睡裙、连指手套、蜡烛、鞋油、眼镜——还有不建议带的东西——毯子、植物、书籍、火柴。至于所有东西该如何标注和运输，召集令上也有指示；每个女孩都拿到了一个遣送编号。

哪里，哪里，哪里。雷吉纳·戈尔德施密特终于第一个提出了问题。女孩们凑过来聆听答复；有几个还把双手紧紧攥在了胸口上。科恩夫人翻阅着文件。

“华沙。”

埃斯特试图让自己喘口气。她感觉若是允许自己眨眼，就会看到另一个世界正在这一个世界的下面泛着波纹。华沙——多少次，她曾想象过南希·史瓦森伯格在那里的生活？她试着回忆罗森鲍姆夫人的明信片。老城。维拉努夫宫。维斯杜拉河。

一整个下午，女孩们都在为自己的东西打包。埃斯特集中注意力——蜡烛、鞋油、睡裙、算术书。内衣、出生证明、线。她想起南希·史瓦森伯格正在缝纫纽扣。南希现在多大了？要是她们能够设法碰到她，该有多么激动人心啊！

埃斯特觉得，也许她们在华沙会有更多的空间。也许那里会有戴着白手套的药剂师和摆得满满当当的货架。

搬家。鸟儿的路径。

在阁楼的另一端，米里亚姆正被九岁的海音罗尔·戈尔德施密特提出的一堆问题围困：那里会有学校吗？体操呢？他们有哪种动物？他们会不会准许我们去动物园？米里亚姆走下楼，帮助海音罗尔在她少有的几件家当中挑选起来。晚饭之前，女孩们带着自己的行李箱来到前门，将把手上立着行李牌的箱子成排地摆在了门口。第二天一早，它们全都要被装进独轮手推车、送去车站。

祈祷过后，埃斯特和米里亚姆爬上楼梯，推开了阁楼上的活板门。她们在巨大的白色衣柜旁躺了下来。阁楼里的光束在高温中滴答作响；蜘蛛在椽子间织起了网。

“华沙不可能比这更糟了。”埃斯特说。

米里亚姆什么话也没有说。

“你觉得是这样吗？”

米里亚姆滚到了自己的那一边。“埃斯特，至今为止我学到的唯一一件事就是，一切总是每况愈下。”

那晚的阁楼中，躺在自己朋友身边的埃斯特跌入了梦境之中。她醒过来时，时间已经很晚了。窗外没有一丝光线在闪烁。某个人正耸着肩穿过她身边的家具走来。人影在女孩们的简易小床前俯身待了许久。湿漉漉的呼吸。噼啪作响的膝盖。米里亚姆睡着了。

“罗森鲍姆医生？”在阁楼的昏暗中，他看起来比以往更加瘦削了。

“别作声。”他耳语道。

“出什么事了？”

“嘘。”

她心想：他是来道别的。第二天一早我们就要走了，所以他是来和我道别的。

“你的裙子。”他说，“还有大衣。”

她穿上长筒袜，系上了鞋带。米里亚姆并没有被叫醒。埃斯特跟随罗森鲍姆医生走下五级台阶，经过熟睡的孩子、喃喃自语的老太婆和最终命数已定的男人，来到了客厅。他全神贯注地望着窗帘之间的一道缝隙。某人正在房间的另一端鼾声大作。另外一个人则咳嗽起来。

他们这么早就要离开了吗？为什么不等到早上呢？每一次她试图问他些什么，他都会让她不要作声。外面的街道上，一辆卡车的弹簧在轮胎咔哒作响着碾过鹅卵石时发出了沉闷的响声。“宵禁令——”埃斯特说道。罗森鲍姆医生嘴里发出了鄙视的嘘声。“就是现在。”他催促她快步走出房子，穿过大门。卡车的车头灯还灭着。帕彭达姆大街上漆黑一片。卡车的后面旋转着打开了；里面是一片空虚，一张张恐惧的面庞缓缓地在黑暗中若隐若现：车厢里挤满了人。

“快点儿。”罗森鲍姆医生说。

“可是米里亚姆！”埃斯特尖叫起来，“我的行李！”

“去吧。”罗森鲍姆医生边说边把她推了进去。

二十一

十一个遭人谋杀的女孩在一座不起眼的高大联立式住宅的地板上醒来。埃斯特在俄亥俄州自己的床上醒来。她的孙子正在走廊尽头的沙发上沉睡。科恩夫人在一九四二年的帕彭达姆三十号中醒来，洗了洗脸，套上了自己最干净的便服。她系好鞋带，在厨房门口停顿了一下，向天上的上帝诉说起了自己的请求。请在我们的旅途启程时照拂我们。请不要让我畏缩。

在心灵潮湿的外壳里，一个人能够从某一个十年飞去下一个十年，从某一个国家飞去另一个国家，从过去穿越到未来，从记忆穿梭去想象。为什么是埃斯特，而不是米里亚姆？为什么不是其他任何一个人？罗森鲍姆医生为什么选择了她？让埃斯特离开汉堡让他付出了一切：无疑还有他全部的积蓄，可能还有他的生命。埃斯特是不是他所能做到的唯一一件善事，是他可能偷渡出去的唯一一个人？

她在森林中的一间小木屋里醒了过来。这里的天花板十分低矮，家具都很粗陋。陈旧的镐头、锯条和起重吊钩被杂乱地固定在墙壁上——效果像是生锈的、属于过去的窒息。碗橱如同迷信的小洞穴：充斥着腐臭的气味、一罐罐深色的不老万能药、没有标签的镇痛剂、糖浆、水晶饰品、某种标记着“颠茄”的东西，以及某种标记着“死亡喇叭”的东西。从小小的窗户望出去，上百根桦木树桩正在黎明中闪烁着骨白色的光芒。居住在森林里的人家中都会被某种黑暗的侏儒魔法所笼罩。

小屋前，罗森鲍姆医生正在一把原木长凳上熟睡，身上连张毯子也没盖。她害怕他已经死了，可当她唤起他的名字时，他却睁开了双眼。

“出什么事了？”

“你发病来着，我们把你带到了这里。”

“我不记得了。”

四处的鸟儿轻快地掠过，发出了微弱的尖叫声。天空一片苍茫。

“我应该和她们在一起。”埃斯特耳语道。

“你累了。”罗森鲍姆医生回答，“这是一场严酷的折磨。”仿佛木已成舟，仿佛事情如今就能结束。埃斯特听到自已多年前曾在宿舍的黑暗中对米里亚姆低声说过：*我希望我们能被一起送走*。

罗森鲍姆医生朝她笑了笑。“最好待在屋里。”一整天，她都在噩梦中进进出出。罗森保姆医生煮了一锅萝卜，坐在她的身旁，牵起了她的手。晚上，他递给她一封用英文手写的书信、一捆英镑以及伦敦的一处地址。

“卡车回来的时候。”他说，“我就要回汉堡市去了。”

埃斯特的视野中漂浮着恐惧。“别。求你了。米里亚姆。还有其他人。”

罗森鲍姆医生用两只冰凉的巨大手掌捏了捏她的手。“她们要去的地方，你是不会想去的。”

埃斯特试图大肆抗议。

“去过你的生活吧，埃斯特。”一个小时之后，他便离开了。那天晚上，她被一个开着拖车、车里的帆布下躲着另外六个孩子的男人接走了，和他们一同乘车在黎明中穿行。一个男孩低语道，他们会入境丹麦；其他人则辩称他们要去比利时。他们中的其中一人尿了裤子。没过多久，这节晃来晃去的漆黑车厢中便充斥着尿骚味。上午十点钟左右，那个男人把他们藏在了一个没有窗户、地板上积满灰尘、七英尺见方的地下室里。

接下来的三十六个小时中，他们都窝在这个地方。某个女孩的屁股压着埃斯特的肩膀，一个年幼的男孩则在她的另一侧吸着鼻涕。远处的狗吠声，黄昏的良久沉寂，还有远处上方掠过的飞机的隆隆声。流言在孩子们之间跌宕起伏：他们要被送去爱尔兰，或是英格兰，或是南美；一个男孩一遍又一遍地重复着“我们要去某个更好的地方”，仿佛这么说就能让一切实现似的。房门被人打开过两次。对方会丢进来一条又硬又黑的面包，然后再次锁上房门。

在那个地方，埃斯特的脸紧贴着一块板子，板子上有一个又大又黑的疙瘩。整个白天，她都凝视着那个疙瘩，身上最好的一套连衣裙里汗流浃背，直到她的身体里再也没有水分可以供她流汗了。一次又一次，这些词语会从埃斯特的脑海里闪过：*我应该和她们在一起*。她看着赫希菲尔德的女孩们爬上了华沙一座闪光宫殿的台阶。门是开着的；女孩们步入了一座白色的门厅。她们抬头凝视着之形吊灯上数以千计闪光的钻石。某个身穿制服的人从一座长长的楼梯上走下来，迎接她们。门缓缓地关上了。光线暗了下去。

地窖里散发着汗水、饥饿、恐惧和人类粪便的味道。其他人所知的也多不了多少。无论何时光线充足，埃斯特都会凝视着那块木疙瘩，直到那上面的纹理中似乎有小人、小马车和小电车在蠕动；街灯和穿着天鹅绒、带着皮鞭的小车夫，还有风化的房子与光秃秃的树木。她越是凝视它，就越是意识到里面包含着一座漆黑的城市，一座生机勃勃的微观城市，人来人往，充斥着雨水与煤尘。

在地下的黑暗之中，埃斯特曾两次癫痫大作。她的双腿惊慌地踹着钉有板条的墙壁。某个人用一只手紧紧地钳住她的嘴，让另一个人抱着她的身体一侧。她看到米里亚姆·英格里德·卑尔根坐在一列火车上，朝着窗外望去，大腿上还坐着其中一个年幼的女孩。她还看到一个家庭正在黑暗中等待。

第二天过后，孩子们被送上一艘船首刚刚焊上了几把枪的渔船，偷偷送往伦敦。在安格利亚，埃斯特向码头工人出示了自己身上的钱以及罗森鲍姆医生的信，并被带去了一家诊所。那里的一个穿着医生外套的男人给了她一套二手衣服、一瓶苯巴比妥米那和几份美国移民文件。

二十二

因加·霍夫曼说："本德尔大街上有一家犹太鞋店。他们打破所有橱窗的那天晚上，我看着一个男孩打碎店门爬了进去。他的父亲在外面等待。当男孩怀抱着四双鞋子爬出来时，他低头看了看他，破口大骂起来。我以为他是在责骂他偷窃，可他却是因为儿子拿了两只右脚的鞋子而在教训他，还派他回去纠正这个问题。"她试图笑一笑，可看上去更像是在喘息。

小吉塔·德特曼说："并非所有人对待我们都那么刻薄。两位女士就留了一箱点心在前台阶上。你们还记得吗？我马上就放了一个在嘴里。里面是草莓果酱。草莓果酱！"

一个更加微弱的声音唱起歌来。*一只小羊羔，一只小羊羔，我的父亲花两个犹太硬币买来……*

格尔达·科普夫说："你会听说自己的一生都会从眼前掠过之类的话。可这不是真的。一生真的太夸张了，包含了数十亿件事，就像松树上的松针那么多。那里没有音乐，却存在着一种声音，像是遥远的尖叫声。或是有烟升起。或是像一个女人轻轻吸了一口气、打算开口唱歌似的。”

一阵停顿。一阵混乱。埃斯特坐在后院里，雨水敲打着罗伯特支在她头顶上的雨伞上。一股芳香在空气中升起，馥郁、纠缠——那是蜀葵的味道，是草坪上雨水的味道。埃斯特听到雷吉纳·戈尔德施密特的声音从树间冲刷进来。“街区尽头有位女士无家可归。所有人都叫她眼镜太太。她在人行道上睡了好几年。其他女孩会说：她为什么不干脆离开呢？我知道为什么。眼镜太太没有别人。她已经放弃了。我给她带了一把梳子，因为她的头发太恶心了。后来，我想到她很冷，所以把自己的红围巾也给了她。反正我的棕色围巾更好。此外，我还把科恩夫人房间橱柜里的彩圈图案阿富汗毛毯给了她，趁她睡觉的时候把毛毯放在了眼镜太太的身旁。我记得，她的双手都脱皮了，心里很高兴她没有醒来。两天之后，警方因为她偷窃而把她逮捕了。我什么话都没有说。我再也没有见过眼镜太太。我们谁也没有见过她。这就是我的记忆。这就是我所记得的。”

雨势放缓了。树叶滴着水。花园里蒸腾着水汽。

犹太人救援机构将埃斯特托付给了新泽西一对膝下无儿无女，正好也姓罗森鲍姆的夫妇。他们是第一代的罗马尼亚移民，住在一条两居室的船屋里。在被罗森鲍姆夫妇称为船上厨房的小桌子旁，他们喂埃斯特吃的东西大得令人生厌：厚片的茄子、大块的鸡肉，冒着蒸汽的一碗碗绿豆汤。一天三次，三个人会在桌旁坐下来吃饭。漂浮的房子闻起来散发着船底污水、护脚霜和果仁蜜饼的味道。

埃斯特每天都会给米里亚姆写信。罗森鲍姆先生会把六封信绑成一捆，去汤姆斯河的邮局邮寄。它们将去向何方、被送到谁那里、经由谁之手处置，埃斯特将永远不得而知。

有关集中营的故事慢慢地渗透到了报纸上；罗森鲍姆夫人满口不离这些内容。“为什么”是埃斯特一直在扪心自问的问题。为什么罗森鲍姆医生要救她，为什么是她撤了出来，而不是海音罗尔、雷吉纳、埃尔斯？为什么不是米里亚姆？

她会吞下一连串的抗惊厥药。她会在电影院里卖票。她试着相信世界可以是一个公道的地方。可大部分日子里，罗森鲍姆夫妇船上那间狭窄、寒冷的房间都会令她不知所措：外面的码头灯散发着怪异的蓝色，没有孩子们的声响，没有音乐，只有远处的雾角和绳子凄凉地按照节拍碰撞柱子的声响，一切都在来回摇晃。

回忆成了她的敌人。埃斯特致力于只将自己的注意力停留在当下的事情上；眼前一直存在的事物——风不断调节的气息，星星的闪光，公园里的蝉低沉的五声吱喳：大西洋边缘的黄昏，电影屏幕的闪烁，记忆的下沉，地平线上的游轮不易察觉的开裂。

天气永远不够暖和。她买来春天的连衣裙和棉袄，在天气热的时候步行去电影院，却还是感觉得到内心深深的寒意。

遇到即将成为她丈夫的男孩时，埃斯特已经二十六岁了，能说一口流利的英语。他身材矮小，爱好交际，永远处在响亮而富有感染力地发笑的边缘。他会在电影院里和她见面；他是个医院护工，却想要成为一名自行车手；他的梦想是开一间自行车铺；他会和她坐在公园的长凳上，向她述说自己的计划。他们会去某个遥远的地方，卖自行车、修自行车。他们会拥有一个家庭。

在埃斯特听来，这些计划所具备的深远可靠性远比其内容更重要。还有他的声音！他说起话来是那么的温柔，声音就像是你只能偶尔从抽屉里拿出来的一条丝绸，某种你想要用手一遍又一遍触摸的东西。

她可以和这个男孩一起生活——分享香草冰激凌；在市集中穿梭漫步、购买大得如同炮弹般的卷心菜——这一念头有些时候会让埃斯特的心中充满令人麻痹、透不过气来的羞愧。为什么她得以看到这样的画面，而其他的女孩们却看不到？她感觉自己身体的碎片已经几乎无法结合在一起了——只要她放手片刻，它们就会飞散开来。

然而，这不也是一种幸福吗？难道她没有开始再次呼吸吗？如同一只动物长时间飞奔着逃离捕食者后终于能够放慢速度、抬起头看着头顶的众多树叶摆动时那样？她还活着，她依旧活着。她可以把头枕在男孩胸口，聆听他翻来覆去的心跳。她可以一整个下午都凝视着自己狭小收票亭里的水晶门把，大腿上摊着绘画簿，等待月光以某个正确的角度从左手边的窗户里透进来。月光真的洒下来时，会在墙壁上喷绘出色彩的棱镜。

她和男友搬去俄亥俄州、结了婚，拿到了一笔贷款，开了属于他的自行车铺。一切都是圆形的：轮辋、车胎、链齿轮、锁连环。一切都散发着链油的气味。大家都是用现金付账的。

车把的弓架结构会朝着把手的位置收起。三十只装了轮辐的车轮悬挂在钩子上；飞轮和毂；链拉条和曲柄；刷了油漆的链条罩上同心螺旋。一架子的车铃：铬合金的、黄铜的、铝的。一条横梁上挂着数以百计的轮辋。圆头的改锥在提桶里闪着微光。还有罐子里的轴承，桶子里的轴承。一捆捆的轮辐被布条捆绑着。

埃斯特会在收银机旁工作，或是在玻璃柜台上摊开画板，趁着丈夫摆弄一系列便携式无线电、在各种各样的美国电台中来回转换时画画：乡村音乐、爵士乐、民谣音乐、强节奏爵士乐。

他们有了一个儿子。放学后，他会在母亲身旁的柜台上画画，母子俩在配套的纸张上忙活着。长大些时，他会在父亲身边工作，在一盆油里来回洗刷一条条回收来的自行车链，看着锈色从上面脱落，感觉铆钉干干净净地在套管里漂浮。润滑剂在他手腕上的细细金色汗毛中结成了小珠。

出走，离开，搬家。埃斯特竭力为自己营造出了一段朴素、正常而稳定的人生。她无法获准开车，因为药物会令她持续感到反胃，偶尔还会让她被肆无忌惮、令人惊慌失措的恐惧感所控制。有些时候，她的手腕会抽动；她感觉模糊，不知道自己是否已经和那个疙瘩一起死在了地窖里，还想过之后发生的一切都是一场梦的可能性。夜里，她会把手伸向丈夫的身影，紧紧地贴着他。

把驱逐名单寄给她的人是仍旧住在新泽西船屋里的罗森鲍姆夫人。它到来的时候，埃斯特已经三十五岁了；邮箱里，这封信被夹在水电费账单和一份广告传单之间等待着。第一个信封中还装着第二个信封。等了两天，埃斯特才将它拆开。截至那时为止，她已经拿定主意，她知道信里会说些什么。

她心想：其他人可能会在那里，但米里亚姆可能已经不在了。米里亚姆怎么会死呢？米里亚姆从不是一个心怀幻想的人；她永远怀揣着属于自己的务实力量。也许只有那些容易受人蒙骗的人才会遭到屠杀。可毫无疑问，所有人都被杀害了。

四十张卡片。其中几张上写了上百个名字。

她很容易就找到了一九四二年七月二十九日的条目。十二个出生日期，十二个女孩。米里亚姆的名字就在其中。埃斯特的也一样。

二十三

罗伯特的声音变得越来越微弱，仿佛埃斯特正在他的身后撤退，仿佛他仍在用自己的自行车拖着她，可拖车的套索已经松开了，以至于男孩正在毫不知情的情况下越骑越远。最终，在她生命中的最后一天，坐在露天阳台上的埃斯特耳边听到的是米里亚姆的声音。每一个小时，后院都是灰蒙蒙的；罗伯特顶多是一团温热的存在。

“在城市的边缘，我们找到了一座森林。”米里亚姆的声音说道，“我们不得不一路穿过森林。后来，在森林的尽头，我们爬上了一座山坡。登顶时，我们的脚下是一片雾气。埃斯特，是一条带状的浓雾，遮蔽了我们的视线。雾气下落、凝结，绕着自己来回盘旋。不过有些时候，它们也会分开片刻，让我看到脚下的山谷中立着上千顶帐篷。埃斯特，也许有上万顶。每顶帐篷里都点着一盏灯。它们全都在微风中沙沙作响地摆动着。由金色帐篷组成的整座城市在脚下的雾气中发光。”

一阵停顿。紧接着：“我们要到那里去了，埃斯特。你和我。我们所有人。”

二十四

七月四日那天黄昏，树林间回荡着邻居们燃放烟火的爆炸声。罗伯特将一只轮转烟花钉在树上，让它向夜空中喷洒着五彩缤纷的色彩。

埃斯特坐在露天平台上，腿上围着一条毯子，脸上挂着恍惚而又失落的神情。无论罗伯特何时询问她有没有不舒服，她都要花上一阵子工夫才能答复自己很好。此时此刻，他的父母正在太平洋上空三万英尺的高空，两人之间的座位上睡着两个小姑娘。

轮转烟花喷出了最后一轮火光。黑暗重新降临。罗伯特点开手电，在盒子里仔细翻找着别的烟花。萤火虫在树木间飘舞闪光。

“再来一个怎么样，祖母？这种东西我们多得是。”

埃斯特没有应答。罗伯特说：“好吧，我们来放个大的。”他用打火机点燃了一根引线。引线燃尽，将一支嘶嘶作响的火箭送上了天空。

埃斯特的视线穿过上千片树叶向上望去。树叶的海洋在无声的金色火花前转变。它们中哪一部分是她，哪一部分是剩下的世界？她朝着草坪向后倾斜过去。天空中落满了火花。一列火车头狂奔着穿过了她的脑海。

埃斯特醒来时已经是夜里了。她能够感觉到膝盖下的地板上那满是沙尘的板条，还有她指甲下的窗沿。窗外，云朵刮过星辰。埃斯特越是定睛细看，越是能够看到更多的星星。

在她脚下的某个地方，一个小姑娘的声音正在呼喊着问好。埃斯特摸索着来到门口。门厅里漆黑一片。一种陈年的恐惧又回来了，在她的胸口涌起，爬上了她的喉咙。她找到了一座楼梯；楼梯上的扶栏摇摇晃晃的。一级，两级。一楼的光线稍稍明亮一些，有星光穿过未挂窗帘的窗户洒进来。

没有家具。橱柜上没有门。再一次，她听到一个声音从外面的某个地方传来。埃斯特找到了前门。门背后吹来的是港口的风。天空中充斥着极其微弱的亮光。

齐腰高的蓟丛中站着十一个女孩，脸庞在黑暗中泛着白光。米里亚姆很容易就能被分辨出来：她就是其中个子最高的那一个。光着脚。雷吉纳穿着破破烂烂的连衣裙。她牵起埃斯特的手，扶着她迈出房门、走了下来。“我们一直在等待。”米里亚姆边说边露出了甜美的笑容。埃斯特喘息着。风停了。十二个女孩站在蓟丛中，回头朝着夜色中蜷伏在那里的空荡房子望了片刻，很快全都迈开步子，走上了街道。

二十五

罗伯特上大学二年级了，是回家来过感恩节的。五天前，七英寸的雪，二十华氏度的气温。这是今年的第一场雪，一切既熟悉又新鲜：掉光了叶子的阔叶树环绕着他父母家的房子；空气中混合着污水、汽油和车库里的柴火味道；他那两个四岁的妹妹第一次从客厅的窗户向外眺望着雪地，脸上露出了困惑而奇妙的表情。

他的父亲在厨房里切着胡萝卜，母亲则在与两个女孩角力，好为她们穿上配套的粉红色风雪服。窗外的一切不是灰色就是白色。收音机嘟嘟囔囔地警告另一场暴风雪即将到来；双胞胎笔直地站在那里，让母亲为自己的双手套上连指手套。

罗伯特领着她们走出家门，穿过车库。最后几片雪花从云间滑落下来。两个女孩迈着沉重而缓慢地步伐一前一后地跟着罗伯特的足迹，走向后院巨大的白色场地。兄妹三人一起站在飘落的白雪之中。很快，两个女孩旺盛的精力溢于言表，跑到了罗伯特的前面。两人笑着跌倒在雪地中，翻滚着，尖叫着。罗伯特大步慢跑着跟在她们身后，双手插在口袋里。

几分钟之后，两个女孩跋涉着来到院子左手边缘处裸露的柳树下，消失在曾属于埃斯特家的地方。那里如今已经空置，车道尽头的房地产标志已被白雪覆盖。

每一棵树、花园栅栏上的每一根桩子都是回忆的一根蜡烛。当回忆中的种种从雪中浮现出来时，都会连接着十几段更多的回忆。在那里，罗伯特在试图把喂鸟器挂起来时曾经摔断过手腕；在那里，埃斯特曾经帮助他埋葬过名叫弹球的长尾小鹦鹉。他过去常把足球踢到车库窗户上的房顶上，等待它从排水沟里滚落。他曾从那棵刺槐树上射下过一只麻雀，用铲子将它的尸体丢进了堆肥中。某个夏日里，就在妹妹们的小靴子此刻在雪地里留下交错脚印的同一个地方，他曾和祖母一起做过扎染的T恤衫。

女孩们正在往空中抛撒雪花，看着它在自己的身边落下时闪烁着光芒。其中一个喊道“你才是，你才是”，跑了几步之后四肢着地，摔倒了。罗伯特把她扶了起来。她身上的热气已经融化了她脸上的雪。“你没事的。”他说。

罗伯特心想，每过一个小时，整个世界都会有数不尽的记忆正在消失，将整个发光的地图集都拽进坟墓。可与此同时，孩子们还在四处奔跑，探索在他们看来全新的领域。他们会让黑暗向后退去，像撒下面包渣那样将记忆抛在身后。世界正在被重塑。

在罗伯特回家前的五天里，他的妹妹们将学会说“岩石”、“沉重”和“雪人”。她们会明白雪的气味有什么不同，并在哥哥拽着她们走下车道时体会到塑料雪橇光滑的感觉。

我们会回到自己来的地方，我们会践踏褪色的角落，用铅笔画下新的线条。“你长得太快了。”早饭时，晚饭时，罗伯特的母亲总是这样告诉他，“看看你的样子。”不过她错了，罗伯特心想。你会将自己的童年埋葬在各处。穷尽你的一生，它都在等待着你归来，将它挖出。

此时此刻，女孩们正用手在雪地里刨着树枝，用它们在自己身边描绘起图形。头顶上风云变化——突然间——阳光蜂拥而至，洒进了庭园之中。树影如刺一般横穿草坪。雪似乎白热化了。罗伯特已经忘了阳光看上去竟能如此纯净，从天空中倾泻而下，飞溅到雪地里。这景象令他热泪盈眶。

两个女孩中个子高一些的静薇从雪地里提起一根又长又黑的树枝，试图把它递给他。“给罗伯-特。”她说道，抬起头朝他眨了眨眼睛。

致　谢

感谢罗马的美国学会和爱达荷州艺术委员会在我写作此书期间为我提供的经济援助。我还要感谢温蒂·威尔、南恩·格雷厄姆和苏珊·摩尔多对我的作品一直信心满满。我的某些故事还得到了不少朋友们的帮助，尤其是蕾切尔·萨思曼、罗伯·斯皮尔曼、本·乔治和劳拉·弗曼对《113 村》的故事颇有助益；切斯顿·纳普为《涅姆纳斯河》的故事、马特·韦兰和海伦·戈尔登为《繁衍、生育》的故事、乔丹·巴斯为《阴间》和《记忆墙》的故事提供了帮助。我的母亲玛丽琳·多尔针对六个故事为我提供了有益的反馈。看着她照顾自己的母亲教会了我耐心、爱心以及回忆的脆弱。

这本书是献给肖娜的：我的妻子、编辑、顾问和挚友。